「困りましたね……」

I was troubled…… .

灰の魔女イレイナ

若くして魔法使いの最高位「魔女」になった才媛。

「巡る夢の街カルーセル」に逗留中。

THE JOURNEY OF ELAINA
CHARACTER
パティ
カルーセルに留学している。
オカルト大好きな15歳。
朧の魔女
カルーセルを騒がす魔女。
神出鬼没で正体不明。

魔法少女
ミリナリナ
カルーセルの治安を守る少女。
「朧の魔女」を
捕まえようと奮闘中。
サマラ
ミリナリナの師匠。
魔法少女を引退し
歌手デビューする。

甘いわねっ！
あたしはあんたを
死ぬまで追い続けるわよ

なかなか情熱的ですね

魔女の旅々17

THE JOURNEY OF ELAINA

CONTENTS

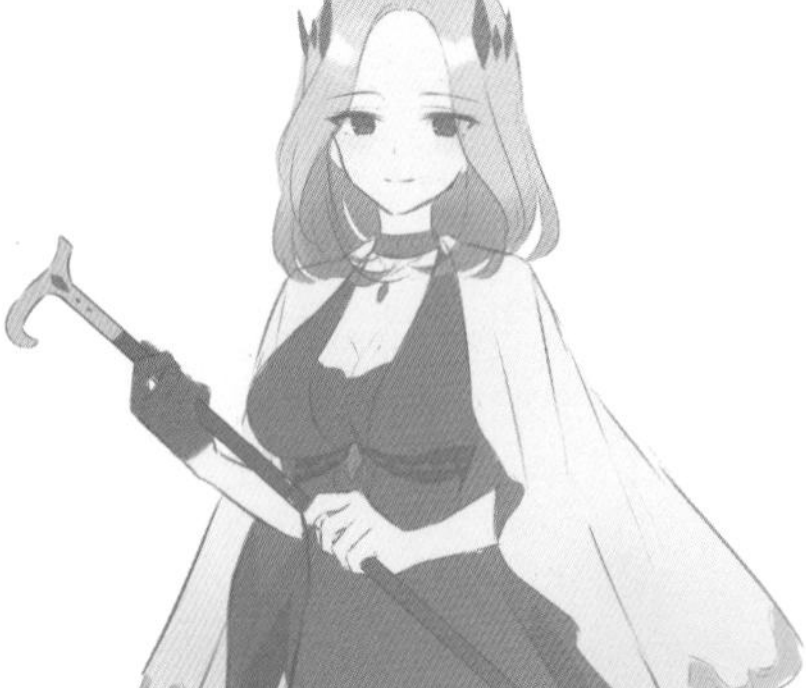

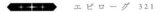

魔女の旅々

THE JOURNEY OF ELAINA

17

Shiraishi Jougi
白石定規

Illustration
あずーる

プロローグ

THE JOURNEY OF ELAINA PROLOGUE

とあるレストランの中。客席の間をすり抜けるように父が私の手を引いて歩いた。

「恥《は》ずかしいよ」

まだ八歳だった頃の私は久々《ひさびさ》に仕事から帰ってきた父と手を繋《つな》いでいられる嬉《うれ》しさをごまかすように下を向いていた。

ほどなくして辿《たど》り着いたのは店の隅《すみ》。

小さなステージ。

既《すで》にピアノの前に座っていたピアニストは、私を見るとにこりと笑った。

「君が今日の主役だね」と声をかけながら。

それは父からの突然の提案だった。

父の行きつけのレストランでピアニストがよく曲を演奏《えんそう》しており、たまに客が飛び入りで曲に合わせて歌わせてもらえることがあるそうだ。

私が両親に連れられて行ったその日も、飛び入りでの参加を募集《ぼしゅう》していた。

そんなときに父が私の背中《せなか》を押した。

「サマラもどうだ？　歌ってみたら」

歌が好きだろう、と父は私に提案する。

私は恥ずかしがって、返事をしなかった。本当は壇上《だんじょう》に行きたかったけれど、言い出す勇気がなかった。

父はそんな私の手を引いて、お店の隅のステージまで連れてきてくれた。

恥ずかしいよ、なんて言いながらも、本当は心の底から高揚《こうよう》していた私は、それからすぐに壇上に上がった。

そして私は歌を歌う。

店内の誰もが私に視線を向けていた。

誰もが私の歌声に耳をかたむけ、時折頷《うなず》きながら笑みをこぼす。

私が歌ったのは、一曲だけだった。

歌が終わったとたんに、店内が拍手《はくしゅ》に包まれた。客席の人々が立ち上がり、その場にいた誰もが私に笑顔を向けてくれた。

その光景《こうけい》は今でも鮮明《せんめい》に、私の目に焼き付いている。

人生で最も幸《しあわ》せだったその瞬間が、今の私を作ったから。

第一章 亡霊館

それは不思議な雰囲気《ふんいき》の国でした。

背が高かったり、低かったり。色は水色だったり、白だったり、もしくは黄色だったり。

高さも色もばらばらで統一感のまるでない不思議な街並みでした。通りは曲がりくねって捻《ひね》くれて、石畳は蛇《へび》のうろこのように並びながらずっと先まで続いています。

それはまるで子どもの頭の中に浮かんだ空想をそのまま映したかのような、不可思議でちぐはぐな雰囲気の街並みでした。

とある旅人は、街をしばらく歩いたところで声を上げました。

「わお」

なんと面白《おもしろ》おかしな街でしょう。きっと私が子どもであれば毎日街を歩くだけでも胸躍《むねおど》ったに違いありません――とため息をこぼすのは、カラフルな街に反して黒を基調とした割合地味《じみ》めな衣装を身にまとった一人の女性（美しい）。

髪《かみ》は灰色。瞳《ひとみ》は瑠璃《るり》色。黒のローブと黒の三角帽子を身にまとい、どこを見渡しても派手《はで》な街並みに子どものように目を輝かせながらも、無表情を取り繕《つくろ》います。

「いい街ですね――」

THE JOURNEY OF ELAINA

彼女が少し歩いただけでもそんな単純な感想が漏《も》れてしまうのは、きっと街を往来《おうらい》する人々の様子が幸せに満ちていたからでしょう。

彼女を追い越して通りの向こうへと走る子どもの姿がありました。親の手を引きながら眩《まぶ》しい笑顔で向かう先には人だかり。その向こうにはピエロの仮装《かそう》でジャグリングを披露《ひろう》する人が一人。そこから少し歩くと「ご覧《らん》ください！　こちらは何の変哲《へんてつ》もない箱！　今からこの箱に瞬間移動で助手を呼び出します！」と手品を披露する方が見えました。

更《さら》に歩けば、犬《いぬ》、猿《さる》、キジといった動物たちに演技を披露させる方の姿。

ヴァイオリン、トランペット、アコーディオンといったさまざまな楽器を路上で演奏する人々。

本日は国にサーカス団でも招《まね》いているのか、街は明るい雰囲気と音楽に満ちていました。

楽しげな雰囲気に彼女も街の人々同様に瞳を輝かせました。

ひょっとしたらこの街の通りには今、幸せな人しかいないのではないでしょうか――などと、そんな能天気な空想に浸《ひた》ってしまう彼女は、一体どなたでしょう？

そう、私です。

「…………」

ところで。

こんなにも幸せな人にまみれている通りにいると、ただその場に居合《いあ》わせただけの私までもが妙《みょう》な高揚《こうよう》感に浸ってしまいますね。ノリと勢いに身を任せてなんだかとってもいいことをしたい気分。

私がこんな気まぐれを起こすことなど数百年に一度あるかないかと思えるほどに希少《きしょう》な機会といえ

ましょう。

手短なところに不幸な方などはおられないものでしょうか。

具体的に申し上げるのならば、大体外見年齢的には十五歳程度で、黒い髪はとってもとっても長く、隙間《すきま》からは金色の綺麗《きれい》な瞳が見える少女。服の袖《そで》は無駄《むだ》に長くてだらりと垂《た》れており、その中に隠れている両手の指先が摑《つか》んでいる看板《かんばん》には『すごく不幸です。助けてください』の文字。

大体そんな感じに不幸な女の子がいれば私は即座《そくざ》に飛びつくのですけどね。

「ふむふむ、不幸、ですか……」

まあ、というか。

「あの、あまり見ないで、ください……」

いるんですけどね、目の前に。

通りの隅《すみ》っこのほうで控《ひか》えめな感じに看板を掲《かか》げるのは、今しがた挙げた通りの特徴の少女でした。見つめられるのが苦手なのか、彼女の頰《ほお》は若干《じゃっかん》の赤みを帯びています。私は看板しか見ていませんけどそれでも見つめられるのがどうにも苦手なようです。

「お困《こま》りなんですか?」

私は単刀直入に尋《たず》ねます。

「えっと……、はい、そんなところ、です……」

「なるほどなるほど」

「あの、その恰好……、あなたは魔女さん、ですか……? 本で見たことがあります……」と恐る恐る尋ねる彼女。

「そうですね。ご覧の通り魔女です」

どうやらこの国では魔法はあまり栄えておられないようですね。とりあえず胸張っておきました。

そんな自信たっぷりな私に対して彼女は、

「この人なら……もしかしたら……」

と私を調子づかせるような言葉を吐《は》くのです。もしかしたら、何ですか？　不幸な彼女の助けになるかもしれない、ですか？　本日の私はとっても気分がいいためにそのような簡単な言葉だけで気持ちよくなってしまいました。

というわけで、すすす、と彼女の傍《そば》に寄りつつ、

「それで具体的にどんなことに悩《なや》んでいるんですか……？」

と尋ねます。私としてはまっとうに質問しているだけのつもりでしたが、私の手が彼女の肩《かた》に置かれており、そして彼女がそんな私にひどく怯《おび》えた様子で見上げていたために、傍目《はため》に見ればその様子は金の取り立てをしている悪人といたいけな少女という様子にも見えたかもしれません。

「えっと、詳しいお話をここでするのはちょっと——」

「ふむふむなるほど。とても悲しい出来事があったのですね。こんなに泣きはらしてしまって可哀《かわい》そうに……」

「え？　いえ、あの……私、別に泣いてはいませんけど——」

「大丈夫《だいじょうぶ》。私があなたの心の支えとなり、必ずや悩みを解決に導いて差し上げましょう」

「この人全然話聞いてない」

まあ冗談《じょうだん》はこの辺りにしておいて。

ともかく私は、その場のノリと勢いで彼女の悩みを聞いて差し上げることにしたのです。

○

彼女のお宅へと向かう道すがら、互《たが》いに簡単に自己紹介をいたしました。

不幸に頭を抱《かか》えるいたいけな彼女の名前はパティさん。

私が見立てた通り十五歳の彼女は、現在、人生にとても悩んでおられるそうです。まあ多感《たかん》な時期ですからね、いろいろなことで頭がいっぱいになるものですよね。十五歳とは往々《おうおう》にしてそういう時期でしょう。

「それで、一体どんな悩みなのですか?」

道を歩いて約五分。

落ち込んだ彼女の様相《ようそう》と相反《あいはん》してピンク色の浮かれ切った集合住宅へと辿《たど》り着くと、パティさんはその一階の扉を開き、派手が過ぎる外観にしては落ち着き払ったダイニングに私を通しました。

それから彼女は向かい合うソファの一つに私を座らせます。広くはない一室は怪《あや》しげな絵画や壺《つぼ》、それから不気味《ぶきみ》な人形などの趣味のよく分からない物に囲まれており、ご家族と思《おぼ》しき写真も片隅《かたすみ》に飾られていました。どうやら今はお一人で暮らしているようです。

「えっと……」

私の向かいに座った彼女は看板を抱きかかえて、控えめに口を開きます。

一体彼女の口からどのような悩みがこぼれるのでしょう。すごく不幸で助けを求めるからにはそれ相応の悩みがあってしかるべきでしょう。

交際関係の悩みでしょうか。好きな男の子が振り向いてくれないとか、お友達と喧嘩《けんか》してしまったとか。

勉学に関する悩みでしょうか。成績が上がらないとか、天才すぎて授業がつまらないとか。もしくはクラスになじめないだとか。

「実は私、亡霊《ぼうれい》で悩んでいまして」

なるほど亡霊系の悩みでしたか。

……亡霊？

え？　亡霊って言いました？

「亡霊というのは、あの？」

聞き間違いですよね？　という意味合いを込めて私は尋ねました。しかしながら彼女は真剣《しんけん》なまなざしで、

「ええ、この」

ひょい、と両肘《りょうひじ》を曲げて胸の前で長い袖を揺《ゆ》らしつつ答えるのです。大真面目な表情で。

ご冗談ではなく、本当に、本物の、亡霊に悩まされていると？

ははいやいやまさか。

「私が亡霊と出会ったのは一か月ほど前のことです。イレイナさんはこの街の郊外にチェスター城と呼ばれる古い邸宅《ていたく》があることをご存じですか？　詳しく説明しますとチェスター城というのは私が現在住んでいる巡《めぐ》る夢の街カルーセルの中で古くから知られる心霊《しんれい》スポットでして」

「え？　あの」なんか勝手に語り始めましたねこの子。

「このチェスター城は厳密《げんみつ》にはお城ではないのですがその異様な外見から城と呼称されている巨大な邸宅でして——」

「ちょっと」目がめちゃくちゃ輝いていますね。誰だこれ。

「あ、はい。何ですか？　やっぱりチェスター城を作った方の正体が気になりますか？　よい着眼《ちゃくがん》点《てん》です。チェスター城を作り出した方の名前は城の名前と同じくチェスターという富豪《ふごう》さんでして」

「いや、あの、一回喋《しゃべ》るのやめてもらってもいいですか」

「……？　どうかしましたか？」

「急に始められても私困っちゃいます……」

突然まるで何かが憑《と》りついたように喋《しゃべ》り続けた彼女をようやく制止させたところで私はため息をこぼします。「そもそも私はまだ亡霊が実在するかどうかが半信半疑《はんしんはんぎ》でして——」

「亡霊はいます」

「わあ断言《だんげん》」

「まず亡霊が存在しないという考えは今のご時世《じせい》ナンセンスですよイレイナさん。ひょっとして直接目で見ることができないものは信じないなどというたわごとをぬかすタイプの人ですか？　それとも最新の研究で亡霊の正体は解明できていると言い張るタイプの方ですか？　よくリアリストを気取った連中がそんな意味不明な理論をかざしているのですがまったくもってナンセンスです。話は変わりますがイレイナさんは金縛《かなしば》りの原理をご存じですか？　人は眠っているとき体を休める代わりに脳《のう》が一日の出来事を整理するプロセスと、体が起きている代わりに脳を休ませるプロセスを交互に九十分の周期で行うことで明日に備えるのですが、金縛りというのはこの脳が起きている夕イミングで偶然《ぐうぜん》意識そのものが覚醒《かくせい》してしまうことで引き起こされる現象と言われています。睡眠時に脳が起きているときに人は夢を見ます。お部屋の片づけ中にちょっと懐《なつ》かしい本とかを見つけて読んでしまうようなことがありますよね？　人が夢を見る原理は概《おおむ》ねそんなところです。このとき偶然意識が覚醒すると起きながらにして夢を見ているということになり、更に体はお休み中のため筋肉《きんにく》が弛緩《しかん》して動かすことができません。これが金縛りの正体であり、そしてこの時に見えてしまう心霊現象らしきものの正体は、夢と現実の区別がつかずに混乱している脳が見せる幻覚《げんかく》とされています。この話をすると大抵《たいてい》のリアリストどもは『ほうらやっぱり亡霊なんていないじゃないか』と水を得た魚のようにしたり顔を浮かべるのですが私が言いたいのはそんなことではないのです。たとえ金縛りのメカニズムが解明されたからといって、それは単に研究で証明されただけにすぎず、これまで有史以来世界各地で起こってきたありとあらゆる金縛りの原因すべてを解明できたわけではないということです。中には恐らく本当に亡霊が引き起こした金縛りも存在するのです。そのはずなのです。最新の研究という名の大義名分は見えるものも見えなくしてしまうのです。研究の成果とはあくまで可能性の一つを示しているにすぎないということです。それが世のすべてでも唯一《ゆいいつ》の正解でもなく、当然、亡霊の存在を否定するには至りません。亡霊の正体すべてが枯《か》れ尾花《おばな》とは限らないのです。分かりましたかイレイナさん」

「いや私そこまで言ってないんですけど……」

勝手に火が付きましたねこの子。

ひとしきり喋り尽《つ》くしたあとで彼女は深くため息をつくと、まるで直前までの長台詞《ながぜりふ》がなかったかのように俯《うつむ》きがちになりながら、「ということですので、信じていただけましたか……？」と控《ひか》えめに尋ねます。

いえ、まあ。

「あなたの様子を見てたら確かに亡霊は存在するのだろうなと思えましたね……」

「本当ですかっ！　信じていただけて嬉《うれ》しいですっ！」

えへへ、と彼女は今日一番の笑顔を見せました。

「あなたの喜怒哀楽《きどあいらく》の基準がもうよく分かんないんですけど」

まあ明らかに何かよくないモノが憑《と》りついてたくらいの語りぶりでしたし、亡霊の存在くらいは彼女の語りに免《めん》じて信じても構わないでしょう。そのせいで不幸話を聞く気満々だった私が今やただただ彼女にお塩を投げたい気分になっていますけれども。

「信じてくれたなら話が早いです、イレイナさん。私の悩みをどうか聞いてください！」

ひとまず彼女が悩みを打ち明けてくれる気になったのですから、よしとしましょう。

○

彼女の悩みの詳細を語る前にまずは、パティさんという少女について詳しく語る義務がありましょう。

パティさんという人はどうやら自らの同類もしくは信頼に値する人間にのみ心を開く、所謂《いわゆる》引っ込み思案《じあん》な女の子のようです。まあ目を隠すほどの前髪と独特が過ぎる雰囲気からなんとなく気が付いていた部分はありますが、部屋を出て、通りを歩けばやはりその引っ込み思案ぶりは顕著《けんちょ》に表れました。直前まで金縛りについて熱く語っていた彼女はどこへやら。

「ひ、ううう……」

街を歩く彼女は体だけでなく思考回路までもがちがちに凝《こ》り固まったかのように、震《ふる》えながら私のローブをつまみます。散歩を嫌《いや》がる犬のよう。

この様子の彼女は私以外とまともに会話が成立しませんでした。というより多分誰の顔も見ていないことでしょう。

「あっ、あの！　すみません、パティさん、ですよね？」

街を歩いてパティさんが先ほど看板を抱えて立っていた辺りを通ると、一人の少年が私たちのもとに駆け寄ります。

少年は顔を真《ま》っ赤《か》にしながら、パティさんを見つめていました。その様子だけでも色恋沙汰《いろこいざた》に疎《うと》い私ですらこの少年がなんとなくパティさんに恋心のようなものを抱いている匂《にお》いを感じ取れているのですけれど。

しかし当のパティさんといえば、家のお外ではまともに人と会話ができない可哀そうな少女。

「ひぇっ……！」と短く悲鳴を上げると、彼女は即座に私の後ろに隠れてしまいました。

「あの……」少年が体を斜《なな》めにかたむけ私の背後を覗《のぞ》き込もうとしても。

「ぴゃあっ！」謎の鳴き声とともに私の背中《せなか》にお顔をうずめるパティさん。

「……あのう」あまりの避けられぶりに徐々《じょじょ》に表情が沈《しず》んでゆく健気《けなげ》な少年。

「ふがふがふがっ！」そして顔をうずめながらよく分からない言葉を返す彼女。

その無慈悲《むじひ》なまでの言葉の通じなさは少年の心を折るのに十分なものでした。彼は文字通り「しゅん」と呟《つぶや》き、しおれた花のように項垂《うなだ》れ、とぼとぼと一人で帰っていきました。おお可哀そうに。私は遠ざかる少年の背中を見つめつつ、

「ちょっと可哀そうではありませんか」とパティさんを小突《こづ》きます。すると彼女は背中からひょいと顔を出して、無駄に長い前髪から覗く潤《うる》んだ瞳で私を見上げつつ、

「しらないひと……こわい……」

と消え入りそうな声で呟くのでした。私は既に知らない人ではないんですね——と答えつつ、私たちは再び歩き始めました。

彼女のもとに不幸が訪れたのは、今より一か月前のことだと言います。

「私、この国には三年前から留学で来ているんですけど、その、あまりお友達がいなくて……」

曰《いわ》く三年前にこの国に来た当初から、彼女は暇《ひま》さえあれば郊外《こうがい》のチェスター城へと出向いているそうです。その頻度《ひんど》はなんと週に一度程度。ただの廃屋《はいおく》に通い詰めて一体何をしているのかといえば出入り口の前でただただ本を読んで一日を過ごしているそうです。

「なかなか奇抜《きばつ》な趣味《しゅみ》をお持ちですね」

「チェスター城にいると落ち着くから……」

と言い訳のように語る彼女。

引っ込み思案の彼女を三年間捉《とら》えて離さないこの郊外の邸宅は、かつて四十年前にこの国で活躍していた発明家のチェスターという方が建てたお宅だそうです。

彼の発明である魔導杖《まどうづえ》は、長い杖の先端《せんたん》に魔力の込められた石を嵌《は》めることで、誰でも簡単に魔法が使えるようになる画期的な発明なのだとか。この国で魔法使いに憧れる人は多く、誰もがこぞって魔導杖を求め、結果、四十年前の当時、チェスターさんは大富豪《だいふごう》となったのだと言います。

そしてお金を持て余した彼が作り出したのがこの邸宅。最初はただ大きいだけでした。

しかし彼は、それから邸宅を手放すまでの十年間――邸宅がチェスター城と呼ばれるまでの十年間で、数えきれないほどの増改築《ぞうかいちく》を繰り返すことになります。扉《とびら》を増やし、部屋を増やし、窓を増やし、時には部屋にトラップを仕掛け、時には行き止まりに突き当たる階段や、落とし穴や、隠し扉などなどありとあらゆるからくりを増改築の中に仕掛けたそうです。

「チェスターさんはもともと発明家でしたから、最初の頃は新しい発明品を自分の屋敷で試しているのだと言われていました」

ところが増改築を繰り返していた原因はほかにあることが明らかになります。

ある年のことです。

増改築のために邸宅に訪れた大工《だいく》たちは、いつものように朝から晩まで工事に没頭《ぼっとう》していました。いつもチェスター氏は部屋に引きこもってばかりで挨拶《あいさつ》も作業の観察もしないのですが、その日は珍《めず》しく彼らの作業を背後から一人の女性が眺《なが》めていました。金色の長い前髪はヘアピンで留められ、胸元にはサファイアをあしらったネックレスを下げ、涼《すず》しげなワンピースを着た若く美しい女性でした。

大工たちはチェスター氏の妻《つま》か恋人だろうと思い特に気にも留めていなかったのですが、その日一日の作業が終わり、チェスター氏に挨拶に伺《うかが》った折に、ふと作業を眺めていた女性について尋ねると、彼は青ざめた顔でこう答えたのです。

「ああ、ついにあなたたちの前にも現れましたか」

それは彼にまとわりつく亡霊なのだと言います。魔導杖を作り出した頃から、彼のもとにその女性は現れるようになったのだと言います。

毎晩のように、うわごとのように、女性は枕元《まくらもと》かつ耳元で囁《ささや》くそうです。

『どうして、どうして、どうして……』

チェスター氏は亡霊から逃れる手段を探しました。その手段が増改築だったそうです。邸宅を大きくして、罠《わな》だらけにすることで亡霊を惑《まど》わし、邸宅の中を逃げる時間を稼《かせ》ぐ、という算段《さんだん》のようです。

「亡霊に追われて困ってるならそもそも邸宅を捨てて逃げ出せばいいのでは?」話の腰《こし》を折って尋ねる私でした。

「そういうわけにもいかなかったようです。邸宅の中には莫大《ばくだい》な財産が隠されていたそうで……」

「ああ……」

手持ちの財産が莫大すぎて身動きがとれなかったのですね。贅沢《ぜいたく》な悩みです……。

「けれど結局、十年が過ぎた頃に、彼は自ら死を選びました」

館の前の木で首《くび》を吊《つ》った状態で発見された彼の傍《そば》には遺書が置いてあったそうです。

『どうか館には誰も入れないでください』

たった一文。それだけ。

しかしその頼みを律義《りちぎ》に守ろうとする人は少なかったようです。

屋敷にはお金がいっぱい眠っていますからね。当然といえば当然の話です。

彼が亡くなって以来、チェスター城と呼ばれる邸宅に多くの探検家や空き巣、それから物好きの暇人が足を運びました。

しかし邸宅に挑んだ者の大半が入って一時間もしないうちに逃げ出しました。

彼の言葉は頼みでもあり、そして忠告でもあったのです。

以降は邸宅に入り込んだ人々の証言です。

「お、女が出たんだ……! 女が、俺たちに出て行けって……!」「ごめんなさいごめんなさいごめんなさい……」「誰もいないはずなのに、足音がずっと鳴り響いてるのよ……」

そうして入った人の多くが財宝どころじゃないと言ってすぐに逃げ出しました。

以来、チェスター城はいわくつきの心霊スポットとして知られるようになります。そして美しい女性の亡霊は、今も尚《なお》、迷路のように入り組んでいるチェスター城の中を彷徨《さまよ》っているのだとか。

「……ふふ、面白い……」

そして、今より三年前。

週末が来る度《たび》に一人の少女がチェスター城の出入り口に腰かけ、オカルト本を読むようになりました。

この国に来たばかりのパティさんです。

「ふへへ……」

曰く当時から大体三年にわたってこんな感じに変な笑い声を発しながら邸宅に通い詰めたそうです。余計なお世話かもしれませんが私はチェスター城にまつわる噂《うわさ》が彼女のせいで増えたりしていないかどうか少々心配になりました。

ともあれここまでは一応、彼女はごく普通に日々を謳歌《おうか》していたのです。

問題は今より一か月前のとある日のことになります。

「……え」

いつものように出入り口の前で「ふへへ」をするために足を運んだパティさん。

しかしその日、彼女が見たのは、変わり果てたチェスター城の姿でした。

一週間のうちに何があったのか――雷《かみなり》でも落ちたのか、折れて倒れた木が邸宅の壁を突き破っていたのです。覗き込めば安易《あんい》に中が見えました。

これまで三年ほど、彼女はチェスター城の中に入ったことはありませんでした。それはチェスター城がいわくつきのスポットだからであり、そしてそもそも扉も窓もすべて閉ざされていたために入るという発想すら出なかったからです。

しかし、それが今は開いている。

「………」

出来心《できごころ》でした。

彼女は、三年もの間通い詰め、何度も何度もチェスター城にまつわる書物を漁《あさ》ってきたというのに、その恐ろしさを知っているはずなのに、その日、地面に横たえる木の幹《みき》の上を綱渡りのように歩き、そして中へと入ってしまったのです。

「これがチェスター城……」

彼女が足を踏み入れた部屋は寝室でした。部屋の中はベッドがただ一つ置いてあるだけ。少々不気味に見えました。

そこから一つ扉を挟《はさ》んだ先には廊下《ろうか》。同じ扉が等間隔《とうかんかく》に延々《えんえん》と続くさまは宿屋のように感じたそうです。

彼女は扉を一つひとつ開いていきました。

最初に開けた先にあったのは椅子《いす》が一つだけ置かれた部屋。その次に開いた扉の向こうにはベッドとテーブルだけの部屋、その次の扉の向こうは壁、更に次に開いた扉の向こうには一面本棚の部屋。……などなど、用途が不明な部屋がたくさんありました。そんな意味不明な部屋の数々を見て、彼女は「ひょえー」と興奮の声を上げたと言います。私にはまったく意味の分からないものでしたが彼女にとってはそうではなかったのでしょう。

一度足を踏み入れてしまえばこれまで抑《おさ》えていた好奇心はとめどなく溢《あふ》れて彼女をどこまでも大胆《だいたん》にさせました。彼女は次から次へと扉を開けては、その向こうに広がる空間の意味不明ぶりに興奮しました。ああ、何と幸せなことでしょう。彼女は時間を忘れてチェスター城を探索《たんさく》しました。

突然、誰かに背後から声をかけられるまでは。

『――ねえ』

はっきりと女性の声が響きました。特に気にも留めずに振り返った彼女が見たものは、これまで平然と歩いていたどこまでも続く長い長い廊下。そして深い暗闇《くらやみ》。

彼女以外は誰もいるはずがありません。

ここは三十年も前に打ち捨てられた廃墟《はいきょ》なのですから。

「……え」

とたんに怖くなりました。

自分以外の何者かが潜《ひそ》んでいることが、怖くなりました。

ですから彼女は、すぐさまチェスター城から逃げ出そうとしました。来た道を辿《たど》りパティさんは走り出します。

『――待って？』

彼女が開けてきた扉の数々が一つひとつ、音をたてて閉ざされていきます。息を切らす彼女。そのすぐ後ろから再び声が響きます。

『――なぜ帰るの？　だめ、帰らないで』その声は何度も何度も彼女を呼び止めます。『どうして？どうして？』『どうして帰るの？』

なりふり構わず走りました。視界をかすめる女性の姿。耳を通り過ぎる女性の声。顔も耳もかたむけたら取り返しのつかないことになる気がして、彼女は走り続けました。

必死に走って、家に帰りました。

チェスター城で聞いた声は何だったのでしょうか。忘れたいと思えば思うほど、彼女の脳裏《のうり》に『ねえ』と呼びかける声が過《よぎ》ります。

忘れようとすればするほど、城で聞いた声、追いかけてきた声が頭から離れなくなりました。

「それが悩みですか？」

私は彼女の話を遮《さえぎ》って尋ねます。彼女は頷《うなず》くことも首を振ることもせず、独《ひと》り言《ごと》を呟くように語り始めます。

「私、こう見えても故郷《こきょう》には親友の女の子がいるんです」

「親友ですか」

こくり、と彼女は頷きました。

「その子、私みたいな暗い人間でも気さくに話しかけてくれるいい子で、こっちに引っ越すときも、お手紙出すねって言ってくれて、それで、お揃《そろ》いの指輪をくれたんです。二人の名前が彫《ほ》られた綺麗《きれい》な指輪で――」

とは言いましたが、彼女は私に指輪を直接見せてくれることはありませんでした。

理由は単純明快《たんじゅんめいかい》。今、彼女の手元になかったからです。

「大事な指輪だから、私、いつも指に嵌めてたんですけど――でも一か月前にチェスター城を探索した直後になくしてしまって……」

「……なるほど」

なんとなく話は見えてきました。

常識的に考えれば指に嵌めていたものが探索してる最中に落ちるとは考えにくいですけれども――亡霊が平然と出てくるようなところに常識を求めるのも野暮《やぼ》な話ですし、チェスター城で落としたとみて間違いはないでしょう。

けれども恐ろしい体験をしたチェスター城まで戻ることもできず、けれど大切な指輪をなくしていてもたってもいられず、結局、人に助けを求めざるを得なかったのでしょう。

この国には友達がおらず、引っ込み思案で、いつも郊外のチェスター城に足を運んでいるパティさん。そんな彼女が助けを求めるために、通りで看板を掲げるためにどれほど勇気を振り絞ったことでしょうか。この一か月の間、どれほど辛い思いをしたことでしょうか。

私は思いました。

「声をかけてよかったです」そして口にもしていました。

パティさんはそんな私を見上げつつほんの少しの笑みを浮かべます。

「私も……声をかけられてよかったです」

おかげで指輪を探せます、と彼女は言いました。

チェスター城に辿り着いたのはそのときでした。

それはお話の通りの外観でした。大きな大きな邸宅。まるでそれは似たような姿かたちの豪邸《ごうてい》の数々を一つに繋《つな》げて重ねたような、歪《いびつ》な形をしていました。ぱっと見渡して目に映るのは窓と窓と窓と窓で数えきれないほどの窓たち。

そんな邸宅に突き刺さるように、折れた一本の木が壁をぶち破っており、そこからぽっかりと深い暗闇が広がっています。

まるで私たちを飲み込もうとしているかのように。

私は思いました。

「わあ怖。やっぱり帰ろうかな」

「え、ちょっとイレイナさん？　ダメですよここまで来てそんなこと許しません」

おっと口にも出ていましたか。

踵《きびす》を返した私の袖を、頬を膨《ふく》らませた彼女の両手の袖が包んでいました。

○

やはり世の中を生きるに必要なのはノリと勢いと度胸《どきょう》であると私は思います。その場のノリが時として道を切り開くこともあろうものです。

というわけで私は彼女と共に本日もノリと勢いで邸宅に入りました。

「パティさん、絶対に私から離れないでくださいね。分かりましたか？」

「は、はい……！　わかりました」

「パティさん、チェスター城の中は暗いですね……魔法で明かりをつけますから、転ばないように気をつけてください」

「あ、ありがとうございます……！　ところでイレイナさ――」

「パティさん、怖かったらいつでも言ってくださいね。それと繰り返しになりますが絶対に離れないでくださいね。分かりましたか？」

「わ、分かりました！　ところでイレイナさん……あの」

「何ですか？」

「なんで私が前なんですか？」

「…………」

「…………」

パティさんはぴたりと足を止めました。

真後ろを歩いていた私も一緒《いっしょ》にぴたりと止まります。

「ひょっとしてイレイナさん、怖――」

「違います」

「わあ断言」

「いやはや近頃の十五歳はまったく困りますね。何を言い出すのやらと思えば私が怖がっているですって？　ははは、ご冗談を。私のどこが怖がっているというのですか？　私がなぜ後ろを歩いているのかひょっとしてご理解いただけていないのですか？　私はあなたへの配慮《はいりょ》の気持ちでわざわざ後ろに立っているというのに。私はあなたの背後を守っているんです。分かります？　あなたは前回ここを訪れたとき、背後から亡霊に声をかけられたのでしょう？　だったら今回も背後から襲ってくる可能性のほうが高いわけですよ。ということはあなたを守るとき、前を歩くべきか後ろを歩くべきか？　そのどちらを選ぶべきかは火を見るよりも明らかというものでしょう。わざわざこんなことを説明させないでくださいよまったくこれだから。いやーほんと困りますね。もうなんか嫌になってきちゃいました。帰っていいですか？」

「すごい早口」

「とにかく私は怖がってません。ご冗談きついですよまったく」

「あ、あそこに亡霊が」

「ひゃっ」

そのとき不思議なことが起こりました。私の体が勝手に動き、両手は彼女の肩をがっしり摑《つか》み、まるで彼女の背中に隠れるように身をかがめてみせたのです。私の意志に反して体が動いたのです。おおなんと恐ろしいことでしょう。

ひょっとして亡霊の仕業《しわざ》か……？

「…………」

それからしばらくしたのち、私は彼女の背中から顔を出して廊下の先を睨《にら》みました。しかしそこには何もありません。ただの暗闇のみ。

なるほどなるほど。

「見間違いでしたか……」

ふう、と一息つきながら再び廊下を照らす私。

「…………」

そんな私に対して軽蔑《けいべつ》のまなざしが目の前の少女からは注がれました。その様子は先ほどとはまるで別人。

ひょっとして亡霊の仕業か……？


そもそも暗い場所や亡霊が怖いのは、一人で暗闇にいるからです。

心霊現象の多くがただの妄想《もうそう》と一括《ひとくく》りにされるのは、一人でいるときに限って亡霊と遭遇することがあまりにも多いからです。

このセオリーに則《のっと》るのであれば今回は亡霊は出ません。二人ですからね。

二人行動はいいものです。話す相手がおり、配慮する相手がおり、そして自分自身より怖がっているであろう人物が傍にいることで容易に平静さを保つことができます。

「……ふむ。この部屋は椅子だけの部屋、ですね……一体何の目的でこの部屋は作られたのでしょうか……考察のし甲斐《がい》がありますね……」

というわけでめちゃくちゃ頼もしいパティさんでした。二度目であるからなのか、それとも私という人間が傍にいるからなのか、彼女は自室でそうであったように饒舌《じょうぜつ》に語りながらチェスター城を探索します。

彼女が事前に語っていたように、廊下はまるでどこまでも続いているかのように長く、そして部屋の扉が等間隔で並んでいます。方向感覚がおかしくなりそうな光景でした。

そしてこれもまた事前にパティさんが語っていた通り、扉の向こうで待ち構えている部屋の数々もまた奇妙なものばかりでした。

それではここで、私たちが遭遇した奇々怪々《ききかいかい》な造りの部屋の数々をご覧に入れましょう。

最初に遭遇したお部屋は四方が本棚に囲まれたお部屋でした。見渡す限り本だらけでほかには何もありません。チェスターさんは本好きだったのでしょうか。

「なるほど、これは隠し部屋ですね。恐らくここから本を抜くと次の部屋に進める仕組みでしょう」

本棚にぴたりと体を密着させながらそんなことを語るパティさん。何を言っているのやらと私が首をかしげていると、彼女は本を幾《いく》つか抜きました。

直後、本棚はがこん、と音をたてたかと思うと、棚が上から一段ずつ順番に奥へと滑《すべ》り、階段になりました。見上げてみると上にはもう一部屋。

「ええー」

何ですかこの意味不明な仕掛けは、と私が口を開けていると、パティさんは「さあ次へ参りましょう」と自信に満ちた顔で言いました。まるで探検家。誰だこれ？

次に訪れた部屋は、両側の壁際に絵画が三枚ずつ並べられていた部屋でした。

「なるほどこれは恐らく両サイドの絵画を回転させて角度を合わせることで扉が開くタイプのお部屋ですね」

一切の迷いなく部屋をうろうろ歩き回り絵画をくるくる回すパティさん。次の部屋の扉が開きました。……なんで？

「じゃあ次の部屋に――」

まあもう別に何でもいいか、とテキトーに歩き出す私。

「待ってくださいイレイナさん！」

しかしパティさんは私のローブを全力で引っ張りそれを制止。そして「ここらでトラップが張られているのが仕掛け部屋のセオリーです」などと言いながら、彼女は次の部屋に向けて本を投げ入れました。

直後に本が爆散《ばくさん》しました。

「なんで？」

「恐らく今のは罠ですね……危ないところでした……」

ふぅー、と汗を拭《ぬぐ》うパティさん。誰だこれ？

それからも行く先々に変な部屋がありました。

例えばピアノだけが置かれた部屋。

「恐らくこれは音楽を演奏することで隠し扉が開くタイプの部屋ですね」無駄に長い袖で無駄に上手《じょうず》な演奏をしたら扉が開きました。

それから例えば無駄にハーブが生えまくってる部屋。

「これは休憩《きゅうけい》部屋ですね」もしゃもしゃとハーブを食うパティさん。

そして特に何もない部屋。

「ううう っ……！　お腹が、いたい……！　イレイナさん、呪いかも……！」

「さっきハーブ食ったからじゃないですか」

とにもかくにも奇々怪々な部屋の数々が――。

「イレイナさん見てください！　この部屋の絵に石ころを嵌め込んでみたら隠し扉が開きました！」

奇々怪々な部屋が――。

「この部屋の壁にぴたりと背中をくっつけた状態でぴたーん！　って叩いたら回転しました！」

奇々怪々――。

「見てくださいイレイナさん。ここの部屋の像に武器を持たせたら扉が開きました！」

はーもう行動のほうが奇々怪々すぎて部屋の特殊さが全然目立たないんですけど？　何なんですか？

しかし気分が最高潮《さいこうちょう》に上り詰めている彼女はそれでも私にひたすら話しかけ続けます。

「ところでイレイナさんはこのチェスター城に出てくる亡霊ってどなただと思いますか？」

確かサファイアのネックレスをしていて長い金髪《きんぱつ》をヘアピンで留めている綺麗な女性、でしたか。

誰と言われても、まあ特にこれといって外見以外にヒントはありませんし、

「チェスターさんに強い恨みを抱いている人、じゃないですか」

これといって特にひねりもない答えを返す私でした。

そして実際、ここに三年通い詰める彼女が知る亡霊の正体もこれといって特にひねりのないものであるようです。

「当たらずとも遠からず、といったところです」

そしてここから先は彼女による考察になります。

「私はこの館に出る亡霊の正体は、チェスターさんの弟子《でし》なのではないかと睨んでいます」

曰く、パティさんによると、チェスターという人物に関して調べてみると、いろいろと奇妙な点が見えてくるそうです。例えばチェスター氏は魔導杖を作り出した生来《せいらい》の発明家とこの国では広く知られていますが、しかし彼が名をあげた発明品は魔導杖以外には何一つとしてありません。

発明の世界においてたった一つの画期的な発明さえできれば十分だという意見もありますが、しかし彼の研究を調べてみると、魔法にまつわる研究は、魔導杖の後にも先にも一度も作ったことがないのです。

何事にも前後の流れというものがあるはずです。彼の発明にはそれがなかったのです。彼の研究人生に突如《とつじょ》現れたのが魔導杖だったのです。

そもそも彼は魔法が使えません。まったくの未経験の分野である魔法に初めて触れて、魔導杖を作り出したのです。

この天才的なひらめきとも呼べる所業《しょぎょう》は国内でも多くの人に称賛《しょうさん》されていますが、しかしパティさんは、この彼の功績を疑っていました。

「彼のことを調べると一つの事実が判明しました」

彼女は息をするように仕掛けを解きながら、語ります。

「チェスターさんは、弟子をとっていた時期があるそうです」

ほんの短い期間でしたが、それは若くて綺麗な女性で、チェスターさんが魔導杖を発表するより少し前に弟子入りした女性なのだとか。

とある文献《ぶんけん》には、チェスターさんの魔導杖開発に貢献《こうけん》した、とも記載《きさい》されていたそうです。

「しかしその弟子は、魔導杖が発表された直後に行方不明になっています」

そして彼はその後十年間、郊外に作った邸宅で、金色の長い髪をヘアピンで留めていて、胸元にはサファイアをあしらったネックレスを下げ、そして涼しげなワンピースを着た若く美しい女性の亡霊に怯《おび》えることになります。

邸宅の増改築を、繰り返しながら。

つまりそれは一つの事実を指しているように思えました。

「チェスターさんが弟子の研究を自分のものにして殺した、ということですか?」

するとと彼女はあっさり頷きながら答えるのです。

「私はそう考えてます。研究成果を師匠《ししょう》に盗まれたお弟子さんは、怨霊《おんりょう》となってこのチェスター城の中を彷徨っているのです。ずっと、ずっと、永遠に――」

街中で出会ったそのときのように暗い顔をしながら、ぽつりぽつりと彼女は語りました。

辛《つら》く、悲しそうに、看板を抱えて俯いていたときのように、心底不幸だとでもいうように。

「…………」

ところで。

彼女がそんなことを言ったからでしょうか。あるいは極めてタイミングがよかったのでしょうか。

パティさんがそのとき開いた扉の先には、長い長い廊下がありました。

本日何度見たかも分からないほど、もはや見飽《みあ》きるほど見てきた長い廊下です。

その中で唯一いつもと違う部分があったとするならば、廊下の先に人影《ひとかげ》があったことでしょうか。

それは金色の髪をだらりと伸ばした一人の女性の姿をしていました。

着ている服は涼しげなワンピース。彼女はまるで不幸で不幸で仕方ないかのように俯いています。

きっと何かとても嫌なことでもあったのでしょう。

しかしながら街でパティさんを見つけたときのように声をかける気にはなれませんでした。

『…………』

何せ、廊下の先に立つ彼女。

その向こう側が透《す》けてるのですから。

○

彼女はきっとこのお城の主《あるじ》さんですね。きっとそうでしょう。チェスター城の中を探索する私たちを歓迎して出てきてくれたのですね。なんか向こう側が透けてますし足音もなく歩くような挙動《きょどう》もなくまるで氷の上を滑るみたいに私たちのほうへと近づいてきていますけれどもこれはきっと危害を加えるつもりなんて更々《さらさら》なくてきっと彼女なりの挨拶をするつもりでうわああああ。

「ぴゃあああああああああああああああああああああああああああっ！」

私とパティさんはその場からすぐさま逃げ出しました。もちろん叫び声を上げているのは私ではなくパティさん一人です。私が亡霊ごときに驚《おどろ》き涙目《なみだめ》になるだなんてとんでもない。そんなことあるわけないじゃないですかふざけてるんですかぶち殺しますよ。

ともかくそこから私たちはありとあらゆる手を尽くして逃げ惑《まど》いました。

果たしてどんな道筋を辿ったことでしょうか。右へ左へ、上へ下へ、パティさんと共に部屋から部屋を渡り続けます。

名も知らぬ亡霊さまはそんな私たちをいつまでもいつまでも追い続けました。

「ひゃあああああああああああっ！」

部屋から部屋を渡る私……と絶叫《ぜっきょう》するパティさん。

『…………』

そして追いかける亡霊さん。

「ひゃあああああああっ！」

また部屋から渡る私たち。

『…………』

追いかける亡霊さん。

「いやあああっ！」走る私たち。

『…………』私たちを追い抜くとくるりと振り返って右を指さす亡霊さん。

「いやあああああ……え？　右ですか？」

『…………』

無言《むごん》で頷く亡霊さん。

「ど、どうも……？」

そして走る私たち。

『…………』

無言でついてくる亡霊さん。

「…………？」やがて立ち止まって振り返ってみる私たち。

『…………？』同様に立ち止まって、そして首をかしげてみせる亡霊さん。

……おやおや？

「これは一体どういうことですか」

即座に冷静になる私でした。

パティさんも同様に首をかしげました。

「ひょっとして私たちに危害を加える気がない……のでしょうか？」

彼女はハーブをモシャりながらのたまいました。

「そのハーブどっから持ってきたんですか」

「襲われる前に回復しておいたほうがいいと思いまして」

「薄々《うすうす》感づいていましたけどあなた時々会話が通じませんね」

私は持ってきた理由を聞いたんですけど？

目の前で小首《こくび》をかしげる亡霊さんは、それから先ほどと同様に床《ゆか》を滑りながらこちらへと近づきます。不思議と先ほどまでのような恐怖はありませんでした。よく見ると確かに顔は美人でした。よく考えればこんな美人が他人に危害を加えるだなんてあろうはずもありません。私たちは一体何に怯《おび》えていたというのでしょうか。

実際に彼女は私たちをそのまま素通《すどお》りしていくと、廊下の向こうまで滑って行ってしまいました。

その様子は、まるで私たち二人を誘っているかのようにも見えました。

パティさんは彼女の半透明の背中を見つめながら、ぽつりとこぼします。

「ひょっとして、私たちのことを外へと案内しようとしてくれているのでしょうか……？」

それは私も同様に考えていたことでした。言葉を発することなく、ただ挙動だけを見ていましたが、亡霊さんから敵意や悪意というものを一切感じることができなかったのです。

『…………？』

むしろなかなか追いかけてくることのない私たちに対してくるりと振り返り、再び首をかしげる始末《しまつ》。

その挙動は明らかについてきてくださいと言っているようなものであり、半透明の彼女のそのような献身的《けんしんてき》な姿勢に私たちが心打たれたことはよもや言うまでもないことでしょう。

「なんとかなりそうですね――」

ほっと胸を撫《な》で下ろし、私たちは亡霊さんの後を追いかけるに至りました。

それから彼女は部屋から部屋を迷いなく渡り続けます。

「というか今更《いまさら》ですけどどうやって扉開けてるんですかあの人」半透明なんですけど。

「イレイナさん。世の中にはポルターガイストというものがありまして」

「あれ人力だったんですか……」

姿かたちは見えないだけで亡霊さんたちが普通に手で動かしていたということなのでしょうか。

パティさんは「また一つ賢《かしこ》くなっちゃいましたね……」と前髪に隠れた目を輝かせました。

それから私たちは亡霊さんに導かれるままに歩きました。

私たちの目の前を歩く彼女は見れば見るほどチェスターさんが怯えていた亡霊そのものです。つまりは、

「あれがチェスターさんのお弟子さんということなのでしょうね」

横で歩くパティさんも確信めいた顔つきで頷いていました。

「はい——きっと、チェスターさんが去ったあとも、ずっとこの場所に囚《とら》われ続けているのでしょう」

ずっと、永遠のように長い時間を独りぼっちで過ごしていたのでしょう——パティさんはまるで自分のことのように、寂《さび》しそうに言葉を漏《も》らしていました。

そして彼女がそこまで話したところで、私たちの先を歩いていた亡霊さんがぴたりと止まります。

亡霊さんが壁をなぞると、大きな扉が現れます。扉についた小窓からは外の景色が見えました——隠し扉のようです。

そして亡霊さんは、すっ、と床を滑りながら私たちの前から退《しりぞ》きます。相変わらず言葉こそありませんでしたが、その挙動は、どうぞお帰りくださいと語っているように見えました。

「出口……！」

パティさんは喜び跳ねるような足取りで、出口へと向かいます。

私も彼女の後を追って歩きました。

「…………」

ところで。

話は変わるのですが。

私たちは何か忘れてはいないでしょうか。

チェスター城に本日来た理由は何だったのか。

晩年《ばんねん》のチェスターさんがなぜ館の増改築を繰り返してしまったのか。

いつの間にか忘れてはいなかったでしょうか。

「あれ？」

ふとそんなことを思い至ったのは、パティさんが扉に手をかけたその瞬間《しゅんかん》のことでした。

しかし私が口を開く間もなく、私たちはそのまま、がこん、と開かれた床の下。暗闇の中へと吸い込まれて行ってしまいました。

出口の前に落とし穴。

なるほど罠だらけの館にふさわしい仕様といえますね。

○

パティさんにとってこのチェスター城は辛いときの心の拠《よ》り処《どころ》となっていました。

元来オカルトじみたものが好きだったというのもこのチェスター城に通い詰めた理由の一つではありますが、外国から留学しに来ている彼女にとって学園生活は孤独《こどく》や疎外感《そがいかん》を感じることが多かったのでしょう。

ですから彼女は何かある度にこの場所を訪れ、本を読んでいました。

不気味がって誰も近寄らない場所に近づく彼女は相当な変わり者に見えたことでしょう。しかしそんな彼女だったからこそチェスター氏にまつわる秘密にも気づけたのかもしれません。

チェスター氏の弟子の存在はあらゆる文献を探っても情報は皆無《かいむ》。彼女は何者なのか、なぜ魔導杖の発明とともに消えてしまったのか、彼女の素性《すじょう》は謎に包まれていました。

街の人々が不気味な館と恐れて近づくことのない館の前で、彼女はひたすらに調べ尽くしました。誰の目にも留まらないものを直視しました。

そうしてパティさんはただ一つの結論に辿り着いたのです。

魔導杖の発明をしたのは弟子であり、そして師匠のチェスター氏は、彼女の研究成果を奪って殺《あや》めたという。この国の誰にだって信じてもらえない結論に辿り着いたのです。

『お話をしてもよろしいでしょうか』

落とし穴の底。

ささやかな光が降り注ぐ中で、綺麗なワンピースを着た彼女がスカートの裾を持ち上げてこうべを垂れました。

『あなたのことを私はずっと見ていました』

亡霊さんが見つめる先にはパティさんがいました。『三年前から、ずっとずっと、出入り口に座り込んで、この館のことを研究なさっていましたね——珍《めずら》しい来客でしたから、あなたのことはよく覚えています』

彼女は淡々《たんたん》と言葉を並べます。

半透明の体のどこから声は漏れているのでしょうか。

私たちの頭の中に、直接彼女の言葉が響き渡ります。

『ずっと、私はあなたに一言《ひとこと》お礼を申し上げたかったのです』

穏やかに語りかける亡霊さんに、パティさんは困惑したように、「お礼、ですか……？」と首をかしげました。

『この場所に通い詰めてくれた人はあなただけでした。あの男の所業《しょぎょう》に気づいたのは、あなただけでした。この四十年間、あなたと同じ結論に辿り着ける人を——私はずっと、待っていました』

三年前からずっとこの場所に足しげく通っていたパティさん。

オカルトじみたものと対面するといつの間にか奇々怪々な言動を繰り返す彼女はきっと出入り口で資料を読みながらいつも独り言を繰り返していたのでしょう。

そんな様子はきっと亡霊の彼女から見てもよほど目立って見えたのではないでしょうか。

『嬉しかった』

亡霊さんは言いました。『本当の私を理解してくれる人がいて、私のことを理解しようとしてくれる人がいたことが、近づいてきてくれる人がいたことが、嬉しかった』

本当はずっとあなたに話しかけたかった。

本当はずっと中に入ってきてほしかった。

それでもずっとチェスター城の中から眺めることしかできなかったのは、今までのことがあったから。

たくさんの人が、亡霊さんを一目見ただけで逃げ出しました。家主が恐れて命を絶つことを選んだせいで恐ろしい亡霊なのだと思い込まれて、声をかけられても決して振り返ることなく、誰もが逃げ出しました。

だから話しかけることができなかった、と彼女は言いました。

『それに、この前話しかけたら驚いて泣き出してしまったんですもの』

くすくす、と笑みを浮かべていました。

一か月前のことですね。

「あっ、いや、あの、あれは……、ちょっといきなりのことでびっくりしただけですし、別にあなたが怖いというわけでは……」

言い訳のようにあたふたと語るパティさん。浮気《うわき》がばれたかのような挙動不審ぶりでした。

『分かってますよ』

依然《いぜん》として亡霊さんは笑みを浮かべていました。『本当は今日はお話をせずに帰ってもらうつもりでした。感謝の言葉を伝えても、あなたの迷惑になるのかもしれないと思って』

だから本日はずっと喋っていなかったのですね。

パティさんが初めて亡霊さんと遭遇したときとはずいぶんと様子が違っていたものですから何事かと思いましたけれど――。

『勇気を出してお話ししてよかったです』

あなたにお礼の言葉を伝えられただけでも、私は満足です。

そう言って彼女はお辞儀《じぎ》をして、私たちが何か気の利《き》いた言葉をかける間もなく、美しい笑顔のままに消えるのです。

瞬《まばた》きをした合間に、その姿は見えなくなっていました。

まるで一瞬の幻覚であったかのように、そこには亡霊さんの姿は跡形《あとかた》もなくなっています。

「…………」

見上げれば穴は浅く、よじ登れば外には出られそうです。「行きましょうか」と私はパティさんに声をかけました。

けれど彼女は亡霊さんがいた場所をただ見つめ続けていました。

そこには二つ、物が置いてありました。

彼女は拾い上げます。

誰かのヘアピン。

それから、

『忘れ物です』

というメモとともに誰かの指輪が置いてありました。

律儀《りちぎ》に拾っておいてくれたのでしょう。

「ありがとうございます」

パティさんはぺこりと頭を下げました。

私たちが落とされた小さな穴の中。

胸元にはサファイアをあしらったネックレスを下げた、もはやぼろ布となったワンピースを着た白骨遺体《はっこついたい》に、彼女は頭を下げていました。

○

結局のところ私たちが落とし穴の中で見たものが、十年もの間、チェスターさんが邸宅を手放さなかった理由なのでしょう。

白骨遺体には手紙が握《にぎ》られていました。

中身はチェスター氏の行いを一からすべて記載した告発文《こくはつぶん》。研究成果を奪われたこと、チェスター氏に指摘したところ命を狙《ねら》われたこと。逃げている間に傷を負って隠れたこと。恐らくこれの内容を生きて誰かに伝えることがもうできないこと。

それらすべてが克明《こくめい》に記載されていました。

チェスター氏は十年もの間、彼女の遺体を見つけることができなかったのでしょう。そのうえ彼女の亡霊に追い回される羽目《はめ》になり、ただ逃げることばかり考えるようになってしまったのでしょう。

そして結局、彼はその後、自ら命を絶《た》つ道を選んだわけですが。

パティさんは地下室で見つけた内容を持ち帰り、公表すると話していました。

「こんな内容、私だけで隠し持っているなんてできません！」

正義感に燃えているようにも義務感に駆られているようにも見えました。いえ、きっとその両方でしょう。

地下室で見つけた忘れ物を身に着けた彼女は以前よりもほんの少しだけ頼もしいお顔をしていま

した。

前よりもはっきりと目が見えるからでしょうか。

「……？　何ですか？　イレイナさん」

私の視線に気づいて、彼女は首をかしげます。

その指には、お友達から贈られたという指輪が嵌められていました。

その髪には、どなたかのヘアピンがつけられていました。

金色の瞳が私を見つめます。

「……いえ」私は首を振りながら答えました。「公表した内容が周りの人たちにしっかり信じられればいいですね」

「何を言ってるんですかイレイナさん！　こんなの一大事《いちだいじ》ですよ！　信じてくれるに決まってます！」

「でも今朝のパティさんみたいに、『最新の発表は以前までの定説《ていせつ》を完全に否定するものじゃありませーん』なんて捻《ひね》くれたことを言う人だって出てくるかもしれませんよ」

「うぐっ……」

彼女は苦そうな顔で答えておりました。「そういう変な子は私以外にはいないと信じたいですね……」

「だといいですね」

軽口をたたきながら私たちは通りを戻っていきました。パティさん曰く、今日のところはひとまず資料を整理するために時間を使いたいそうです。

さすがにこれまでの定説を覆《くつがえ》すとなると、チェスター城で見つけた物を適当に渡して新聞社に渡して終わり、というわけにはいかないでしょう。

相応の準備が必要なはずです。

「私も手伝いましょうか？」

「結構です」

ゆるりと首を振りつつはっきりお断りされてしまいました。

彼女の表情には初めて見たときのような暗い感情はまるでありません。不幸などかけらもありません。私がお手伝いすることは何もないようです。

自身の正しさが証明されて、そして何より、彼女を見てくれていた人がいたことが彼女は嬉しかったのでしょう。

そうして私たちは街を歩きました。

「あの……！」

そしてちょうどパティさんが看板を抱えて立っていた辺りを通ると、一人の少年が私たちのもとに駆け寄ります。

少年は顔を真っ赤にしながら、パティさんを見つめていました。

その手の後ろには、花束《はなたば》が握られていました。

背中の向こうに隠したところでばればれなくらいに大きな花束が、ありました。

「…………」

きっと今までろくに少年の顔を見ていなかった彼女は初めてその花束の存在に気づいたのでしょう。

くすくす、と笑みを浮かべていました。

「え？　あの？　えと……？　あ！　花束ばれてる……！」

少年はほどなくしてようやく自身の脇《わき》の甘さに気づいて顔を真っ赤に染めました。

しかしこの程度の羞恥《しゅうち》で諦《あきら》める程度の少年ではありません。彼は背中の向こうから溢《あふ》れた花束を、パティさんに差し出しながら言うのです。

「お、おおおおお友達になってください！」

何とか絞《しぼ》り出した言葉とともに、花束が彼女の手の上に置かれます。

それは少年の勇気ある、単純明快でシンプルな告白でした。

きっと前髪で視界を遮ったままでは、その少年の顔がどれだけ赤いのかも、差し出された花束がどれだけ美しいものなのかも知らなかったことでしょう。

俯いて塞《ふさ》ぎ込んで、不幸だ不幸だと嘆《なげ》いているだけのうちは、きっといつまでも気づくことのなかったささやかな幸せを、彼女は抱きかかえながら笑うのです。

「はいっ」

透き通るような笑顔とともに。

第二章　実は私は

悔《くや》しい話だがその店は実に素晴《すば》らしかった。

ここは高級料理店と、そして美術館としての顔をも持ち合わせているまったく新しい料理店である。

静かな店内に鳴り響くのは盲目《もうもく》でありながら素晴らしい旋律《せんりつ》を奏《かな》でる一流ピアニストによる演奏。

店内の壁一面に並ぶのは著名《ちょめい》な一流芸術家たちが描いた絵画の数々。店の一番奥にはこの店のオーナーであるクロード氏の肖像画《しょうぞうが》が堂々《どうどう》と置かれている。相当なナルシストである。恥《は》ずかしくはないのだろうか。満面《まんめん》の笑みだが。

当然の話だが高級料理店であるこの店のテーブル一つひとつの間を歩くのは一流ウェイトレスたち。顔も立ち居振る舞いも完璧な彼女らは見ているだけでも実にさまになっている。

「ねえちょっと……あそこの席の人、さっきからずっとこっち見てくるんだけど……」「きも」

…………。

気を取り直そう。

一流が集う店であるということはこの時点で十分すぎるほどに分かったことだろう。

そしてこの一流の店は、当然ながら一流の客だけが来るものだ。

店内を見渡してみよう。

広い店内に幾《いく》つか置かれた数少ないテーブルに座る一流の客は、見るからに高級なスーツに身を包んだ壮年《そうねん》男性。それから結婚間近と思《おぼ》しきカップル。それから我が国の一流の学園の制服に身を包む少女と、父親と思しき男。

当然ながら朝からずっと居座《いすわ》る私もまた一流である。

「ねえ……あそこの席の人、朝からずっと座ってるんだけど……」「きも」

………。

この店では外見、内面、あるいはその両方――どこかしらが一流な人間が通うものだ。彼女たちは多分前者だろう。

「すみませーん！　店員さん、パンのおかわりを所望《しょもう》します」

当然ながら見た目も中身も凡俗《ぼんぞく》な人間が通うような店ではない。

私の近くの席に座る一人の女は朝から延々《えんえん》と無料のパンばかりを食っている。はた迷惑《めいわく》な女だ。

実に低俗《ていぞく》だ。

「こんなに美味《おい》しいパンが食べ放題なんて……。このお店は一体どこから収益《しゅうえき》を得ているのですか？」

お前以外の客からだろ。

などとついつい横から口を挟《はさ》みたくなってしまった。

その凡俗な客の容姿を見てみよう。髪《かみ》は灰《はい》色、瞳《ひとみ》は瑠璃《るり》色。着ている服はどこにでも売っていそうなシンプルなもの。実に低俗だ。きっと稼《かせ》ぎも少ないに決まっている。

あんな客に来られては店員もさぞ迷惑なことだろう。

私は店員たちの会話に耳をかたむける。

「ふふふ……あんなにいっぱい食べちゃって」「なんだか小動物みたい。可愛《かわい》いわね」

こいつら何なんだ？

「……まったく、けしからん店だな」

私は誰にも聞こえないくらいの声量で呟《つぶや》いた。この店は、実に素晴らしい。しかしけしからん店である。

本音を言えば、私にとってこの店は障害でしかない。

実は私はこの店のライバル店の店主である。

今日は変装して朝からこの店で待機している。

有識者諸君はライバル店の私が席に座って店内を見渡しているという事実から、本日は偵察に来たのだろうと推察するのだろうが、はっきり言ってその予測はまったくの見当違いである。

単刀直入に言おう。

実は私はこの店に毒物《どくぶつ》を持ち込んだのである。

毒物。

比喩《ひゆ》ではない、正真正銘、人の体に害をなす毒物を、私はこの店に持ち込んだ。

実に簡単な仕事であった。

この店は朝一番に店主が市場から直接食材を仕入れて、そのまま調理に使う。一流のこだわりである。今朝も同様であった。

普段と違う点があったとすれば、今日やりとりした商人の中に変装した私が紛れ込んでいたことであり、そして私が毒入りのトマトを店主に売りつけたことである。

いくら一流といえど毒物を見抜く審美眼までは一流ではなかったようだ。「実にいい色のトマトだ」と満足げに店主は帰って行った。見てくればかり気にするからトマトの毒にもウェイトレスの性格の悪さにも気づけないのだ。馬鹿《ばか》め。

そして再び変装を施し、店に来てみればメニュー表に、

『本日はいいトマトが取れたのでミネストローネがおすすめです』

の文字があった。私は笑った。

まさかご自慢のミネストローネに毒が紛れ込んでいるなどとは夢にも思わないだろう。

「フフ……、悪いな。ライバルは徹底的に叩き潰《つぶ》す主義でね」私は誰にも聞こえないくらいの声量で呟いた。「貴様の店は実に素晴らしい……。だが、素晴らしいからこそ目障りなのだよ」

真の一流と呼ばれる人間は私一人だけで十分である。

まがいものにはご退場願おう。

さて、いつ誰がミネストローネの犠牲になるのだろうか？　私は店内を見渡す。

「あ、すみませーん」

すると、ちょうどそのとき、静かな店内に不似合いなほどの呑気《のんき》な声とともに、手が挙《あ》がる。

それは例のパン女だった。

「さすがにまともな料理一つも頼まずに長居するのも申し訳ないんで、何かしらのお料理を注文し

ようと思うんですけど。一番安いやつって何ですか？」

と尋《たず》ねる。

ウェイトレスが「ミネストローネです」と答えると、彼女は、「じゃあそれ一つ」と答えたのだった。

私は驚愕《きょうがく》した。なんと運がいいことだろう！　この高貴《こうき》な店に不似合《ふにあ》いな者を誰か一人取り除《のぞ》くとすれば件《くだん》のパン女を追い払うべきであることは火を見るより明らかであろう。

一流にまったくふさわしくない大食らいの女はこの店を死へと導くミネストローネの犠牲《ぎせい》となって息絶《いきた》えるのだ。

それからほどなくしてウェイトレスの一人がいかにも私は仕事をしていますよという風に澄《す》ました顔で例のパン女の席へと料理を運んできた。

無論《むろん》、それはミネストローネに違いない。

灰色の髪のパン女はそれから「わー美味しそうー」と次元《じげん》の低い感想を述べてから、スプーンを手に取り、そして。

「では、いただきます」

と料理を口に運んだのである。

「ちょっと待ってあの席のおっさんずっとあの子のこと見てない……？」「マジきしょ」

ウェイトレスどもはこれから起こることも知らずに呑気に言葉を交わす。

私は笑いを堪《こら》えるので必死だった。

何せ今からこの店は終焉《しゅうえん》に向かうのだ。

私は耳を澄ませる。

直後に店内に響き渡ったのは、愚《おろ》かな客の断末魔《だんまつま》。

「ごっはああああああああああああああああああっ！」

店の空気はその一瞬で一変した。ウェイトレスが持っていたトレーがからん、と床《ゆか》に落ち、叫び声がこだまする。ピアノの旋律は止まり、客の、店員の、そして厨房《ちゅうぼう》で料理をしていたシェフたちの視線が、ある一点に集まる。

その中心には一人転がる愚かな客。

きっとよくないものでも食べたのだろう。陸に揚《あ》げられた魚のようにもがき苦しむ。

それは灰色の髪、瑠璃色の瞳をした若い女――。

「…………」

の、隣の席で普通に食事をしていたはずの壮年男性だった。

「わー、なんか大変なことが起きてますね」

件の女は隣の席が惨劇《さんげき》となっているというのに届いたばかりの料理を普通に口に運んでいた。お前には良心というものがないのか？

○

お食事中に隣の席で名も知らぬおじさまが倒れました。

そんな光景に「あら大変」とこぼしつつ食事の手を止めなかった良心のかけらもない女性が一人おりました。

それは一体誰でしょう?

そう、私です。

ちなみに実は私はこういう現場に遭遇《そうぐう》するのが初めてではないのですが、それはさておき何やらとんでもないことになってしまいましたね。私びっくりです。

できればお料理を食べ終わった辺りで事が起きてほしかったところではありますけど。

これではお食事は中断せざるを得ません。

店内は騒然《そうぜん》としておりました。ウェイトレスさんは悲鳴を上げ、店内から続々と人が集まります。結婚間近と思しきカップル、可愛《かわい》らしい女の子とその父と思しき男性。シェフ数名。

彼ら彼女らはそれぞれ床に転がった男性の様子を確認しては、「大丈夫《だいじょうぶ》ですか!」「しっかりしてください!」とざわつき始めます。

そんな中で一人、

「ば、バカな……! 一体どういうことだ……!」と狼狽《ろうばい》する男性が一人。おやおや少し反応がほかの方とズレていますね。ズレているといえば髪の毛もちょっとズレてる気がするのですが、被《かぶ》り物でしょうか?

「お客様の中にお医者様はいらっしゃいますか!」

ウェイトレスさんは叫びます。

しかし、彼女が声を上げたとたんに、周りでざわついていた人々は皆一様に黙《だま》り込んでしまいます。誰一人として自分自身で救う力は持ち合わせていないのです。

いやはや仕方がありませんね。

「ここは私にお任せください」

颯爽《さっそう》と立ち上がる私でした。「まったく、皆さんだらしがないですね……」やれやれと肩《かた》をすくめておきました。

そんな私の自信に満ちた表情にウェイトレスさんはとたんに目を輝かせます。

「！　もしかしてお医者様なのですか……？」

「いえ、医療に従事した経験はありません」

「……？　では何かほかに特技が……？」

「実は私は幽霊《ゆうれい》と会話することができるんです」

「いやその人まだ死んでないんですけど……」

「えぇー？」

私はとことこと壮年男性のもとに近寄り、様子を窺《うかが》いました。

「あ……ああ……」と男性は虚空《こくう》を見つめながら声を漏《も》らしていました。わあ生きてる。

「急に倒れてしまったから私たちも困《こま》っているんです……」

とウェイトレスさん。

彼女の胸元には『新人』と書かれたバッジがつけられていました。お客様の中にお医者様はいらっしゃいませんかと尋ねていたのも彼女でしたね。

壮年男性の身に何が起こったのかを知る者はいません。新人のウェイトレスさんもとい新人さん曰《いわ》く、とりあえず邪魔《じゃま》だから端《はし》のほうにどけたいとのことでした。私はこの人血も涙もないなと思いました。

「しかし無暗《むやみ》に動かすことについては私は反対ですね」

僭越《せんえつ》ながら私の考えを述べさせてもらいましょう。「この男性が倒れた理由が分からない以上、素人《しろうと》しかいないこの場で行動を起こすことは危険です」

「じゃ、じゃあどうすればいいっていうのよ！」

ヒステリックに叫ぶのは名門校の女子学生。父と思しき男性が「まあまあ」となだめる横で、彼女は「せっかくの食事が台無しなんだけど！　そのおっさんどけてよ！」とぷんぷん怒《おこ》ります。お淑《しと》やかな見た目に反してなかなか性根《しょうね》が腐《くさ》っておられるようで。

「確かにそれもそうですわね……」

女子生徒に賛同《さんどう》したのは結婚秒読みな雰囲気《ふんいき》にまみれたカップルの女性。美しいドレスを着た彼女は、「折角《せっかく》いいところだったのに！」と彼氏らしき男性に「まあまあ」となだめられながら怒っておりました。ここはなだめる男性しかおらんのですか？

自己中心的な女性二人に困り果てた新人さんは「うう……お客様の中に実は探偵《たんてい》をやっている方とかいらっしゃいませんか……？」と辺りを窺います。当然誰も反応しません。

私以外は。

「仕方ないですね――」ため息をこぼす私でした。「ここは私がこの男性が倒れた原因を究明して差し上げましょう」

「先ほどから何なのですかあなたは」と新人さん。

「私の名前はイレイナと申します」

「いえ名前は聞いてませんけど」冷たい新人さん。「探偵なんですか？」

「いえ探偵ではないのですが、でもこういう場面にはよく遭遇します」

まあとりあえずここは私にお任せください――と壮年男性に更《さら》に歩み寄る私。

こういうときはご本人に直接お話を伺《うかが》うのが一番手っ取り早いものです。

「おじさん、おじさん、どうかしたのですか？　お話、聞きますよ？」

私は仰向《あおむ》けに倒れている壮年男性に語りかけます。それはまるで酒を飲み明かして路上で寝転んでいるダメな大人に対して優しくかつ腫物《はれもの》を触《さわ》るように語りかける常識人のごとし。

「ああ……うう……」言葉を漏らす壮年男性。

「ふむふむなるほど」しかと聞き取り頷《うなず》く私。

「……あの、彼は何と？」

と首をかしげる新人さんに、私は答えます。

「どうやらミネストローネを食べたことが原因のようです」

視線を移すと確かに彼が座っていた席には食べかけのミネストローネがありました。原因はこれとみて間違いないでしょう。

「！　ミネストローネ、だと……？　一体何故《なぜ》ここに……？」

中年男性はよく分からないところに引っかかっていました。ズレてます。髪だけでなく感性までもがズレてます。

まあそれはさておき、

「少し食べただけでこんな状態になってしまう、ということは、この方のミネストローネに毒が仕込まれていた可能性が考えられますね」私はありのままに事実を述べました。

「ど、毒ですって？　それは本当ですか！」

店内が一瞬にしてざわつき始めます。皆があわてて統率《とうそつ》が取れなくなる前に「静粛《せいしゅく》に」と少々声を張りました。

「いいですか？　まずはなぜこの男性が狙《ねら》われたのかを考えましょう。彼のことを詳しく知る人物から話を聞く必要があります。この中に実は私はこの男性の知り合いである、という方はいらっしゃいますか？」

私は店内の人々に尋ねますが、しかし彼らはやはり誰かが手を挙げるのを待つかのようにざわつくばかり。まあ確かに、面識があったとしても急なことで思い出せないのかもしれません。

私は壮年男性の傍《かたわ》らに寄って、「すみません、皆さんあなたのことをご存じでないみたいなんですけど、あなたのことを詳しく教えてもらってもいいですか」と尋ねます。

彼が普段どんな仕事をしていて、趣味《しゅみ》は何で、どこに住んでいて、家族構成はどうなっているのか。大体このくらいの情報さえ揃《そろ》えば、もしかしたら誰かと面識《めんしき》があることが判明するかもしれません。

「ああ……うう……」壮年男性は私に答えました。

「ふむふむなるほど」そして頷く私。「彼は独身の資産家でえぐいくらいの額の貯金があるそうです」

「実は私は彼のお友達です」

しゅた、と誰よりも早く手を挙げたのは先ほど怒っておられた女子生徒。実に真面目《まじめ》な顔で「お友達」とのたまいました。

「随分《ずいぶん》と歳が離れたお友達なんですね……？」

「は？　何言ってんのよあんた。友達に年齢は関係ないから」

「時と場合さえ違えばいいセリフですね」

しかしそんな彼女に待ったの声をかける者がありました。

結婚間近のカップルの女性さんです。

「実は私はその人の婚約者よ」

あなた何言ってんですか？

「婚約者ならあなたの隣にいらっしゃるのでは」

「いやこれ婚約者じゃないし」いともあっさり首を振る彼女さん。

「じゃあ何なんですか」

「財布《さいふ》」

「最低だこの人……」

一方で彼氏さんは「え、マジ？」と軽めに驚《おどろ》いていました。反応薄。

「ちょっと待って！」さすがにお友達という設定では婚約者という設定には勝てないと踏んだのでしょうか。待ったをかける女子生徒さんは覚悟《かくご》を決めた表情をしていました。

「実は私はその人の娘よ！」

いやいやいやいやいや。

「お父上ならあなたの横におられるじゃないですか」

「いやこれ父親じゃないし」いともあっさり首を振る女子生徒さん。

「じゃあ何なんですか」

「私に惚《ほ》れてる独身男性」

信じがたいことにこれは紛《まぎ》れもない事実だったようです。私が父親と思い込んでいた男性は、「そうだね」と普通に頷いていました。うわあ最低。

ところで、

「この倒れている壮年男性が父親だと証明できるものは何かあるんですか？　家族構成を示す書類とか」

「ないわ」

「じゃあ親子とはいえないのでは」

「何言ってんのよ！　親子関係に血の繋《つな》がりも書類も関係ないわ！」

「時と場合さえ違えばいいセリフでしたね」

○

ひとまずなんとなく私が探偵役を引き受けてしまったゆえに、倒れた壮年男性からの聴取《ちょうしゅ》は私が執り行うこととなりました。

途中で面倒《めんどう》くさくなって「そもそも警察とか保安官さんとか、それに類する組織を呼べばいいのでは？」と本日最もまともな発言をしたのですが、私のこの提案はその場にいた大半の人に猛反発を受けました。

それではここでバラエティ豊かな反対理由をご覧に入れましょう。

「実は私、複数人のおじさんに貢《みつ》がせてるから」と語る女子生徒さん。一人じゃないんすか。

「じ、実は僕は会社の金を彼女に貢いでいるから」と語る父親風の人。可哀《かわい》そうに。会社が。

「実は私、結婚詐欺師《さぎし》で」と語る彼女さん。さっき聞きました。

「実は僕も結婚詐欺師で」と語る彼氏さん。あなたたち案外お似合いなのでは。

「実は私は女性ものの下着を使用する趣味がある」と語るシェフ。本日初めての台詞《せりふ》がそれでいいんですか。

「実は私はたまに廃棄《はいき》の料理つまみ食いしてます……」と深刻《しんこく》そうに語るシェフのアシスタントさ

ん。いえ多分今のところ一番軽い罪ですよそれ。

「実は私はおかわり自由な喫茶店《きっさてん》で数時間粘《ねば》ることがよくあります……」と語る新人じゃないほうのウェイトレスさん。無罪。

「実は私は目が見えています」と語るピアニストさん。どさくさに紛《まぎ》れて関係ないカミングアウトしないでください。

何はともあれこの店に居合《いあ》わせた人々はそれぞれやましい事情があって人を呼ぶことに抵抗《ていこう》を覚えておられるようです。

それはつまり事件の真相解明《しんそうかいめい》はこの場でしなければならないということであり、そして、その役割は私が担《にな》わなければならない、という事実を示しています。

いやはや困りましたね。

さっぱり分かりません。

壮年男性さんに何度か話も聞いてみましたが、とにかく壮年男性さんがお金持ちであることと、それを証明するように着ている服と装飾品が見事に高級品まみれだったこと以外に何の特徴もありません。ある意味この店の中で最も存在が薄いといっても過言《かごん》ではないでしょう。

そうして私が早速《さっそく》手詰まりな印象を抱いた頃でした。

「おやおやぁ？　これは一体どういうことかな？」

誰も勝負などしていないというのに、急に勝ち誇ったような声が店内に響き渡ります。誰もが振り返り、その声の主《ぬし》をとらえます。

そこにいたのはある意味この店で最も存在が濃い、中年男性さんでした。

全員が壮年男性のもとに集まっているなか、ただ一人彼だけが私のいた席を見下ろしていました。相変わらずのズレっぷり。

「ここの席に座っていたのは、確か灰色の髪の君だね？　君が食べていたのは、この料理かね？」

なぜ急に私の話になるのか理解ができませんが、まあ確かにそこは私が座っていた席であり、そして私が食べていた料理です。

「そうですね」

首肯《しゅこう》しました。

すると中年男性は伝票を取り出し、「おやおやぁ？　やはり妙《みょう》だねぇ」などと妙にねっとりとした口調で言うのです。

「君が注文したのは、この店で最も安いミネストローネ！　しかし君のテーブルの上にはビーフシチューがある！　これは一体どういうことだろうね？」

などと。

「……！」

全員の注目が私の席に集まります。

確かに、そこには食べかけのビーフシチューが置いてあり、そして伝票にはミネストローネの文字。明確な矛盾《むじゅん》がありました。

一体どこからビーフシチューは来たのでしょう？

「そしてこれは、そこで倒れている壮年男性の席の伝票なのだが——更に妙なことが、ここでは起きている！　見たまえェッ！」

そうして突き付けられた一つの伝票。

そこにはこのように書いてあったのです。

——ビーフシチュー、と。

「つまり、そこの灰色の髪の彼女と壮年男性が本来食べるべき料理は逆だったということだッ！」

まあ、それはそうなんですけど。

まったくその通りではあるのですけれど、しかし同時にだから何なのだという話でもあります。

逆だったら私が倒れていただけなのでは？

しかし中年男性はここで少々飛躍《ひやく》したことを言い出すのです。

「これはつまり、そこの灰色の髪の女が壮年男性に毒を盛ったという確かな証拠であるッ！」

なにゆえ？

「恐らく一度、互いの席に料理が運ばれたあとにビーフシチューとミネストローネをすり替え、そのうえで毒を盛ったのだろう！　つまり壮年男性をあんな状態にしたのはこの娘だ！」

もはや私が犯人で間違いないかのような言い方でした。いやいやそもそも毒を盛るならわざわざ料理すり替える必要あるんですか？　おばか？

一体どこから突っ込めばいいのやら私が嘆息《たんそく》していると、中年男性の勢いに押された人々は次から次へと「そ、そうだったのか……」「確かに良心のかけらもなさそうな顔してるしな……」「やりかねないわね……」などと次から次へところりと中年男性に騙《だま》される始末。

しかし意図せず窮地に追い込まれてしまった私を救う者が一人おりました。

新人ウェイトレスさんです。

「あの……」彼女はおどおどと手を挙げつつ、言いました。「実は私、ビーフシチューとミネストローネを置き間違えてしまいまして……」

はい。

私と壮年男性のお方の料理がすり替わっていた原因は、つまるところそういうところです。

そもそも常識的に考えていただきたいのですが、客が料理運んでいたら相当に目立つはずでしょう。私がすり替えたというなら、誰かに目撃されていなければおかしいはずです。

「ば、バカな……！　だが、それならなぜ灰色の髪の君はウェイトレスの間違いに気づかなかったのだ？　味も見た目も全然違うではないか！」

「実は私は料理の間違いに気づいていましたが高い料理だったので黙《だま》ってました」

「君は下劣《げれつ》だな」

「えへへ」

「褒《ほ》めてないが」

結局、自らが堂々《どうどう》と掲《かか》げた持論が私とウェイトレスさんによってあっさりと覆《くつがえ》されてしまった中年男性は、「むうう」と唸《うな》りつつ、

「ではミネストローネを作った人間が犯人なのではないか？」

と今度はシェフに的を絞《しぼ》りました。「……そうだ！　そもそもミネストローネに毒が入っていたということは、料理を作った本人が毒を入れたに違いないッ！　犯人はお前だッ！」

もはや中年男性は断言《だんげん》すらしていました。その様子はどこか必死にも見えます。

しかしシェフはそんな彼に嘲笑《ちょうしょう》で答えるのです。

「私のどこに毒があるというのだ？　言ってみろ」

シェフは上着を脱ぎました。

「なんで脱いだんですか」脱ぐ意味ありました？

「己《おのれ》の潔白《けっぱく》を証明するためだ」

「ちょっと言ってる意味が理解できないのですけど」

「私はこの下着に誓《ちか》ってやってない」

「可愛《かわい》い下着ですね」

「ありがとう」

「ひょっとして下着見せたかっただけなんじゃないですか」

「それもある」

「気持ち悪いですね」

「ありがとう」

「褒めてないです」

この人は駄目《だめ》だと私は思いました。

「ぐうっ……！　では一体誰が犯人だというのだ……！」

中年男性は悔しそうに顔を歪《ゆが》ませました。まあそもそも肌《はだ》を露出したからといって毒を盛っていないという証明にはならないのですが、しかし脱いで露《あら》わになった美しい肉体によってだけではなく、中年男性は沈黙《ちんもく》を余儀《よぎ》なくされました。それはなぜか。

「フンッ」

シェフがここぞとばかりにリンゴを取り出しその場で握《にぎ》り潰したからです。こんな人間に逆らったら何をされるか分かったものではありません。何より中年男性を直視しながら握り潰したリンゴを食べる様子はもはや恐怖でしかありませんでした。私はこの人とはもう関わりたくないなぁと心から思いました。

それはさておき。

「しかし妙ですね」

ほんの少しずつ私の中で膨《ふく》らんでいた違和感を、私は口にしました。「あなた、一体どうして先ほどからそんなに必死なのですか？　まるで犯人をどうしても見つけたいかのような雰囲気を感じますけど」

私が言うと、中年男性はとたんに顔を強張《こわば》らせました。

「な、何を言う！　人を傷つけるような人間がこの中にいるのかもしれないのだぞ？　犯人なんてすぐに捜《さが》し出したいに決まっているではないか！　次は私たちの誰が狙われるのか分からないのだぞ？」

「それはまあ、確かに」

おっしゃる通りですけれども。しかしだからこそ変なのです。「そんなに必死になって捜すくらい正義感が強いなら、私が警察なり保安官なりを連れてくるよう提案したときになぜ賛同《さんどう》してくれなかったのです？」

「！　そ、それは……」

私の提案はやましい事情を抱えた人たちによってあえなく拒否されてしまいましたけれども。

「ひょっとして、あなたもやましい事情があるのですか？」

「や、やましいことなどあるわけがないッ！　断じて！」

「ほんとですかー？」

その必死さがかえって怪しいのですけどー？　と私は目を細めます。

思い返してみれば、この方は最初からどこかほかの人とズレた言動を繰り返していましたね。

それに、

「見れば見るほど偽物《にせもの》っぽい雰囲気がするんですよねぇ……」

じっ、と私は中年男性の頭のあたりに視線を向けました。それはまるで見透かすような視線。中年男性は余計にあわてふためいて、「み、見るな！　違う！　私じゃない！」とより一層必死になって否定します。

そして追い詰められた彼は、

「ち、違う……！　私じゃない！」

声を張り上げ、言いました。

「トマトに毒など私は入れていない！」

などと。

…………。

「トマト？」

なにゆえ急にトマト？　その場にいた全員が首をかしげ、言葉の意味を理解するために少々の時間を要しました。

「毒が入っていたのはミネストローネでは……？　ああ、ミネストローネに使われていたトマトに毒が入っていた、という意味ですか、なるほど。理解しました」

なるほど食材そのものが毒だったわけですか。これは盲点《もうてん》。

で。

「なんでトマトに毒が混入していると知っているんですか？」

妙ですね。大体、ミネストローネのような料理に毒を混ぜるならばスープに毒を混ぜることが最も手っ取り早いでしょう。溶け込むわけですし。

知らなければトマトに毒が入っている、などと断言できるはずもありません。

「い、いや……！　今のは違う！　口が滑《すべ》っただけで――」

トマト発言は決定打になりました。

彼が容疑者の候補に挙がったとたんにこれまでの怪しい言動の数々が一つひとつ露呈《ろてい》していきます。

「そういえばあのおっさん、朝からずっとこの店にいたわよね……」「きっしょ」「ろくに料理も食べないで周りの席ばかり見ていて気持ち悪かったわ」

中年男性の不審《ふしん》な行動の数々が客の証言により明らかになりました。

もはや中年男性が犯人であることは私たちの共通認識となりつつありました。しかしそれでも往生際《おうじょうぎわ》の悪いことに彼は頑《がん》として認めようとはしませんでした。

「違う！　私は断じてやってないぞ！　私じゃないぞ！　大体こんな男知らな――」

「もうやめないか」

ぽん、と肩に置かれた手が中年男性を制しました。

それはなかなか貫禄《かんろく》のある声でした。

「まったく、黙って聞いていれば、いい大人が情けない。自分の過《あやま》ちくらい素直《すなお》に認められんのかね」

やれやれ、と貫禄のある声の持ち主は、首を振りました。

「な……なんだと……？」

中年男性は驚愕に目を見開きます。

いえ、恐らく中年男性のみならず、その場にいた誰もがその人物を前に驚きを隠せなかったことでしょう。

「君が毒を盛ったことは私がよく知っている。残念だが、逃げられないぞ」

そこに立っていたのは、壮年男性。

毒入りミネストローネを食べて倒れたはずの彼が、平然と立っていたのです。

「変装しているようだが、君はうちの店のライバル店の店主だろう。今日、君が私の店を荒らしに来ることは分かっていたさ」

言いながら、壮年男性は自らの首元を掴《つか》むと、そのまま自らの顔を文字通り脱ぎ捨てました。

「実は私はこの店の店主でね、今日は一日中、君の監視をさせてもらっていたのさ」

ははは！　と勝ち誇ったように笑う壮年男性——だった人物。脱ぎ捨てた皮の下から現れたのは、おおよそ三十代半《なか》ば程度の男性でした。

彼は勝ち誇ったように笑います。

それは店の後方に堂々と飾ってある絵画とまったく同じでした。

○

壮年男性の中から出てきた店主さんはその後、事情をすべてお話してくれました。

曰く、今回犯行に及《およ》んだライバル店の店主さんは以前からいろいろな店に対して嫌《いや》がらせを繰《く》り返していたそうです。特に新しい才能というものには強い嫉妬《しっと》があり、若い店主が店を開くと目をつけて、何かにつけて難癖《なんくせ》をつけては悪評《あくひょう》を広めるといったはた迷惑な活動を以前からしていたそうです。

そして美術館としての顔と高級料理店としての顔を併《あわ》せ持つこのお店が狙われたことは至極当然《しごくとうぜん》

な流れともいえました。

「以前からあの男は私の店の悪評を街の至る場所で触れ回っていたんだ。『料理が不味《まず》い』『値段が高すぎる』『店主の顔が気持ち悪い』なんてね、最初こそあまり気にはしていなかったのだが、悪評というのはまさしく毒のようにじわじわと我々を蝕《むしば》むものだ。売り上げは静かに下がり、客の入りもほんの少しずつ減っていった。まったく厄介《やっかい》なことだよ……」

そして店を抱える彼は立場上、無責任な個人と同じ場所まで降りて戦うわけにもいかず、長い間耐えてきたそうです。

やがてお店の評判がある程度下がったところで、中年男性は駄目押しとして毒入りのトマトを売りつけてきました。

以前から中年男性の動向を監視していた店主さんはすぐに彼の目論見《もくろみ》に気づき、あえて彼の策略《さくりゃく》に騙された振りをしたのだそうです。

「まああの男は以前から変装《へんそう》をして私の店に食べに来ていたからね、今日もどうせ来ると思っていたさ」

そして今日、わざと目の前で倒れて騒《さわ》ぎを起こしたうえで、彼がボロを出すことを待った、ということなのでしょう。

実際、追い詰められた中年男性さんはその後、観念して自らのこれまでの行いをすべて自白しました。

店主さんは彼の処遇《しょぐう》に関してとてもとても悩みました。

「あの男を保安局に突き出せば私の気は晴れるが、しかし問題のあった飲食店として注目を浴びることになる。しかし温情《おんじょう》を与えてしまえばきっとあの男は再び同じ過ちを繰り返すだろう」

一体どうすることが正解なのでしょうか？

頭を抱える店主さん。

私は「そうですねぇ」としばし考えたあとで、そういえばこのお店のビーフシチューがなかなかに美味《びみ》だったことを思い出しました。

このまま潰れてしまっては勿体《もったい》ない。

「一ついい方法がありますよ」

そして私は言いました。

毒は使いようですよ——と。

○

その日の夕方、高級料理店と、そして美術館としての顔をも持ち合わせているまったく新しい料理店には、いつもよりも少しながら賑《にぎ》わいを見せていました。

店内には盲目の天才ピアニストという設定の普通のピアニストが得意げな顔で演奏をし、そして顔だけがよいウェイトレスは適当に仕事をこなし、店の奥では無駄《むだ》に筋肉《きんにく》を鍛《きた》えたシェフが無駄にリンゴを握り潰します。

そして店内には店主の満面《まんめん》の笑みが浮かべられた肖像画が堂々と置かれています。統一感のまるでないコンセプトのそのお店は非常に混沌《こんとん》としていました。

「まあ、私は店内にいた彼らの特徴が毒だとは思いませんが、みんなそれぞれ必死に隠したがっていたことから、彼らが自身の特徴に対してどう思っていたのかは推《お》して知るべきでしょう」

しかしながら、どこか一つだけおかしなものがあれば目立ちますが、目に入るものすべてがおかしなもので包まれていると、人はもはや普通とは何なのか、おかしなものとは何なのかが分からなくなるのです。

『私は若い才能に嫉妬してこのお店に毒を持ち込んで迷惑をかけました』

店を出ると、そのような看板《かんばん》を首から提《さ》げた中年男性が、見るからに私は反省していますよといった風にしょんぼりと項垂《うなだ》れていました。

迷惑をかけたぶん、彼にはしばらく看板としての役割を担っていただきましょう。

看板からして奇抜《きばつ》が過ぎるそのお店の前を通りがかった人々が、次から次へと足を止めました。

彼らはそして変わった看板に興味を惹《ひ》かれて扉《とびら》に手をかけます。

そこはきっとこの国で最も奇妙で、けれど最も自由なお店。

実は私は、などと勿体つける必要のない空間が、そこにはあるのです。

第三章

ある日の夜の話

THE JOURNEY OF ELAINA

バー。

それは少々大人な雰囲気《ふんいき》かつおしゃれで静かな空間。私はかねてからこのような素敵《すてき》空間で「マスター、いつもの」と澄《す》ました顔で注文するのが夢でした。

とはいえ旅人である身の私としてはそれは叶《かな》わぬ夢です。いつもの、を注文するほど通い詰めることなく私は国から国を渡ってしまうのですから。

それに、バーというものにあまり通ったことがないせいで何を頼んでいいのやら私はさっぱり分からないのです。

「お待たせしました。オレンジジジュースです」

ことん、と私の前にオレンジジュースが一つ。渋《しぶ》いお顔のマスターによって置かれました。

何を頼んでいいか迷った結果、バーで注文する意味のない物を頼んでいた私でした。

しかしながら静かな店内に溶け込むように澄ました顔で「ありがとうございます」と受け取り、口をつけました。

一口を心の底から大事にしました。オレンジ栽培《さいばい》するところからやってたのかと思うくらい時間がかかったわりに分量が少なかったので。

何はともあれ、そんな風にカウンター席にて、お酒など入っていないくせに雰囲気に酔《よ》いしれる旅人が一人おりました。髪《かみ》は灰《はい》色、瞳《ひとみ》は瑠璃《るり》色。それは黒のローブに黒の三角帽子を身にまとった魔女でもあり、そう、私です。

「大人な雰囲気のお店ですね、マスター」

「アルバイトです」

カウンターの向こうの渋いマスターに即答されました。アルバイトというお名前なんですか。珍《めずら》しいお名前ですね。

夜といえどまだ日は沈《しず》んだばかり。街は未だお祭り騒《さわ》ぎ。静けさを求めてバーに逃げ込んだ客は私以外にはごく少数。男性二人組と、私と同じく一人で飲んでる男性客のみでした。

彼らも私と同じように静かなこの空間に浸っています。

「へへへ……アニキ、まさかこんなに上手《うま》くいくとは思わなかったっすね……」

「ふはははは。まあ我輩《わがはい》の手にかかれば盗みなんて赤子《あかご》の手をひねるようなものよ」

……静かな空間に、浸っているわけではなかったようです。

聞かなかったことにしたいような会話が、私から見て左側の席に座る男性二人組のほうから聞こえました。

一体何を考えているのでしょうか。人の目があるこんな場所で盗みを働いた話をするなど考えられません。ひょっとして何か演技の練習でもしているのでしょうか？　今この国はサーカス団など演者さんが多く来られているようですし。

「へへへ……アニキ、見てくださいよこれ。財布《さいふ》の中、たんまり金が入ってますぜ」

「ふははははは。当然だろう。わざわざ金を持ってそうな通行人の女からバッグを奪《うば》い取ってやったのだからな」

男たちは見るからにブランドものかつ明らかに女性もののバッグの中身をテーブルの上にひっくり返して物色していました。なるほど演技じゃないですね。本物ですね。本物の盗人《ぬすっと》で本物のおばかですね。

こんな公衆《こうしゅう》の面前《めんぜん》で一体何を考えているのでしょうか。

「……でもアニキ、あっしら、祭りの最中に盗みなんて働いて大丈夫《だいじょうぶ》でしょうかね……、この財布の女、保安局の本部まで被害届を出しに行ってましたぜ」急に弱気になる手下らしき男性。情緒《じょうちょ》不安定ですか？

「ふははは。何だ、不安なのか？　大丈夫だ！　人の通りが多いせいで盗まれて叫んでも誰も気づかなかった！　まさに完全犯罪だ！」

そういう話を何ゆえにほかの客もいるバーでやるのかがまったく理解できないのですけれども。よそものの私だけでなく、ここにはマスターと、そして私の右側にも男性客がいるというのに。

「……通報、しないんですか？　マスター」

私はこっそりマスターに尋《たず》ねました。

マスターは首を振りつつ答えます。

「……アルバイトです」

それ私の問いかけを無視してまで訂正すべきものなんですか？

などと聞き返そうかと思いましたが、ふとそこで私はマスター（アルバイト店員）の視線が私の右側――一人で飲んでいる男性に向いていることに気づきました。

それはまるで私を促《うなが》すかのような目の動き。私は気がつけば導かれるように右側へと視線を向けていました。

「……ふっ」

そこには私を見つめる一人の男性の姿がありました。自身が最も格好《かっこう》よく見える角度を熟知《じゅくち》しているのか、彼はこちらに顔を斜《なな》めに向けつつキメ顔を浮かべていました。

何ですかこんな状況でナンパですか？　と私がじっと目を細めたのは言うまでもないことなのですが、しかしよく見れば、彼の手元に身分証が置いてありました。

そこには大きめの文字で『保安局』と綴《つづ》られています。

「………………」

なるほど。

私はその一瞬ですべてを悟《さと》りました。

恐らく左側の席に座る二人組の悪行《あくぎょう》はすでにこの国を守る保安局に目をつけられていたのでしょう。そしてバーに入った二人組を追って、私の右側に座る捜査官《そうさかん》が監視のためにやってきたのでしょう。

そして今、捕まえるタイミングを見計らっている――そういうことなのでしょう。

つまり彼が私に向けている顔はキメ顔などではないのです。偶然《ぐうぜん》にも捜査官と盗人に挟《はさ》まれてしまった運の悪い女性客を安心させるための笑みなのです。なんという信念でしょう。私はたいそう感動しました。

「あちらのお客様からです」

そして感動に水を差すようにマスターは私の目の前にオレンジジュースを置きました。

あちらのお客様？

「…………」

私の右側に座る男性はキメ顔で私を見つめていました。

そして、身分証の下に隠れていた紙切れを私にすっ、と差し出します。

『今夜を君と共にしたい』

…………。

それは身の毛のよだつ文章でした。脅迫《きょうはく》を受けたときでさえ恐らくここまで恐怖することはないでしょう。一体どのような顔をしていたらこんな文章が書けるのでしょうか。

「……ふっ」

キメ顔ですね。キメ顔してたら書けるんですね。というかさっきから何なんですかその顔。腹立ってきました。

私はこの国の保安局の実態に呆《あき》れかえりながらため息をつきました。

一方で左側の席の男たちの会話も盛り上がります。

「アニキ、この金で何します？」

「そうだなぁ……、我輩的にはまずはこの金と物でマブい女の子を口説きたいところだな」

「！　盗んだブランド物のバッグをそのままプレゼントに使うということですか！　アニキ……さすが天才！」

「ふははははは！　そうだろう、そうだろう」

「ところでマブいって何すか？」

あまりに低俗《ていぞく》な会話が私の左側で繰り広げられます。

私は「あの二人、捕まえたほうがいいんじゃないですか？」という意図《いと》を込めて、右側の男性に目配《めくば》せを送りました。

「……ふっ」

ウインクが返ってきました。この男はもうだめだと私は確信しました。

せっかく街の喧騒《けんそう》から離れて静かな店内を堪能《たんのう》していたというのに、お口がうるさい二人組と視線がうるさい男性客に挟まれて私のストレスは増す一方でした。

もはやこうなっては平穏《へいおん》は望めません。

私の手で解決するほかないようです。

「……仕方ないですね」

私はそれからため息をつきつつ紙とペンを手に取り、さらさらと文字を綴《つづ》ったのちに、マスターに言いました。

「マスター。これ、あちらの客に」

これ、一度言ってみたかったんですよね。

○

それからほどなくしてお店は静かになりました。

何が起こったのかを説明しましょう。

『こんにちは♡　私、旅人のイレイナって言います。実は今、国を案内してくれるステキな殿方《とのがた》を探しているのですけどぉ、よかったらちょっと、案内してもらえません？　あっ、急にごめんなさい……！　何言ってるんだろ私……、私みたいな地味《じみ》な女が急にこんなこと言ったら迷惑……ですよね？　わ、忘れてください！　でも……もしも、少しでもお話ししてくれる気があるなら……、よかったら、保安局の本部の前まで、来てくれると嬉《うれ》しいです……』

はい。

このような吐《は》き気《け》を催《もよお》すような文章が私の両側の男性にそれぞれ時間差で手渡されたのです。

まずは右側。キメ顔の保安局員さん。

「……ふっ。じゃあ、待っているよ、イレイナ君」

と片目をぱちぱちしながら彼は店を出ていきました。目に大きいゴミでも詰まったのでしょう。

そして遅れて二人組に向けて紙切れがマスターから手渡されました。男性二人組はまずは手紙を

渡されたことに驚《おどろ》きつつ、こちらに顔を向けて更《さら》に驚いておりました。

「ま、マブい！」

「マブいって何すか？」

先ほどのキメ顔の男性を真似《まね》て色っぽく目配せしつつ片目をぱちくりしていたら男たちは勝手に出て行ってくれました。

あとは保安局員と強盗二人が保安局本部の目の前で巡《めぐ》り合って三人で仲良く今夜を共に過ごすことでしょう。

まさしく無血開城《むけつかいじょう》。私から漂う底知れない色気が罪人二人を確保へと導いたのです。

まったく困ったものです。

私はため息をこぼしながら言いました。

「見かけに騙《だま》される愚《おろ》か者ばかりでしたね、マスター」

「アルバイトです」

第四章　カルーセルの守護者

開けっ放しの窓から差し込む穏《おだ》やかな風とともに、街の子どもたちの喧騒《けんそう》が聞こえます。

ぱちりと目を覚ました私は、あくびをしながら軽く伸《の》びをして、顔を洗って、着替えてからエントランスまで下ります。

どうやら私がこの国に来た日からずっとお祭りが続いているようで、宿に併設《へいせつ》されているレストランに足を運ぶと大勢《おおぜい》の人と顔を合わせます。

この国に来ておおよそ四日が経過しました。

毎日同じような時間に起きて朝食を食べに来ているからか、もはや目に入るのは同じような顔ぶればかり。

私はいつもと同じく窓際の席に座り、モーニングのセットを頼みました。

いつもの店員さんが料理を運ぶまで、近くの席に座ったサーカス団の団員と思《おぼ》しき女性たちの会話に耳をかたむけます。

大体いつも同じような内容でした。

やっぱりこの国はお客さんの反応がいい。今日もみんなで頑張《がんば》ろう。お客さんに笑顔を届けよう。

そんな前向きかつ眩《まぶ》しい言葉の数々が、目を覚ましたばかりの私に浴びせられます。大体私はこ

THE JOURNEY OF ELAINA

の辺りで完全に眠気《ねむけ》が飛びます。多分彼女たちのせいだと思います。

それからほどなくしていつもの店員さんがいつものセットを持ってきてくれて、私は窓の外で楽器を鳴らしながら行進するパレード隊を眺《なが》めながら朝食を食べるのです。

この国に来てから毎日の朝がこのような繰り返しでした。

旅人である私にとって、毎日同じ日々の繰り返しというのはなかなか経験できるものではありません。慣れ親しんだ場所というものがなく、生活サイクルなんてあってないようなものなので。

ですからこの国に来てからの日々というのはなかなかに新鮮だったりもするのです。

朝食をとったあとは、お出かけをするために受付を通ります。

「うーん……、おかしいなぁ……。計算が合わない」

宿の店主さんがカウンターの向こうで紙切れを睨《にら》みながらため息をこぼしていました。

それはこの宿に泊まって以来、毎日のように見ている光景でした。

「…………」

さすがに毎日のようにその光景《こうけい》を眺めていれば、多少は好奇心がくすぐられるものです。「どうかなさったのですか?」

私は尋《たず》ねていました。

宿屋の店主さんが苦い顔を上げます。

「いやぁ……、ちょっと料金の計算が合わなくてね……。多めに鍵《かぎ》を貸しているみたいなんだ」

曰《いわ》く宿泊中の顧客の数と昨日《きのう》の儲《もう》けが合っておらず、つまりどこかで少なめに貰《もら》っている可能性があるそうな。しかし今はお祭りの真っ最中。サーカス団によそからの観光客、それと商人や旅人などいろいろな客が訪れているため、誰から徴収《ちょうしゅう》していないのかがさっぱり分からないのだと言います。

「そんなことが毎日のように起きているのですか……大変ですね」

「まあ、うちの国ではこんなことはよくあるから慣れっこなんだけれどねぇ……」

でも、計算が合わないのは嫌《いや》だねぇ、と店主さんはくたびれた笑みで答えました。

よくあるのですか。

「この時期はよほど忙しいんですね……」

まあ見ていればなんとなく分かりますけど……。

「困《こま》ったもんだねぇ、また朧《おぼろ》の魔女にやられちまったよ」

ははは、と店主さんは笑っていました。

「朧の魔女」

とはどなたです？　と私は首をかしげていました。

店主さんは「おや、知らないのかい」と意外そうに目を見開いてから、教えてくれました。

「朧の魔女は人じゃないよ、うちの国の言い伝えさ」

例えば料金の計算が合わないとき。例えば売った記憶はないのに商品が減っているとき——そんな風に、数字に食い違いが起きたとき。

例えば楽しい時間があっという間に過ぎてしまったとき。例えば友達との約束を忘れてしまったとき、何のために家を出たのか忘れてしまったとき——そんな風に、突発的な記憶の欠落《けつらく》が起きてしまったとき。

この国ではそんなときに、この言葉を使うそうです。

「ま、今日も朧の魔女が宿の鍵を盗んじまったみたいだな」

こんな風に。

仕方ねえなぁ、と店主さんは頭をかきながら言いました。「朧の魔女ってのは目で見ることができない幽霊《ゆうれい》みてえな存在だからな、被害に遭《あ》ったら俺たちじゃどうしようもないのさ」

店主さんはお手上げとばかりにポイ、とペンをテーブルに置いてしまいました。

同じ魔女の名を持つ身としては少々複雑な気分ではありますが、魔法使いがいないというこの国特有の言い回しなのかもしれません。

「ちなみに朧の魔女って実在するんですか？」

「ははは、するわけないだろ」

軽く笑って手を振る店主さん。

要は朧の魔女というのは魔女名などではなく細かいことを気にするのが嫌になったときに使う言葉、ということですね。

記憶違いや数字に違いが出ても、朧の魔女のせいだからと適当なところで匙《さじ》を投げることができるのです。

なんと便利なことか。

「ちょっとアンタ！　また料金の計算が間違ってたんだって？　一体これで何度目よ！　いつになったらまともに計算できるようになるの！」

いつから話を聞いてたのか、店の奥から店主さんの奥様が出てきて、彼の耳を引っ張りました。

「い、痛い痛い！　仕方ねえだろ朧の魔女がやったんだから！」

「言い訳するんじゃないの！　計算合わないのに呑気《のんき》に構えてるんじゃないの！　鍵が盗まれてたらどうするの？　もう一回計算しなさい！」

奥様は非の打ちどころのない正論でご主人の尻《しり》を叩《たた》き、それから再びペンを持たせました。ひいい、と店主さんは私がここを通りがかった瞬間よりもよほど深刻な顔で「あ、合わない……計算が合わない……」と呟《つぶや》くのでした。

………。

まあ、細かいことを気にするのが嫌になったときに使える便利な言葉があったとして。

それを使って許されるかどうかはまた別の問題ですよね……。

○

巡《めぐ》る夢の街カルーセル。

入国から四日経《た》った今でも相変わらず街はお祭り騒《さわ》ぎの真っただ中。そこら中に人が溢《あふ》れていて、どこもかしこも騒がしいばかり。

日によって私は場所を変えて探索《たんさく》を繰り返しているのですが、今のところ街のどこに行っても活気《かっき》に満ち満ちています。

今日は街の北側まで足を運びましたが、やはり相変わらず通りにはさまざまな露店《ろてん》が立ち並び、そして大道芸人たちが演技を披露《ひろう》し、人々がその間を歩いていました。

むしろ街の北側は最も活気に満ちているのではないかと思えるほどの盛況《せいきょう》ぶりでした。

人々の足取りはまっすぐに通りの先にある建物へと伸びています。

それは壁もなく、屋根もない、奇妙《きみょう》な建物でした。

風を受けた船の帆《ほ》のように湾曲《わんきょく》した何かが、幾重《いくえ》にも重なり合い、絡《から》み合うように天を目指して伸びていました。

この国に滞在し始めた初日からずっと気になっていた建物です。

巨大で存在感に満ちた奇妙な建物。それはまるで開きかけの花のように見えました。

「あれは開花《かいか》の会堂《かいどう》っていうんだ」

人々の流れに沿って歩く最中に気が付いたらパン屋の店内に入っていた私は、さっそく朧の魔女の被害に遭《あ》ってしまったことにおやおやびっくりと驚愕《きょうがく》しつつ、これ幸いとばかりにパンを買ったのちにご主人に「北側の変な建物は何ですか」と尋ねました。結果ご主人は「ああアレね」と頷《うなず》きながら教えてくれたのでした。

開花の会堂。

「この国の有名なコンサートホールさ。歌劇や演劇、それとサーカスやら、この国で人を集めるような行事は大体あそこで行われるね。デートスポットとしても有名だよ」

そしてどうやら本日はこの国で最も有名な歌姫様とやらが初めて生歌を披露なさるということで、多くの人が雪崩《なだれ》のように押し寄せている、ということのようです。

人でごった返しているせいで特に見向きもしていなかったのですが、よく見れば街の壁のあちこちに『歌姫サマラ様　初コンサート』と書かれたポスターが貼り付けてありました。

そこには青いドレスを身にまとった紫《むらさき》色の髪の女性が立っていました。手には青い宝石を嵌《は》め込んだ細く長いステッキのようなものを握っています。恐らくは特徴からして魔導杖《まどうづえ》でしょう。

この国に魔法使いがいないことは入国初日の時点で聞き及《およ》んではいます。

「この方は魔法使い、ではないですよね？」

「そうだなぁ。うちの国には嬢ちゃんみたいな魔法使いなんていねぇからな。サマラ様が持ってんのは魔導杖だ。誰でも魔法が使えるようになる発明品さ。俺も持ってるぜ、ほら」

店主さんは同じく宝石を嵌めこんだステッキをカウンターの向こうで持ち上げます。

ほらやっぱり。

予想が見事に的中してどうだと言わんばかりに胸を張りつつ私は店主さんにパンの代金をぴったり支払います。

それから店主さんは、

「うちの国にいるとしたら、魔法使いじゃなくて魔法少女だな」

と少々気になる単語を漏らすのです。

魔法少女？

「……って何ですか？」

なにやら少々可愛《かわい》らしい雰囲気《ふんいき》の単語ですね、と私は店主さんに尋ねました。質問ばかりで恐縮《きょうしゅく》ですが、しかしそれに答えてもらえるだけのパンは購入したはずです。私は店主さんからパンを受け取りつつ耳をかたむけます。

ずっしりとした重みが私の両手にかかりました。ふふふ、奮発しちゃいましたね……。

「魔法少女ってのはな、まあ、アレのことだな」

そして店主さんはお店の外――ガラスの向こうを指さすのです。

私は振り返ります。

「…………」

驚《おどろ》きました。

そこには一人の女の子がいました。恐らく一度見たら忘れられないような女の子といえましょう。

髪は茶色、歳の頃は十八歳程度。顔立ち自体は整っていて、可愛らしい年ごろの女の子といった感じでしたが、その恰好《かっこう》があまりに奇抜《きばつ》でした。

それは無駄《むだ》にカラフルで無駄にフリルをあしらった学生服然とした奇妙奇天烈《きてれつ》な恰好でした。ひらりと広がるスカートは眩《まぶ》しいほどのピンク。学生服然とは言いましたがなぜか肩から先は露出しており、ロンググローブが申し分程度に腕を保護しています。

見るからに目を引く恰好の彼女は、まるで吸い付かれたかのように両手をぴたりとガラスにくっつけて、そしてわなわなと震えながらこちらを睨むのです。

「…………」

私は重たい紙袋を抱えながら彼女としばし見つめ合うのでした。

そして何やら嫌な予感をここで感じたのでした。

彼女の腰には歌姫サマラ様と同じように魔導杖があり、そして彼女の手がゆっくりとその魔導杖まで伸びているのですから。

「見つけたわ！　あんた、朧の魔女でしょ！」

ほらやっぱり。

彼女は叫ぶと店内に飛び込んできて、魔導杖を唐突《とうとつ》に振るいました。

○

あまりに唐突な出来事に困惑《こんわく》しつつも私はまず先にほうきを取り出しました。考えるよりもまず体が動いていたとも言えます。

唐突に現れた彼女は、

「おりゃあああああああああっ！」

と叫《さけ》びながらお店に飛び入り、魔導杖を振り回しました。

一体彼女が何者でどうして私を朧の魔女などと呼んでいるのかは定かではありませんが、話が通じそうにないことだけは明白です。

ゆえにとっとと逃げることにしました。彼女の真横をすいっ、と通り抜けつつ、私は袋からパンを一つ取り出します。朝食は既《すで》に食べてはいますがパンは別腹《べつばら》というものです。

「逃がすかああっ！」

絶対に私を捕まえるという信念があるようでした。

ぐるりと振り返る彼女。手に抱えていた魔導杖を振るいました。直後に一本の線が私のほうきに巻き付きます。

私は店を出るとそのままほうきを浮上させて、街の上空へと逃げようとしました。が、ここで私のほうきはずしりと急激に重くなります。

おやおやパンを買いすぎたせいでしょうか？　などと思いつつほうきの高度を上げましたが、

「甘いわね！　その程度であたしから逃げられるとでも思った？」

振り返ると私のほうきにぷらーんとぶら下がりつつ勝ち誇った笑みを浮かべる魔法少女さん。どうやら魔導杖から出ている線が私のほうきと彼女を結び付けているようです。

「ちょっと、ほうきにくっつかないでもらえます？」

傷ついたりしたらどうするんですか――と、私はすぐさまほうきをしまい、民家の屋根の上に着地します。

建物の一つひとつがカラフルな街の屋根は、まるで塗《ぬ》り潰《つぶ》されたようにすべてが黒く、巨大な影の上に立っているかのように思えました。

「ふんっ。ほうきをしまえば逃げられるとでも思ったの？　甘いわねっ！　あたしはあんたを死ぬまで追い続けるわよ」

「何があなたをそこまで駆り立てるのかがまったく分からないのですけれど」

パンを一つ口に放ってから、私は杖を手に取りました。ほかのどなたかと私を勘違《かんちが》いしているようですし、早い段階で誤解を解いておきたいところなのですけれど。

「おりゃあ！」

しかし私が口を開くよりも先に彼女は魔導杖を振るうのです。

直後に再び彼女の魔導杖の先から青い線が伸び、私の腕に絡み付きます。かと思えば彼女は魔導杖の先をぐるりと自らの腕に巻いて、線を腕に移しました。

私たち二人を青い線が結び付けます。

「ふふ、これで一生一緒ね」

名前も知らない彼女は不敵《ふてき》な笑みを私に見せます。

青い線は、ぐい、と引っ張っても千切《ちぎ》れる気配はありませんでした。この強度がいかなるものかは屋根に上がってきた段階で理解はしています。

しかし、

「なかなか情熱的ですね」

「なぁに？　照れてんの？」

「まったくの初対面でここまでぐいぐい来られたのは初めてかもしれません」

「はははは っ!」

気心の知れた友達とのお喋《しゃべ》りをしているかのように快活《かいかつ》に笑ったのち。

彼女の眼光《がんこう》は鋭《するど》く光り、私を捉《とら》えます。

「よく言えたわね。あたしにとっては確かに初対面だけど——」

そして彼女は魔導杖を振るい。

言いました。

「あんたにとっては初対面じゃないでしょうがっ!」

わーもーほんとに何言ってるのかさっぱり分かりません。

とお手上げする私。

しかし直後に私のもとに幾《いく》つもの青い塊《かたまり》が迫りました。逃げるついでに右に避けて、振り返ってみれば、塊は民家の屋根をごりごりと抉《えぐ》ったのちに消えました。殺傷力《さっしょうりょく》高めですね。

そして再び彼女のほうに向きなおれば、逃げる私と一定の距離を保ちながらも第二、第三陣の魔力の塊を用意していました。

ここら一帯の民家の屋根を何もかも消し飛ばすつもりですか?

「困りましたね……」

本当に彼女と会った記憶はないのですが、いつかどこかで彼女からの恨《うら》みを買ってしまったのでしょうか。

この国に来てからはあまり派手《はで》なことはやっていないつもりなのですけれども。怪《あや》しい商売なんてまだ一切やっていませんし。

むむむ……。

「もう一度言いますけど、人違いではないですか？」

私は距離を詰められぬように風魔法でけん制します。民家の屋根が壊れぬように角度の調整も忘れません。配慮《はいりょ》の塊。そう、私です。

「ちっ……！」姿の見えない攻撃を何度も避けながらも、掠《かす》り、目を細める魔法少女さんは、苛立《いらだ》たしげに舌打ちをしながら、「こんな小細工したって、一生あたしはあんたから目を離さないから！」と再び熱い告白を繰り返すのでした。

あなたは私の何なんですか……？

「どこにいようと何をしていようと、あんたはこれから一生あたしと一緒よ！」

いやほんとあなたは私の何なんですか……？

「すみません私束縛《そくばく》されるのちょっと嫌なタイプなので。ごめんなさい」

旅人たるもの自由を制限されるのが一番のストレスです。いつまでも誤解が続くのも面倒《めんどう》ですし、ここで一つ私も多少強引な手を使ってでも彼女から逃れることとしましょう。

問題は私たちを繋《つな》ぐ一つの線です。これさえ消してしまえばあとはどうとでもなるでしょう。

「見たところ魔力で作った線のようですし――」そしてこの国特有の発明品である魔導杖とやらは、私の記憶が確かならば杖そのものに魔力が入っている便利な品物。つまり彼女自身は魔法を使うことができないということであり。

そして魔導杖さえ壊してしまえば、線も消えるであろうことは明白といえました。

「――よいしょ」

というわけで防戦一方から転じて一気に距離を詰める私でした。

まずはお話し合いができる状態を作りましょう。そのためには魔導杖の存在が邪魔《じゃま》でした。私は至近距離まで迫り、魔導杖に手を伸ばします。

「……ふんっ！　無駄無駄、魔導杖になんて指一本触れさせないわよ！」

勝ち誇った顔の彼女が後ろに飛び退《の》けてから魔力の塊を乱射してきたので、咄嗟《とっさ》に杖ではじきました。直後に「おりゃあ！」と今度は魔導杖の先に青い一本の槍《やり》を生み出し、私めがけて刺してきたため、避けて、私の代わりに民家の屋根を貫《つらぬ》いてもらいました。

ほんの一瞬、動きが止まったのを見計らって、私は彼女の手から魔導杖を奪い取ります。

その瞬間に私たちを結んでいた線が消失しました。

これで一安心。と私が安堵《あんど》した瞬間でした。

「――っ、そんなことしても絶対に逃がさないから！」

叫び、彼女が取り出したのは灰色の宝石を嵌め込んだ魔導杖。

二つ持ってたんですか……？　と私が目を見開いた瞬間、彼女は魔導杖を天に掲《かか》げます。直後にゆっくりと降り注ぐのは無数の岩石たち。

「いや無茶苦茶《むちゃくちゃ》ですか……？」

私は魔法を空に向けて放ち、一つひとつ砕《くだ》いていきました。処理しなければ私の逃げ場がないことは当然ながらも、こんなものが街に絶えず降り注げばお祭りどころではなくなってしまいます。

そこまでするほどに危ない相手と私は勘違いされているということでしょうか。

朧の魔女という存在するかどうかも定かではない人物は、そこまでの相手ということなのでしょうか――。

などと、私が思考を巡らせた直後。

「………………」

ぱちり。

と私が瞬《まばた》きした瞬間。

信じられないことに私は屋根の上から路上へと降りていました。いえ、私自身の意思で移動したというわけではなく、まさに瞬きをした瞬間に別の場所に移動していたというか。

移動しているあいだの記憶をまるで盗まれたかのような、奇妙な感覚がありました。

『開花の会堂』

私の目の前には大きな看板でそのような文字が綴《つづ》られていました。見上げれば開きかけの花のような奇妙な形の建物がそびえています。

そして、先ほどの魔法少女さんも、私の目の前にいました。

「……んん？　ん！　……んー！　むー！　んんー！」

縄で口を塞《ふさ》がれ両手両足は縛られ、地面から彼女は私を見上げつつ唸《うな》っていました。何を言っているのかは当然ながらまったく理解できませんでしたが、その視線から先ほどまでの敵意は感じられませんでした。

唐突《とうとつ》な出来事で戸惑《とまど》い、辺りを見渡す最中。私はふと手に持っていた袋の重みがすっかり軽くなっていることに気が付きました。

視線を下ろすと、先ほど買ったパンの袋が口を開いています。

「……？」

たくさん買ったはずのその中身は、たった一つしか食べていないはずのその中身は、どういうわけか既にほとんど空っぽでした。

○

唐突な出来事に戸惑いつつも、目の前の魔法少女さんの縄をひとまず解いて差し上げる私でした。さすがに突然記憶が吹っ飛ぶような異常事態の直後に先ほどのような大立ち回りを見せたりはしないでしょう。

「……ぷはぁ！」

と縄から解放された彼女は息を吸い込み、すぐに二つの魔導杖から宝石を取り外してしまいました。

仕組みはよく分かりませんが、彼女の魔導杖は着ていた奇抜《きばつ》が過ぎる服と何らかの繋がりがあるのかもしれません。宝石が外れた直後に、彼女が着ていた服はまばゆく光り、ただの制服へと姿を変えました。

「…………」

見ればそれはパティさんが着ていた制服と酷似《こくじ》していました。袖《そで》の長さ以外は瓜《うり》二つといってもいいでしょう。

パティさんと同じ学校に通う学生さんのようです。

「戦闘中に記憶が飛んだ……ってことは、朧の魔女がさっき現れて、ここで消えた、ってことよね……」ぶつぶつと呟いたのちにちらりと私を見る彼女。「……あんた、朧の魔女じゃなかったのね」

先ほどまで私に散々《さんざん》追いかけ回した挙句《あげく》にひどく罵ったあとだからでしょうか。彼女は少々気まずそうに視線を逸《そ》らし、髪を指先でいじりながら、

「その……悪かったわね、勘違いして」

とこぼすのでした。

いえいえ構いませんよ？　別に気にしてはいませんとも。ええ。

「ところであなたが追っているその朧の魔女とは何なのです？　私と姿が似ているんですか？　灰色の髪で魔女のローブを着ている人、ということですか？」

また間違えられると面倒ですし、せめて今後は恰好くらいは変えようかと思った次第です。けれど彼女は私の問いかけに気まずそうに更《さら》に顔を逸らすのでした。

「い、いやぁ……、それが、朧の魔女の外見は私にもよく分からなくて……」

んんー？

よく聞こえませんね。

私はずずい、と彼女の視界に割り込みつつ、じとりと見つめました。

「それはつまり、私が朧の魔女であるかどうかも分からないのに勝手に決めつけて襲ってきた、ということですか？」

「いや、一応、朧の魔女が魔法使いだってことは既に調査で分かっているから、それで……」

「じゃあ魔法使いだったら誰にでも同じことするんですか？」

「いやそういうわけじゃ……ないけど……」

「私は朧の魔女ではないと散々言いましたよね？」

「……ご、ごめんなさい」

とてもとてもばつが悪そうに謝《あやま》る彼女でした。私としてはこれから更に「おいおいごめんなさいじゃぁないんですよ、おらぁ」と詰め寄ってもよかったのですが、学生さん相手にそこまでやるのも気が引けるというもの。

というより今はそれより気になることが山積みでした。

一体どこから尋ねればいいのやら。

「……あのさ、あんた——」

と彼女が口を開きかけたところで、私は、

「イレイナです」まず最初に二度と朧の魔女とやらに間違われぬよう自己紹介をしておきました。

「旅の魔女、イレイナです。魔女名は灰の魔女。この国には観光のためにやってきました」

言いながら私はお辞儀《じぎ》をひとつ。

彼女は「そっか、そういえば自己紹介がまだだったわね――」と改めて私のほうを向きます。

「あたしの名前はミリナリナ。巡る夢の街カルーセルを守る魔法少女よ」

「魔法少女……」

先ほどもパン屋さんで聞きましたけど。

私にはこの魔法少女という概念《がいねん》がよく理解できませんでした。この国には確か保安局があるはずです。それとは別の組織ということなのでしょうか。

私が微妙《びみょう》な顔をしていたからか、彼女はすぐに説明を加えてくれました。

「魔法少女ってのは、この国独自の存在でね――まあ、他国でいうところの国専属の魔法使いと同類と思ってもらっていいわ」

要するに。

「……特別な許可をもらって国を守る活動をしている人、ということですか」

「ま、そういう感じ」

そして魔法少女さんことミリナリナさんは、彼女の背後にそびえる開花の会堂を指さしつつ、私に言うのです。

「それで、イレイナ。あんた今から時間ある？　ちょっと一緒に来てもらいたいところがあるんだけど」

行先はどこかは聞くまでもないでしょう。開花の会堂の中ですね。もともとここを目指して歩いていたので別に構いませんけれども。何用で入る必要があるのです？

「何ですか。デートのお誘いですか」

「は？　そっ、そんなわけないでしょ！」

ばっかじゃないの！　と声を荒《あら》らげるミリナリナさん。そうは言われましても開花の会堂はデートスポットとして有名とのことですし、それに先ほどまで無駄に熱い台詞《せりふ》で口説かれていたものですからてっきりそういうつもりなのかと思ったのですけど。

「ちょっと、あんたに会わせたい人がいるのよ」

「――やはりデート」

「違うっての！」もー！　と怒るミリナリナさん。「朧の魔女と遭遇したら上司に報告しなきゃいけないのよ。それで、一緒にいたあんたにも参考人として着いてきてほしいの」

そういう事情でしたか。

そうならそうと早く言ってくれればいいのに。

「しかし上司さんは随分《ずいぶん》と妙なところにいるのですね」

確かここは本日コンサートで使われる予定ではありませんでしたか？私が首をかしげると、ミリナリナさんは頷きながらも「そうね――コンサート前の大事な時間だから、なるべく手短に済ませたいわ」と少々妙なことを言うのでした。

まるで上司の方がコンサートで直接歌を披露されるかのような言い回し。私は尋ねました。上司の方のお名前とは何ですか？　と。

すると彼女は、会場の隅《すみ》を指さしつつ答えるのでした。

「サマラ様」

彼女が示す先には。

例の歌姫のポスターがありました。

○

開花の会堂。

その中、警備員に守られている関係者以外立ち入り禁止エリアに慣れた様子で足を踏み入れるミリナリナさん。私も彼女に引き続き慣れている感じを醸《かも》し出しつつ歩きます。

それからほどなくして着いたのは、控室《ひかえしつ》。

例によって扉にはサマラ様の名が刻《きざ》まれており、そしてミリナリナさんが扉を開けば、ポスターで見た紫色の髪の女性が座っていました。

まだ準備中だからか魔導杖は彼女の傍らに置いてあり、そして青いドレスの上にはカーディガンを羽織《はお》っていました。

控室で待っているあいだ暇《ひま》だったのか、片手で収まる程度の小さなお人形を手で弄《もてあそ》んでいた彼女は、ミリナリナさんの顔を見るなり、

「控室に入るときはノックをしなさい、ミリナリナ」

と諌《いさ》めて人形を置きながらも穏やかな表情をしていました。

そして私の存在に気づいたサマラさんは、黒い瞳《ひとみ》をこちらに向けます。

「……そちらの方は？」

「こちら魔女のイレイナ。きょう、あたしと一緒に朧の魔女と対峙《たいじ》した人よ」

ミリナリナさんの紹介に合わせて私は「どうも」と軽く会釈《えしゃく》をしました。

「朧の魔女の情報は何か摑んだ？」サマラさんはミリナリナさんに尋ねます。

「どうなの？　イレイナ」ミリナリナさんは私に尋ねます。

……なんで私？　というより今更ですがなにゆえ呼び捨て？

「あの、すみません。そもそも私はその朧の魔女が実在している人物なのかどうかもさっぱり分からないのですけど」

というか何ならミリナリナさんと会った瞬間から今に至るまで何もかもすべてさっぱり分からないのですけどー。

と私は多少頰《ほお》を膨《ふく》らませつつ抗議しました。別に怒ってはいませんがいくら何でもさすがに一言くらいは説明は欲しいものです。

サマラさんはきょとんとしました。

「ミリナリナ……？　何も事情を知らせずにここまで連れてきたの？」

「そうなんです」

私、困っちゃってます、とサマラ様とやらに目で訴えます。どうにかしてください。

「あたし説明下手《へた》だし、サマラ様から説明してもらったほうが話早いと思って」

「私、これからコンサートなのだけれど……」

しかしため息ついて呆《あき》れながらも穏《おだ》やかに笑っているところから察するにこのサマラ様という方はいい方なのでしょう。

「……仕方ないわね」

と軽くため息をつきながら、口を開きました。

「まず、イレイナさんがどこまで知っているのか分からないけれど、朧の魔女というのはこの国特有の物忘れの言い訳のための言葉よ」

私はパン屋の店主さんとの会話を思い出しながら応じます。

「約束をすっぽかしてしまったり、お金の計算が合わないときに使うような言葉で、実際には存在しない魔女、ですよね」

「そう。表向きはね」

彼女は頷き、そして平然と言いました。「でも実際には朧の魔女はこの国に実在しているの」

などと。

物忘れが生じる原因がこの国に実在している、ということでしょうか？　おっしゃっている意味が分からず私が眉根《まゆね》を寄せてわずかに首をかしげると、サマラさんは「急には分からないわよね」

と笑い、教えてくれました。

「イレイナさんはこの国に入ってから、記憶が飛んだことはない？」

「……回数は分かりませんけれども、少なくともミリナリナさんと一緒のときに一度経験していることは間違いないです」

「なるほどね」穏やかな顔で彼女は頷きます。「ところでイレイナさん、あなた、ミリナリナと会うまではどこで何をしていたの？」

「確かパン屋でパンを買っていたはずですけれども……」

「どこのパン屋さん？　店主さんはどんな人だった？　男性？　女性？」

なんだか尋問《じんもん》めいてきましたね……。

「大通りにあるパン屋さんで、店主さんは男性。確か歳は三十歳くらい、だった気がします」

「あ、ひょっとしてベイリーさんのお店かしら。最近できたばかりのお店ね。店内は綺麗だったでしょう」

「……そうですね。そうだったような気がします」

「それで店主さんは確か髭面《ひげづら》で体格のよい男性だったんじゃない？」

「……だったかもしれません。ご存じなんですか？」

「いえ全然」

「は？」

どういうことで？　と私が首をかしげていると、サマラさんはくすくすと笑みを浮かべながら、

「ごめんなさいね、私、そのお店にはまったく覚えがないわ。そもそも私、パン屋さんにあまり行

かないし」と語るのです。

彼女の意図がまるで分からず私は困惑するのみでした。

しかし私のその困惑こそ彼女が望んでいたことなのでしょう。

「イレイナさん。人は一日のうちに何割もの時間を無意識に過ごしていると思う？　物事を考えず、ただ流されるままに過ごしている時間はどれくらいだと思う？」

彼女は私の答えを待つまでもなく言葉を続けます。

「これは文献《ぶんけん》によって違うのだけれど、おおよそ七割から八割は無意識に過ごしていると言われているわ。特に同じような毎日が習慣づいている人ほどこの割合は高いそうよ。大人になるにつれ一日が速く感じていく一因は諸説あるけれど、毎日が新鮮でなくなったから——つまり経験が増えることで頭をさして使わなくてもこなせてしまうことが多くなったから、とされているわ」

小さかった頃は大人になるのが楽しみで、新しい本を読む度《たび》に新しい世界の扉が開けたような気がしました。出かける度に冒険でした。毎晩、お腹《なか》が減る度に、晩ごはんの匂《にお》いが漂《ただよ》う度に、高揚《こうよう》が抑えられなくなりました。毎晩ベッドに入る度に幸せな夢が私を待っていました。

大人になるにつれて感情の起伏《きふく》は抑えられ、落ち着いていきます。

未知で満ちていた毎日に既知が広がってゆくからです。

それがよいことなのか悪いことなのかは私には分かりません。けれども、この国——朧の魔女と対峙する彼女たちにとっては少々都合が悪いことのようでした。

「無意識に過ごしている時間は曖昧《あいまい》に過ぎて行って、そして振り返ったときにはそこに何があったのかぼんやりとしか覚えていないものなのよ」

例えば私がミリナリナさんと会う直前に話していたパン屋さんの様子や店主さんの顔をはっきりとは覚えていなかったように。

人の記憶は驚くほど曖昧さで構成されています。

そして他人の記憶の曖昧な部分は、驚くほど簡単に埋めることができてしまいます。

「私がさっきパン屋さんを綺麗だったでしょうと尋ねたとき、イレイナさんは『そうだったかもしれない』と思ったでしょう？　店主さんの特徴を私が並べたとき、あなたの頭の中では髭を生《は》やした男性の顔が浮かんでいたはずよ」

「…………」

彼女は言います。

「朧の魔女という存在の話をするわね。朧の魔女は実際にこの国に実在する人間よ。ただ、少しだけ特殊な力を持っていてね、この女は、人の記憶に絶対に残らないの」

「人の記憶に残らない？」

影が薄いってことですか？　と私はふと思いましたがもちろん違います。

「彼女を見た者は皆、彼女を視界にとらえていた間の記憶をすべて取り上げられるの。視界の端に映っただけでも、丸一日一緒にいた場合であっても同様。何があっても絶対に彼女の存在は記憶に残らない。それがどのような状態なのかはイレイナさんは身をもって知っているわね」

私とミリナリナさんが気が付いたら開花の会堂にいた、というのはつまり、私たちの記憶に残っていない部分で朧の魔女と邂逅《かいこう》していたという事実を示している、ということですか。

しかしここで一つ疑問が浮かび上がります。

「それってつまり、朧の魔女が今のお祭り騒ぎの街に出れば、一時的に集団記憶喪失が起こるということですよね？　街がパニックになってもおかしくないのではないでしょうか」

しかし街の人々の関心は今、目の前のサマラさんの歌声にしか集まってはいません。朧の魔女の存在を気にかけているのなんてせいぜい宿屋のご主人くらいなものでしょう。

「そうね。私たちも朧の魔女が実在すると分かったときは、同じようなことを考えたわ。集団的に記憶喪失が起こった場所を追えば、朧の魔女の拠点を絞《しぼ》り込むことができるって」

ところが予想に反して記憶喪失が起こったという情報は驚くほど上がりませんでした。

それはサマラさんの言葉を借りるならば、人は一日のうちに七割から八割は無意識で行動をしていて、そして無意識下に起こった出来事を人はほとんど記憶していないからです。

「記憶喪失といっても朧の魔女と直接話でもしない限り、朧の魔女を目でとらえている時間は数秒程度。その間の記憶が急に飛んだところで誰も気にも留めなかったのよ」

そして例えば物がなくなっていたり、例えばお金がなくなっていたり――そのような現実と記憶に誤差《ごさ》が生じたときに、初めて朧の魔女に遭遇していたことを知るのです。

気づいた頃には朧の魔女はとっくに姿をくらましています。

そして問題はもう一つありました。

「朧の魔女が実在しているのは確かだけれど、朧の魔女についての情報はほとんど集まらないのよ」

朧の魔女の外見は記憶に残りません。つまりそれは誰が朧の魔女なのかまったく分からないということでもあります。追うことも迎え撃つこともできません。朧の魔女はいつだって気が付いた頃には去っているのですから。

唯一《ゆいいつ》かろうじて手にした情報は、魔女のローブを着ているということのみ。小さな女の子が街の人々を描いたスケッチにたまたま書き込まれていたその姿だけが頼りでした。

なるほど。

「だから私を朧の魔女と間違えて攻撃してきたわけですか……」

やれやれ、と私が肩《かた》をすくめると、ミリナリナさんは「う、それはごめんってば……」と気まずそうに顔を逸らすのでした。

サマラさんはじっと目を細めていました。

「ミリナリナ……？　そうなの？」ほんの少し不穏《ふおん》な空気をまとうサマラさん。「……普段からくれぐれも朧の魔女と対峙するときは慎重《しんちょう》になさいって言っているわよね……？」

「しょうがないでしょ。朧の魔女の唯一の手掛かりがローブなんだから。魔女の恰好してる女がいたら朧の魔女だって考えるのが普通でしょ」

なんと悪びれる様子もないとは。

反省ゼロですねこの子。

「大丈夫でしたか？　イレイナさん。すみません、この子ちょっと強引なところがあって……」

いえいえとんでもない。

「ご心配なく、大丈夫ですよ。まあいきなり求愛《きゅうあい》されて少し驚きましたけど」

「えっ求愛？」

「青い線で手と手を結ばれて一生一緒ねと言われました」

「あら」

「それと私はやめてくださいと頼んだのですけれど、死ぬまで追いかけるなどと半《なか》ばプロポーズのような言葉も貰いました」

「あらら」

目を丸くするサマラさん。「意外と積極的だったのね、ミリナリナ……」

「いや積極的とかそういう話じゃないから！」

と声を荒《あら》らげるミリナリナさんの顔は真《ま》っ赤《か》でした。

照れちゃってるんですね、分かります。

「まあまあ」

私は彼女の肩にぽん、と手を置きつつ「私はお断りしましたけど、あなたのことを愛してくれる人はきっとどこかにいるはずですよ」と慰《なぐさ》めておいてあげました。

「なんであたしが慰められてんの？」

納得いかないんだけどー！　と頬を膨らませるミリナリナさんでした。

サマラさんはそんな彼女に笑みを向けてから立ち上がると、身だしなみを整え始めます。

「ごめんなさい、もう時間みたい」

時計を指さすサマラさん。

朧の魔女の長話のせいで忘れていましたが彼女は歌姫で、そして今はコンサートの直前でしたね。

それから鏡《かがみ》の前に立った彼女はカーディガンを脱ぐと、流れるように髪と衣装を整え、そして宝石が嵌め込まれた魔導杖を手に取り、それから片手に納まる程度の小さなお人形を大事そうにポーチに収めました。私たちが入ってきたときもいじっていましたけれど——お守りか何かでしょうか?

それから鏡の前でくるりと回りながら自らの恰好を確かめる。

あっという間にポスターで見た姿とまったく同じ恰好になった彼女は、私たちに対し丁寧《ていねい》にお辞儀しながら言うのです。

「これから生まれて初めてコンサートをやるの。よかったら見ていって頂戴《ちょうだい》」

きっと記憶に残る歌にするから、と。

○

聞けばミリナリナさんはサマラさんのお弟子にあたるそうです。

曰く以前はサマラさんが巡る夢の街カルーセルを守っていたそうで、空き巣、窃盗犯《せっとうはん》、暴漢《ぼうかん》などの悪い人間の取り締まりは主に彼女が行っていたようです。

街を守る象徴的な存在が古くから君臨していた巡る夢の街カルーセルは以前から治安がよく、そして同時にサマラさんを知らない人はいないほどでした。

そして今から半年前のこと。

サマラさんは街を守る者としての使命を自らの弟子であるミリナリナさんに譲《ゆず》り、歌手としてデビューしたそうです。

そして本日は彼女の初の晴れ舞台。

ずっと前から国を守っていた彼女の舞台を見るために多くの人が開花の会堂には集まりました。

お弟子さんであるミリナリナさんの特権で私たちは特等席で彼女の晴れ舞台を目にしました。

静かにピアノの旋律《せんりつ》が流れるなか、ステージにただ一人立ったサマラさんが透き通るような綺麗な歌声を披露《ひろう》していました。

「最近、無性にイライラするのよ」

私の横に座るミリナリナさんは、眩しそうにステージを眺めながらも、吐《は》き捨《す》てるように言いました。「サマラ様が引退したのは半年前。朧の魔女が実在することが判明したのは——朧の魔女によって明確な被害がもたらされるようになったのは、それから三か月ほど経《た》ってからのことだったわ」

サマラさんが街を守っていたときはそつなくこなしているように見えました。

けれどミリナリナさんが街を守るようになってから、朧の魔女の被害が拡大しました。街の人たちからはミリナリナさんの存在はどう映ったことでしょう。

頼りない。

失敗ばかり。

サマラ様はこんなミスしなかった。

偉大《いだい》な人物の後を継《つ》ぐということは名誉でもあり、そして苦難の道のりでもあるのです。

「ひょっとしたらあたしに代替わりしたから甘く見られてるのかもしれないわね。ここ最近は特に朧の魔女の活動は活発なの」

露店から勝手に物がなくなるのはもちろんのこと、お金や宝石も平気で盗み、いたずらに物を壊されることもしばしば。

まるでミリナリナさんを挑発するように、街の至るところで活動しているようです。

「それで、朧の魔女を捕まえようと躍起《やっき》になっていたということですか」

成果を上げなければ延々《えんえん》と街の人々から失望《しつぼう》され続けるばかり。ミリナリナさんも焦《あせ》っていたのでしょう。

「うん……ごめん」

依然としてこちらを見て謝ろうとはしませんでしたが、先ほどよりは冷静になったのか、彼女の言葉はほんの少し角が取れているように感じました。「ねえ、あんたさ、これから暇?」

おやおや。

「デートのお誘いですか」

「そんなんじゃないっての」

ばかね、と彼女は口を尖《とが》らせてから、ひとつため息をついて、言います。

「時間あるならさ、知恵を貸してくれない？　朧の魔女を捕まえるためにあたしとサマラ様以外にも力ある人間の助けが必要なの」

そして他国の魔女というのはその助けとやらに最適ということなのでしょう。残念ながらこの国には魔法使いがずっと前から不在のようですし。

私は頷きました。

「いいですよ」

朧の魔女という存在にも興味はありますし。

それと。

「また朧の魔女と間違えられては面倒ですからね」

○

「これが女の子がとっていたスケッチを転写《てんしゃ》したものよ。朧の魔女の唯一の手掛かり」

街の大通り。人混みに紛《まぎ》れて、黒のローブと三角帽子を身にまとった人物の後ろ姿がそこには描かれていました。

いやはやこれは何とも。

「私っぽいですね」

「でしょー？」

だからあたし勘違いしたんだって、とミリナリナさんは肩をすくめて深く息を吐きました。

大通りを歩きながら私はミリナリナさんのお話を聞きました。曰く彼女はこれまで何度となく策《さく》を弄《ろう》して、そして失敗してきたのだと言います。

「朧の魔女はそんな恰好しているだけあって、正真正銘《しょうしんしょうめい》の魔女らしいわ。記憶には残っていないけど、あたしがあいつとこれまで戦った回数はこの三か月の間におおよそ二百回程度よ」

「これまでの勝敗結果はどうだったんですか」

「それ言う必要ある？」

「すみません」

全敗だったことが明白だから私に協力を頼んだのですよね。

少々荒っぽい口調のわりにはマメな性格なようで、彼女は手帳をぱらぱらとめくり始めます。どうやらこれまでの戦歴《せんれき》が克明に記されているようです。細かい文字がびっしりと刻まれていました。

「ちなみに一番キツかった負け方は、気が付いたら犬小屋に放り込まれていたことね。最大級の屈辱《くつじょく》を味わったわ」

「それ言う必要あります？」

「朧の魔女と対峙することがどういうことなのかを知ってもらおうと思って」

「急激にやる気なくなったんですけど」

「言っとくけどあんたが諦《あきら》めたり逃げ出したりしたら地獄《じごく》の果てまで追いかけ回すから覚悟しなさいよ」

「また求婚してる……」

というか私を追いかける暇があるなら朧の魔女を捕まえてほしいものですけど。

何はともあれひとまず闇雲《やみくも》に探してみる私たちでした。

「まあ大通りを歩いていればいずれそれらしき人物と出会うかもしれませんし――」

などと今のところノープランで適当に足を進めていた私は、ぼんやりと言葉を並べながらふと横に視線を送ります。

「………」

ほんの一瞬の間に私たちの間には違和感が生じていました。

まず人通りが多い大通りであるはずなのに、まるで波紋《はもん》のように私たちを中心にして人々が避《さ》けていました。

横にいたミリナリナさんはいつの間にか魔法少女の恰好に姿を変えていました。

こんなところで早着替えですか？　いえいえ。というよりは時間がすっぽり抜け落ちたかのようでしたね。

「……朧の魔女！」

ミリナリナさんは周囲を見渡しました。抜け落ちた記憶を埋めることはできませんが、推測することはできます。

恐らく適当に歩き回っていた私たちと偶然、朧の魔女が遭遇。

ミリナリナさんはすぐさま魔法少女の恰好に変身して臨戦態勢。ところが朧の魔女は私たちに気づいて即座に逃げ出してしまったのでしょう。

今ならまだ近くにいるかもしれません。

「探すわよイレイナ！」

ミリナリナさんは駆け出します。

私は驚きました。彼女の足取りにはまるで迷いがなく、朧の魔女がどこに向かったのかを理解しているかのようでした。三か月間もの積み重ねにより蓄積された経験は伊達《だて》ではないということでしょうか。

「多分こっちに逃げ込んだんだわ！」

そしてミリナリナさんは吸い込まれるように裏通りへと突っ込みました。わー、待ってくださいー、と小走りで追いかける私を無視して、彼女はそして朧の魔女と対峙したようでした。

「ははは！　相変わらず勘《かん》がいいね！」

楽しそうな誰かの笑い声が響き。かと思えば直後に、

「あー！　見つけたわよ朧の魔女！　覚悟しなさ――きゃあああっ！」

などと裏通りから叫《さけ》び声がしました。

杖を用意して私が裏通りに入った頃には既に朧の魔女の姿はなく、代わりに無残に敗北したミリナリナさんだけがその場には残されていました。

「……大丈夫ですか？」

口を開けたゴミ箱に放り込まれていた彼女は、その中でぱちりと目を開くと、「痛……、あたし、

なんでこんなところに……？」と困惑しながら辺りを見渡します。

「今回も駄目《だめ》だったようです」

私は極めて簡潔《かんけつ》に彼女が置かれた状態を説明して差し上げました。

三か月も追い続けている彼女にはその一言で十分でしょう。

「……そうみたいね」ため息を漏らしながら、彼女はゴミ箱の中で肩をすくめつつメモ帳にペンを走らせます。「犬小屋に突っ込まれて以来だわ。こんな屈辱味わうのなんて」

「それ書く必要あります？」

○

三か月のうちに二百回も邂逅しているという事実からも分かる通り、彼女は一日に何度も朧の魔女と対峙しているようでした。

本日もそれから何度かミリナリナさんと私は朧の魔女と対峙することになりました。

まあ例によって記憶に残せない相手なので、戦ったらしい、という結果しか残ってはいないのですけれど。

まず最初はミリナリナさんをゴミ箱から救出したのちに、魔法少女の変装を解いた彼女と二人で街を歩いていたときのこと。

「待って！」

急に立ち止まるミリナリナさん。彼女の視線の先には民家の壁。よく見るとそこには赤い風船に手を伸ばす女の子の絵が描かれています。あれが何か？　と私が彼女に視線を向けると、

「昨日まではあんなのなかったわ……！　この辺にあの女がいるに違いないわ！」

と確信めいた口調で言いました。そして実際いたようです。

気が付いたら私たちは『馬鹿《ばか》です』と書かれた看板を首から提げられ、縄で巻かれて路上に放置されていました。

「屈辱だわ」頰を膨らませるミリナリナさん。

「なんで私まで」

巻き添えを食らってしまいました。

それから次に遭遇したのは、再び街の大通りを歩いていたときのこと。路上で手品師が芸を披露していた最中に遭遇したようです。

「ご覧ください！　こちらは何の変哲《へんてつ》もない箱！　今からこの箱に瞬間移動で助手を呼び出します！」

などと手品師が箱を開けて見せると、そこには助手ではなくミリナリナさんがおりました。

「マジで屈辱だわ」

三度にわたって惨敗《ざんぱい》した結果だけが残されました。

しかし私たちは私たちで決して無策で朧の魔女と戦おうとしているわけではありません。次の遭遇時に備えて私たちはあらかじめ話し合いを設けました。

そしてここで活躍するのが、よそ者の魔女であるところの私というものです。

「ここは思い切って足場をねばねばにしてしまえばいいのでは?」私は提案しました。「朧の魔女の身動きがとれなくなるようにねばつく液体を足元に撒《ま》いておけば簡単に捕まえられるのではないでしょうか」

「あんた天才ってよく言われない?」

「ふふふ。実は天才の語源って私だったんですよ、ご存じでしたか?」

そうして再び朧の魔女と私たちは相まみえたようです。

「助けて」

気が付いたら地面にべったりくっついて仰向けに倒れているミリナリナさんがいたので恐らく作戦は失敗だったのだと思います。

「ミリナリナさん、こちらの箱が何か分かりますか?」

私は即席で作った手のひらサイズの小箱をミリナリナさんに見せました。

「あたし今ちょっと箱に対して恐怖症持ってるから近づけないで」すすす、と私から距離をとるミリナリナさん。手品師の箱の中に入ったことがトラウマになっているようです。

構わず私は説明を続けます。

「音魔法というものがあるのですけれど、先ほどこの箱の中に不快《ふかい》なまでにへたくそなヴァイオリンの音色を音魔法で収めておきました。朧の魔女と対峙したときはこれを使いましょう」

ちなみに箱に音を封じ込めるためには実際にまったく同じ音を近くで鳴らす必要があります。手短なところにいた路上演奏家の方に協力していただいてわざとへたくそに弾いてもらった音色が箱の中には収められています。

「へぇー……、凄《すご》いわね、魔法使いってそんなこともできるんだ」

「いえ魔法使いだからではなく天才だからです」

「天才なら次こそは成功させてほしいもんだわ」

そして数分後にまたしても私たちは朧の魔女と邂逅したようです。

「ねえ、そういえば嫌な音ってあたしたちにもダメージあるんじゃないの？」

裏路地で宙づりにされながらミリナリナさんが今更ながらに至極《しごく》ごもっともな指摘をするのでした。

嫌な音を聞かせても駄目でしたか。

仕方がありませんね、では奥の手です。

「パンを使いましょう」

「はぁ？　パン？　何言ってんのよあんた」

「ミリナリナさん、ひょっとしてパンの素晴《すば》らしさをご存じでないのですか？　パンといえば食パンから菓子《かし》パンなどの種類があることから分かるように主食からお菓子に至るまでありとあらゆる場面で役立つ万能食材。パンのソムリエを自称《じしょう》する私の師匠に至ってはパン吸《す》いなどという趣味まで開発して日がな一日パンの匂いを嗅《か》いで過ごすことが休日の楽しみの一つとしているほどなのですが、もしかしてこの国ではそういったパン愛好家としての文化が根付いていないのですか？　なんて勿体ない……」

「いや台詞量《せりふ》のわりに中身すっかすかで何言ってんのかマジでよく分かんないんだけど」

「要はパンを使えば朧の魔女を油断させることができるかもしれないという話ですね。というわけで路上にパンをセットしました。恐らくこうすれば朧の魔女など簡単に釣れることでしょう」

そして数分後。

気が付くと私は用意した罠《わな》の上でパンを食べていました。

私は言います。

「もぐもぐもぐ」

「何言ってんのかマジでよく分かんない」

おや失礼。

パンを飲み込みつつ答えました。

「私が今食べていたのは罠として用意したパンとは別のものですね。恐らく朧の魔女が持ち歩いていたものなのでしょう。彼女も無類《むるい》のパン好きでしたか……」

「すっごいどうでもいいわ……一応メモしとくけど……」

呆《あき》れながらもペンを走らせるミリナリナさん。

それからも私たちはああでもない、こうでもないとありとあらゆる戦略をたてては朧の魔女を捜し歩きました。

結果がどうだったのかは恐らく言うまでもないでしょう。

気づけば私たちは広場のベンチで二人並んでパンを食べながら夕暮れを眺めていました。くるくると回るメリーゴーランドではしゃぐ子どもたちの笑い声が私たちの耳を通り抜けます。

子どもたちにとって楽しくて仕方のなかった今日の一日はきっとあっという間に過ぎていったことでしょう。

「あーもう……、全然ダメじゃない……」

項垂《うなだ》れるミリナリナさん。「もうこんな時間かぁ……、結局今回も駄目だったわね……」

その表情はほとんど諦めが入っているように見えました。

彼女にとっての一日もきっと子どもたちと同様に、あっという間に過ぎていくようなものでしょう。毎日のように何回も朧の魔女と対峙していれば、必然的に一日の体感時間は短くなります。

毎日のように、彼女はあっという間に訪れる夕暮れを眺めながら、また一日が無為《むい》に終わってしまったことに落胆しながら家に帰っているのかもしれません。

悲しいことです。

「次で最後にしましょうか」

私は立ち上がりながらそう言いましたが、しかしすっかり気の抜けてしまった彼女は、私を見上げつつ軽く笑うのです。

「今日はもう止《や》めにしない？　あたしもう疲れちゃったし」

どうせ明日も時間はたっぷりあるんだし――と。

私はそんな風にほとんど諦めているミリナリナさんに首を振りました。

「ダメです。今日やりますよ」

私は彼女の手を引っ張って無理やり立たせながら言いました。

何やら私の言葉を勘違いなさっているようですけれども。

「次で最後というのは、次で絶対に捕まえるという意味での最後です」

○

もうじき日が暮れるということで時間的にも余裕があまりなかったため、私たちはその場で作戦会議に入りました。

きょとんとしているミリナリナさんに私が考えた作戦の概要を伝えると、「へぇー」と依然気の抜けた顔で返事しつつ、

「驚いた……案外考えてたのね、イレイナ」

などとごく自然にわりと失礼な言葉を漏らすのでした。おやおやどういうことですか。

「私が何の考えもなしに朧の魔女と対峙してるとでも思ってたんですか」

「うん」

いや、うんじゃないんですよ。

まあなかばおふざけのような形にはなりましたけれども、私は私でまっとうに考えてはいたということです。

「朧の魔女との対峙は次が最後です。気を引き締《し》めていきましょう」

私は彼女に作戦のあらましを説明したのちに言いました。私が説明した内容は驚くほど簡単でした。私も彼女も大して特別なことはやりません。ほんの少し、朧の魔女との対峙の仕方を工夫《くふう》するだけです。

私が勿体つけて説明したせいか、ミリナリナさんの表情は半信半疑といったところでした。口には出さないものの、ほんとにそんなことで捕まえられんの？　などと言いたげな顔をしていましたし、それでいて本日はもう疲れ切ってしまっているのか、

「そもそも、そうそう都合よく朧の魔女が私たちの目の前に現れてくれるとは思えないけど……」

とも語っていました。

完全に意気消沈《いきしょうちん》してしまっていますね。

私はやれやれと首を振りつつ、ポケットから小さな箱を取り出しました。

「ミリナリナさん、これが何だか分かりますか？」

朧の魔女を追っているときに使いましたよね、と私はミリナリナさんにその箱を押し付けます。

彼女は受け取り、指でつまみ上げると、

「……音魔法を響かせる箱よね、確か。ヴァイオリンの変な音が入ってるやつだったっけ」

それが何？　と彼女。

覚えておられたようでなによりです。私は然《しか》りと頷きます。

「そうですね、これは収めた音をそのまま流すことができる箱です」

残念ながら記憶には残っていませんが、本日何度か朧の魔女と対峙した中でもこの箱を用いて、不快な音で攻撃を仕掛けようともしましたね。まあ失敗しましたが。

私はそれから彼女の手の中にある箱とまったく同じものをポケットの中から幾つも取り出しました。

「音を発生させるためには一度その音を聞かねばならないということは説明しましたよね？」

不快なヴァイオリンの音色を響かせるためには一度、この箱に音を収める必要がある、という話は既にしているはずですけれども。

「つまりこれは、言い換えるなら、音を聞かせる目的で使うこともできますし、そして音を収める用途でも使えるということです」

私は手に取った箱の一つひとつに順番に魔力を込めて、音魔法を発生させました。小さな箱の一つひとつがぶるぶると震え、音を漏らします。

それは私の声でした。

『あなたが朧の魔女なんですね！　黒のローブに黒の三角帽子に淡青色《うすあお》の髪をしている、年齢大体二十代半ば程度に見えるあなたが！　朧の魔女なんですね！　ちなみに魔女名って何ですか？　聞いてもいいですか？　というかあなた魔法使いなんですか？　この国には魔法使いはほとんどいないって聞いたんですけど』

まるで後から誰かに聞かせることを前提としているような具体的な言葉を次から次へと並べる私でした。

『無論だね』

対する聞き覚えのない声は、朧の魔女のものでしょう。『この国で魔法使いは確かに珍《めずら》しい。いやほぼゼロといってもいいかな。でもゼロじゃあない。私がいるからね。ちなみに私の名はアンネロッテ。蒼天《そうてん》の魔女というのが本来の魔女名だよ』

まあ、もっともこんな話をしても君たちはどうせ忘れるんだけどね、と朧の魔女あらため蒼天の魔女アンネロッテさんはいたずら好きの子どものように楽しそうにくすくすと笑います。

彼女の言動には、どうせ幾ら喋《しゃべ》ったところで記憶に残ることなどないのだろうという確信が見て取れました。

そして慢心《まんしん》ともいえるその油断に付け込み、私は次から次へと質問を投げかけるのです。

『あなたって普段はどうやって街を探索しているのですか？　探すの凄く面倒だったんですけど』

『基本的に探索ルートはいつも丸一日かけてぐるりと街を一周しているよ。北側から始まり、西、南、東の順でね』

ほうほう。

『どうして悪さをするんですか？』

『暇だから』

なるほど。

『ちなみにあなたって今どちらに住んでるんですか？』

『開花の会堂ってあるでしょ？　あの近くだよ。具体的な住所は――』それからぺらぺらと彼女は自らの秘密を簡単に語ってくれました。

慣れというものは恐ろしいですね。

本来、悪さを働いている人間はこんなにも簡単に自らの秘密を明かしたりなどするはずがないのですけれども。しかし絶対にばれないという安心が――私たちが絶対に忘れるという余裕が、本来ならば語るはずのない余計なことまで語らせてしまうのです。

『きょうは夕方になったら帰るつもり。家の鍵は開けておくから、よかったら遊びに来てよ』

ま、君たちはどうせここを離れたら私のことなんて忘れるんだけどね――と、箱に収められた声はそう言いながら、挑発的に笑っていました。


さて家の鍵を開けているのかまではよく分かりませんが、しかし少なくとも夕方である今、戻ってきていることだけは間違いないようです。

この街特有のカラフルな外観の集合住宅の一つ、黄色の建物の最上階の角に彼女が住んでいるお部屋があるようですが。

「明かりがついていますね」

遠くから観察してみると、窓から明かりが漏れており、そして家の鍵を開けるどころか窓まで全開にしておられました。

まるでどうぞ入れるものなら入ってくださいとでも言っているかのよう。

「人の記憶に残らないからって随分自由を満喫《まんきつ》してるようね」

はー、むかつくわ。とミリナリナさん。

しかし向こうが完全に油断していることは私たちにとっては好都合《こうつごう》です。

「ミリナリナさんは先ほど話した通りに準備お願いします。もう夜になりますし、とっとと終わらせましょう」

制服姿の彼女に魔法少女らしい恰好に変身するよう促《うなが》す私でした。

「そうね。ちょっと待ってて」

頷く彼女を見ながら、私はそういえば彼女が魔法少女から制服姿に戻る姿は見たことはあるものの、魔法少女の恰好に変身する瞬間はまだ目にしていないことを思い出しました。

彼女が魔法少女になるときはいつだって朧の魔女と向かい合っていたときですからね。

恐らくこれまで何度も見ていたはずなのですが、記憶には一切残っていないのです。まあ魔法少女の恰好に変身するといっても、どうせ一瞬で変わるだけなのでしょうけど——。

「魔法少女ミリナリナ・ミラクルチェーンジ♡」

「は？？？？？？？」

あまりに唐突すぎる出来事でした。

懐《ふところ》から手のひらサイズの棒切れを複数引き抜きつつくるくる回りながら媚《こ》びに媚びた声でこちらにウインクする女性が一人。なんだかよく分かりませんが彼女の周りにピンク色の煌《きら》びやかな空間が見えるような気がしました。

何やってんですかと制止しようとしたとたん彼女は私に向かって投げキスしつつ棒切れを手際よ

く組み立てていきます。

どうやら魔導杖を組み立てているようですが、不思議だったのが魔導杖の部品一つひとつを繋げる度に彼女の恰好が魔法少女に変わってゆくことです。多分魔導杖と魔法少女の恰好が連動しているのでしょう。

……普通に組み立てればいいのでは？　という私のまっとうな疑問などまるで受け付けることなく彼女はキラキラとした雰囲気の中で魔法少女へと変身します。

「さ、準備できたわよ」

そして何事もなかったかのように魔法少女の恰好で私の前に立つミリナリナさん。

「…………」

そのとき私は感情を失った顔をしていたはずです。

私の反応にミリナリナさんは目を細めました。

「何よ」

「それいつもやってるんですか……？」

「あったり前じゃないの。魔法少女だもん」

魔法少女はそのような変身をしなければならないという決まり事でもあるのでしょうか……？

思わぬところで衝撃を受けつつ私は、

「できれば朧の魔女と対峙してから変身してほしかったです……」

とだけ言っておきました。

これから戦わねばならないというのに、彼女の媚びに媚びた声と顔はしばらく脳裏《のうり》に焼き付いて離れそうにありませんでした。

明かりが灯された一室。

淡青色の髪の女性が机に向かっていました。静かに、真剣なまなざしで、何かを書き込んでいます。日記でも書いておられるのでしょうか?

「明日はどんな悪さしようかなぁ……」

いえ違いましたね。

悪いこと企《たくら》んでいますね。まるで夕食の献立《こんだて》でも考えるかのように軽く「んー、どうしよっかなー」と指を口に添《そ》えて考える彼女。

「商店街の商品をこっそり盗む……のはもうやったし、本屋さんの陳列《ちんれつ》を入れ替えるのももうやったし、あとは……」

ミリナリナさんが観測できていない部分でも彼女は数多くの悪事を働いていたようです。

例えば宿屋の鍵を盗んでお部屋を荒らしたり、例えばパン屋さんで商品を店員さんの目の前で食べてみたり——そのように小さな罪を幾つも幾つも重ねて街の人々を困らせていたようですね。なんと悪い人間か。

確かに彼女の部屋を見てみると、どこから盗んできたのか分からないような絵画や家具や小物などなどありとあらゆる物が隅にまとめて無造作《むぞうさ》に置かれていました。

盗んだ物には興味がないのでしょうか。

世には物欲よりも悪さをすること自体に快楽を覚え、盗みを繰り返す者もいると言います。彼女もその類《たぐい》の方でしょうか。

「……ま、明日になったら決めよっかな」

どうせ明日も同じことの繰り返しだし——と彼女はそこまで漏らしたところであくびをしながら伸びをします。

窓の外はすっかり夜の闇の中にありました。

冷たい風がふわりと漏れると、黒のローブから覗《のぞ》く彼女の白い肌をひやりと撫でます。

寒気《さむけ》を覚えたのでしょう。彼女は椅子から立ち上がると、窓辺に向かってゆっくりと歩きます。

ちょうどそのときでした。

一層強い風が吹いて、カーテンが靡《なび》き、夜の闇が露《あら》わになります。

「…………」

その一瞬で彼女の足は止まりました。

夜の闇に紛れて、一人の魔女が窓の枠《わく》に手をかけていたのです。

「こんばんは」

黒のローブ、黒の三角帽子を身にまとった灰色の髪の魔女は、にこりと笑いながらご挨拶。

それは一体どなたでしょう。

そう、私です。

○

「あれれ」

朧の魔女――ではなく蒼天の魔女アンネロッテさんは、窓から侵入した私をきょとんとした表情で出迎えました。

「すみませんね、わざわざ扉の鍵を開けておいてもらったのに」

結局こっちから入っちゃいました、と私は窓枠からひょいと飛び降りて、お部屋の中に入ります。

私は目を逸らさないように彼女をじっと見つめます。

音魔法で聞いた特徴の通りの女性でした。見かけは二十代半ばで、髪は長く淡青色で、赤いヘアピンで前髪を留《と》めていました。黒のローブを着ており、私と見つめ合いながら彼女は黒い三角帽子と、杖を手に取りました。

見れば見るほど彼女と私は初対面でした。

「初めまして……ではないんですよね」

私の記憶の中に彼女の姿はありません。しかし会ったことは間違いなくあるというのは何やら奇妙な感覚でした。

アムネシアさんも毎日このような感覚を抱いて目覚めていたのでしょうか。

「初めましてではないけれど……イレイナさん、どうやってここ突き止めたの？」

「おや私のお名前をご存じですか」

「当たり前じゃん。何回会ったと思ってんの?」

「いや知りませんけど……」

残念ながら私はお会いした記憶を一つも持っていませんし。そんなお友達みたいな距離感でフランクに接されても私は困るばかりです。

「あなたの能力にはとても興味があるので、ぜひとも詳しくお話を聞かせてもらいたいのですけれど——」

残念ながらミリナリナさんと二人で捕まえなければなりません。

「できれば大人しく捕まってもらえますと助かります」

私は言いながら窓枠をこんこん、と杖で叩きます。すると魔法が窓を閉ざし、そのうえで氷が一面を覆《おお》いました。

ここまでやれば窓から逃げ出すことはできないでしょう。

「勝手に入ってきて窓を凍らせるなんてひどいことするね」くすくす、と彼女は余裕そうに笑みを見せました。

「あなたを一瞬でも視界から外せば一気に不利になるのですから、多少は神経質にもなりますよ」

「ふぅん?」

彼女は楽しそうに笑います。まるで旧友との再会を喜ぶように、私の言葉一つひとつにしっかり耳をかたむけて笑います。

そして直後に杖を振って私に魔法を放ったのでした。

「――おっと」

不意打ち的に仕掛けてきましたね。

顔を逸らして避けつつ私は反撃に繰り出します。杖を振って生み出したのは、粘《ねば》つく液体。身動きさえ封じればいいのです。無理に戦う必要などありません。ならば粘っこい液体で彼女の靴《くつ》もろともべたべたにして動けなくしてしまえばいいのです。

私が放ったねばつく液体。威力はミリナリナさんがぺたんとくっついていたことで実証済みです。

「わー、汚《きたな》いなぁ」

ひゅん、と杖を振ってほんの一瞬だけ炎魔法を生み出し、ねばつく液体を炙《あぶ》るアンネロッテさん。

実はねばつく液体は炎に当てられると無効化されるという弱点を抱えているのですが、彼女はそれを知っていたようです。即座に対応するあたりベテランの魔女さんですね。

炎が消えるよりも前に彼女は次の攻撃を仕掛けていました。

先ほどまで座っていた椅子を魔法で細かく分解し、一つひとつを武器として私めがけて投げていたのです。

彼女の背後には盗んだ物が大量に置かれているのですが、戦利品には手をつけたくないのでしょうか。私は椅子の部品が当たるよりも前に魔法で普通に叩き落としました。

近距離での魔法の応酬《おうしゅう》でした。

アンネロッテさんが仕掛けて、私が防ぎ、私が仕掛けて、彼女が防ぐ。何度もその繰り返し。実力は拮抗《きっこう》しているように感じました。

少なくとも私自身には殺意や敵意がなく、彼女の捕縛《ほばく》を最優先としていることからある程度余力を残しつつ、あまり派手に暴れないように細心の注意を払いつつ魔法は放っていましたが、彼女もまた同様の考えを持っているように感じました。

「やっぱ強いね、イレイナさん」

ふふふ、と彼女は笑いながら杖を構えていました。

「……戦うのがお好きなんですか」私は彼女が放った魔力の塊を避けつつ距離を詰めました。そろそろ幕引きとしましょう。

「お喋りが好きなんだよ」

私が近づくと同時に彼女は後ずさりました。「でも、そろそろお別れしたほうがいいね――」

言いながら彼女は杖を私に向けました。

次は何を放つのでしょうか。私は身構え、反撃に備えます。

しかし彼女はもう戦う気などなかったのでしょう。

アンネロッテさんは正面切って戦うことなどせず、そもそも視界から消えてしまえばそれだけで十分なのですから。

白い霧《きり》が部屋を包み込みました。

彼女の杖から生み出された白い霧が、視界のすべてを白く覆い尽くしたのです。

「しまっ――」

逃げなくても、私の視界を封じ込めさえすれば、彼女にとっては勝ちなのです。

「ごめんね、イレイナさん。できればもうちょっとお話ししてたかったんだけどさ、これ以上戦ったらお部屋がダメになっちゃう」

私のお部屋、ちょっとボロいからねー、などと。

いかにも余裕綽々《よゆうしゃくしゃく》といった風に、彼女はおおよそ冗談《じょうだん》のような理由で私の目の前から姿を消したのでした。

そして、私の記憶からも、姿を消しました。


――気が付けば私は深い霧の中にいました。

杖を構え、辺りを注意深く観察します。今は一体どういう状況なのでしょうか？　ここは一体どこなのでしょうか？

直前に私が何をしていたのかを考えました。

ミリナリナさんが媚びに媚びた声で「魔法少女ミリナリナ・ミラクルチェーンジ♡」などと変身していたことが判明して私がドン引きしたところから先の記憶がありませんね。

これは決して年頃の女の子の妙な趣味趣向に邂逅してしまい衝撃のせいで記憶が飛んだというわけではなく、本日何度となく味わっている奇妙な感覚です。

また逃げられてしまったのでしょうか。

徐々《じょじょ》に霧が晴れていきます。足元は踏《ふ》めば軋《きし》む古い床、手を横に伸ばせば壁に触れました。恐らくアンネロッテさんのお部屋の中でしょう。

作戦は成功したのでしょうか？　失敗したのでしょうか？

部屋の中央。

人影がありました。

「――あんたマジで鍵開けてたのね」

不審者《ふしんしゃ》入ってきたらどうすんのよ――と、呆れたようにミリナリナさんはアンネロッテさんを見下ろしていました。

ミリナリナさんが持つ青い線で両手足を拘束されてたのは、淡青色の髪の女性。

年齢はおおよそ二十代半ば程度でしょうか。

「あれれ」

これは想定外かな、と彼女は間の抜けた声を上げげつつ、笑っていました。

その声は紛れもなく音魔法を通して聞いた朧の魔女の声でした。

○

記憶にどうしても残らないアンネロッテさんと対峙した際に最も恐れていたことは私たち二人の目の前から彼女が一瞬でも姿を消すことです。仮にそうなってしまえば私たちは二人して短期的な記憶喪失に陥り、結果、戸惑っている間に朧の魔女さんを取り逃がしてしまうのです。

これまでの戦いで毎度のように逃げられていたのはこれが原因でしょう。早い段階で二人がかりで戦うことの無意味さには気づいてはいましたが、しかしせっかくなので朧の魔女もとい蒼天の魔女さまにはとことん油断をしていただこうと思い私は適当な作戦で何度もやり過ごしたのです。

彼女の部屋が判明した時点で作戦は決まっていました。

私が窓から入り、窓を封じ込めることで逃げ場を封じ、扉へと誘導。あとは扉の前で待機していたミリナリナさんが捕まえる。

単純な作戦でしたが、私たちをただの馬鹿な二人組と思い込んで油断している彼女の裏をかくことは極めて容易《ようい》でした。

捕まった朧の魔女は巡る夢の街カルーセルの牢屋《ろうや》へと連行されました。

がしゃん、とアンネロッテさんを入れた牢屋が、看守《かんしゅ》さんによって固く閉ざされます。

「まさか捕まるとはねぇ」

ははは、とアンネロッテさんは牢屋の中で笑います。

杖を握《にぎ》ることができないように、両手には指まで拘束《こうそく》できる手錠《てじょう》が嵌められました。

もはや逃げ場はありません。しかし彼女は余裕に満ちた表情で「ま、いっか」と小さなベッドでころりと横になりました。

どこまでも余裕綽々ですね。

ひょっとしてもともとこのような性格なのでしょうか？

「ご苦労。よく捕まえたわね」

言いながら牢屋の中のアンネロッテさんを見下ろすのは、サマラさん。

初のコンサートを成功させた彼女は、ミリナリナさんの前任者として、捕まった朧の魔女を見に来たようです。

まだ開花の会堂でやることがあったそうですが、それを投げ出してでも牢屋へとやってきました。愛弟子《まなでし》の悲願達成の瞬間に立ち会いたかったのでしょう。

「ま、あたしが本気になればこんなもんよ」

カルーセルを守る者としての役割を果たしきったミリナリナさんは誇《ほこ》らしげに胸を張りました。

「ふふふ、これで一人前ですね」

サマラさんは穏やかな笑みでミリナリナさんを見つめます。優しさに満ちた笑みでした。今朝会ったときとまったく変わらない、事前に用意された笑みにも見えました。

「ちょっとあんた！　ここの牢《ろう》に入ってる女にはくれぐれも気をつけなさいよ！　絶対に逃がすんじゃないわよ」

看守にきつく言いつけつつ、ミリナリナさんは歩き出します。

にこにこと笑っているサマラさんは、そんな彼女の背中《せなか》を見つめてから、ちらりとアンネロッテさんを振り返り、そしてミリナリナさんの後を追ってしまいました。

曰く、看守さんには朧の魔女がどのような力を持った人物であるのか教えられているため、入れた覚えのない人物が牢屋に入っていたとしても開くことは絶対にない……とのことでした。

つまり勝手に牢屋が開くことでもない限りは安全ということですね。

頑丈《がんじょう》に閉ざされた牢屋の向こうでアンネロッテさんはひらひらとこちらに手を振っていました。

「…………」

それは不思議な雰囲気の女性でした。

国で悪さを働いているわりには明るく、物を盗むわりには欲がなく、そして捕まった今もまるでそこが自宅であるかのようにくつろいでいます。

しかし彼女は一体どうして人々の記憶に残らないのでしょう？　その力は一体どこから生み出されたものなのでしょう？　魔法で記憶を消しているわけではないようですけれども。

彼女については知りたいことがまだたくさんあります。

明日、ここを訪れて話を聞いてみてもいいかもしれません。

もっとも、捕まえた張本人《ちょうほんにん》である私に素直に事情を話してくれるかどうかは分かりませんけれども。

私は彼女にお辞儀一つしてから、ミリナリナさんたちのほうに向き直ります。

そしてまた、私の記憶の中から蒼天の魔女の存在が消えるのです。

「どうせ明日にはみんな忘れてる」

私の背中の向こうから、聞き覚えのある声が響きました。

けれど私は振り返ることなく、ミリナリナさんたちの背中を追いかけました。

○

「いやー、こんなに上手《うま》くいくとは思わなかったわ」

牢屋からの帰り道。

まだ仕事が残っているとのことで再び開花の会堂へと戻ってしまったサマラさんに手を振りつつ、私たちは街を歩きました。

ミリナリナさんの表情は晴れ晴れとしていて、達成感に満ちています。

私もミリナリナさんも朧の魔女の姿は覚えてはいませんが、きっと牢屋に封じ込めたという事実は間違いないのでしょう。

記憶が残っていなくても記録には残っています。

何より私たちの胸の中には確かに朧の魔女を捕まえたという成果が残されています。

「結局、あたし一人ではできなかったけど――でも、なんだか今回の出来事であたし、凄くすっきりしたのよ」

三か月もの間、何度も何度もミリナリナさんは朧の魔女を追って、何の成果も得られませんでした。何度も師匠であるサマラさんに助けを求めました。

しかしサマラさんは「これは試練だから、師匠である私がやっても意味がないわ」と頑として手伝おうとはしなかったのだと言います。

穏やかそうな見た目に反してサマラさんはなかなか厳しい教育方針であったようで。

そしてミリナリナさんも気の強そうな見た目に反して意外にも折れやすい性格だったのですね。

つくづく人は見かけによらないものです。

「さっきは一人前になったなんて言われたけど、まあ結局、あんたの助けがなかったらどうにもならなかったんだから、まだ半人前よね」

そしてちらりと私を見るミリナリナさんでした。「今後も何かあったら手伝ってくれてもいいのよ」

「あ、私旅人なのでそれはちょっと」

無理でーす、と頑としてお断りする私でした。

「ちぇ」

頬を膨らませるミリナリナさん。あざとい。「ねえ、そういえばこの国にはいつまでいる予定なの？」

いつまで、ですか。

特に期日は決めていませんけれども。

「まあ……あと二、三日はいようかなとは思っています」

一通り街は探索し尽くしてしまった感じはありますけれども、今日は一日中歩き回って疲れましたし、そもそも次に行く国の目星もつけていませんし。

あと数日ゆっくりしてから国を出たほうがいいでしょう。どうせ急ぎの用もありませんし。

「ふぅん、そうなんだ」

どうでもよさそうな相槌《あいづち》を打ちつつ、しかし彼女の表情はどこか嬉《うれ》しそうでした。

そして彼女は私に笑みを向けながら言うのです。

「じゃあ、明日さ、よかったらどこか食べに行かない？」

今日のお礼に奢《おご》るわよ、とミリナリナさん。

えー？　タダ飯ですかぁー？

「パンが美味しいお店でお願いします」

即答する私でした。断る理由がありませんよね。

「あんた本当にパン好きなのね……今朝も買ってたけど」

「パンはいいですよ。よければここで魅力を語って差し上げましょうか」

「帰れなくなりそうだからやめて」

「よくご存じで」

「……でも丁度《ちょうど》よかったわ。パンが美味しいお店ならとってもいいお店があるの」

「ほうほう、どんな店です？」

「それはね――」

彼女がそれから羅列《られつ》した特徴はとても興味深いものでした。曰く新進気鋭《しんしんきえい》のアーティストが作ったお店で、美術館的な美しい装いでありながら料理も絶品であるそうです。

特にパンは美味しいうえにいくら食べても無料！　とのことでした。まあ何ということでしょう。

どこかで聞いたことのある特徴ばかりが見事に並べられていますね。

具体的に言えば一昨日《おととい》行った記憶があります。

「――で、どう？　明日はそのお店でランチにしない？」

彼女は伺《うかが》いました。

一度行ったお店でしたし、別のお店にしてもらってもよかったのですけれど。

「いいですよ」

私は頷き、一昨日伺ったお店であるという事実を私の中で抹消《まっしょう》することにしました。

なんとなくそうしなければならないような気がしたのです。

「よかったぁ。じゃあ、また明日ね！」

明日の予定を話す彼女の顔が、あまりにも楽しそうでしたから。

○

開けっ放しの窓から差し込む穏やかな風とともに、街の子どもたちの喧騒が聞こえます。

ぱちりと目を覚ました私は、あくびをしながら軽く伸びをして、顔を洗って、着替えてからエントランスまで下ります。

また新しい一日が始まりました。

いつものように宿に併設されているレストランで、サーカス団と思《おぼ》しき一団の会話に耳をかたむけながら朝食をとりました。

お腹を満たしたあとはお出かけをするために受付を通ります。

「うーん……、おかしいなぁ……。計算が合わない」

宿の店主さんがカウンターの向こうで紙切れを睨みながらため息をこぼしていました。昨日とまったく同じような光景でした。

さすがに毎日計算が合わないのは問題だと思うのですけれど……。

恐らくは本日も夫人に叱られるであろう未来を予見しながら、私は宿屋の扉を開きました。

まだミリナリナさんとのお約束までは時間があります。

本日はどこに行きましょう?

ふらりと私は街を歩きました。

毎日のようにこの国ではお祭り騒ぎ。

親の手を引きながら笑顔を咲かせる子どもの姿がありました。

その向こうにはピエロの仮装でジャグリングを披露する人がいました。

そこから少し歩くと「ご覧ください！　こちらは何の変哲もない箱！　今からこの箱に瞬間移動で助手を呼び出します！」と手品を披露する方が見えました。

更に歩けば、犬、猿、キジといった動物たちに演技を披露させる方の姿。

ヴァイオリン、トランペット、アコーディオンといったさまざまな楽器を路上で演奏する人々。

よくもまあここまで毎日のようにお祭り騒ぎの中に身を投じることができるものです。

入国初日は楽しくて仕方のなかった光景でしたけれども、さすがに何日も同じような騒ぎ方をして飽きないのでしょうか。

私はといえばすっかり慣れてしまいました。

恐らく入国初日と比べて街を見つめる私の顔は落ち着き払っているはずです。むしろ落ち着いているというよりは多少飽きてもいるかもしれません。

私と同じように街の騒がしさに多少飽きている人間などはおられないものでしょうか。

「……おや」

ぼんやりと歩いていると、ふと一人の女性の姿が目に留まりました。そこには私と同様に街の情景に飽きている人間――というわけではありませんが、お祭り騒ぎがあまり好きそうでない雰囲気がありました。

それは髪が長く、袖もやたらと長い十五歳程度の女の子で、袖の中に隠れている両手で『すごく不幸です。助けてください』と書かれた看板を抱えた少女でした。

「………………」

誰かと思えばパティさんではないですか。

久しぶり――というわけではありませんでしたが、数日ぶりに偶然出会えたことに勝手に一方的に縁《えん》を感じた私は、ひらひらと手を振りながら彼女に声をかけるに至りました。

「こんにちは、パティさん」

どうもー、と私が声をかけると、彼女はこちらに顔を向けつつ、「ひっ」と小さく悲鳴を上げました。

小動物のような反応でした。

「？　え、な、何ですか……？　どうして、私の名前、知ってるんですか……？」

そしてとても失礼な反応でもありました。

どうしてと言われましても。

「あの……、数日前に一緒にあなたが大好きなチェスター城に行きましたよね？」

忘れちゃったんですか？　記憶力まで小動物並みなんですか——などとは口にはしませんでしたが、彼女の様子に私は拭《ぬぐ》いようのない違和感を感じていました。

「チェスター城……？　どうして私がチェスター城を好きなことを知ってるんですか……？」首をかしげるパティさん。

直後にはっとしました、

「ま、まさか私のストーカー……！」

「違いますけど」

ほんと何言ってんですか。

と私が呆れてため息をついたところふと一つ気づいたことがありました。

パティさんは確か、チェスター城に行ったあとにヘアピンをつけるようになったはずです。しかし目の前の彼女の髪は初めて会ったときのように、金色の瞳を覆い隠すほどに垂れています。

当然ながら私はその疑問を口にします。

「……何だか雰囲気が前みたいな感じに戻っていますね」

彼女の顔を覗き込むように、私は一歩近づきながら。

何かあったんですか？　と私は尋ねていました。

「ひっ」

再び彼女は短く悲鳴を上げて、後ずさり、そして『すごく不幸です。助けてください』と書かれた看板で顔を覆ってしまいました。

「あの、パティさん――」

何ですか？　どうしたんですか？

と私は尋ねようとしました。手を伸ばそうとしました。

けれど。

「ご、ごめんなさい！」

彼女はより一層大きな声で、私に触れられるよりも前に、拒絶します。

そして顔を覆い隠す看板から、ちらりとこちらを覗き込みながら。警戒心に満ちた瞳を向けながら。潤《うる》んだ瞳で怯えながら。

言いました。

「あなた、誰ですか？」

「誰って……いや、あの……」

何と言葉を返すべきなのか。

私は一瞬、頭が真っ白になりました。たった数日のうちに彼女が私のことを忘れてしまったのか、それとも私の記憶のほうがおかしいのか。

誰の記憶からも消えてしまう朧《おぼろ》の魔女と対峙《たいじ》した直後ということもあり、ひょっとして私自身もまた人の記憶に残らないような人間になってしまったのかと恐怖を抱いたほどでしたけれども。

「ううう……知らない人、怖《こわ》い……」

あからさまに怯《おび》えるパティさんは、看板《かんばん》で顔を覆《おお》い隠したり、再びそこからちらりとこちらを覗《のぞ》き込んだりしながら徐々《じょじょ》に後退していきました。

彼女が退く度《たび》に、私の足が前へと進みます。

「パティさん、ちょっと状況を確認させてほしいのですけど――」

「ひいいっ！　来ないでええ！」

彼女はより一層、声を上げて逃げ出します。

彼女の中では名前も知らない初対面の人間にいきなり親しげに話しかけられて訳も分からず困惑《こんわく》

しているのでしょう。しかし私は私で何が何やらさっぱり分からないのです。

少しでも情報を得ようと必死でした。

結果、嫌《いや》がる彼女を追いかける羽目《はめ》となりました。

「あの、パティさん。私のことを知らないってどういう――」

「ぴゃあああああっ！　もう追いかけてこないでくださいいいいい！」

チェスター城で初めて幽霊《ゆうれい》と遭遇したときとまるで同じように、彼女は泣きながら街の向こうへと逃げてしまいました。

「…………」

どこまでも追いかけてよかったのですが、私は途中で諦《あきら》めて立ち止まってしまいました。

チェスター城と違い、ここには人の目がありますから好き放題暴れるわけにはいきませんし。

それに、私を拒絶する彼女の顔はあまりにも必死で、私のことなど本当に覚えていないようでしたから。

○

一体何が起きているのかも分からないまま、私は街を彷徨《さまよ》うように歩きました。

お祭り騒《さわ》ぎが続く街は相変わらずの情景でした。

背が高かったり、低かったり。色は水色だったり、白だったり、もしくは黄色だったり。

高さも色もばらばらで統一感のまるでない不思議な建物が並んでおり、通りは曲がりくねって捻《ひね》くれて、石畳は蛇《へび》のうろこのように並びながらずっと先まで続いています。

音楽が鳴り響く通りをしばらく歩くと、とあるお店の前に辿《たど》り着きました。

それは美術館的な趣《おもむき》を持った高級レストラン。

私が今日の昼にミリナリナさんと一緒に食事をとる約束をしていたお店です。

お店の出入り口からは中の様子がわずかながらに見えました。隅《すみ》っこのほうでウェイトレスさんたちが雑談に花を咲かせており、広々とした店内には客が僅《わず》かばかり。

決して繁盛《はんじょう》しているとはいえないものの、落ち着いた雰囲気《ふんいき》に満ちていました。

——確か私がこのお店を訪れたときは、最終的に若い才能に嫉妬《しっと》したライバル店の店主さんが自ら看板となって宣伝をしてくれるようになった筈《はず》でしたけれども。

多少は盛況《せいきょう》していたはずですけれども。

そんな雰囲気は一切見受けられません。

まるで私が遭遇した奇妙《きみょう》な一連の出来事が丸ごとなかったことになっているかのように。

お店の前で呆然《ぼうぜん》と立っていると、声をかけられました。

「ねえ、そこのあなた」

ミリナリナさんでしょうか？

約束の時間には早すぎる気がしますけれども——と私が振り返ると、そこには男連れの女性の姿がありました。

数日前。

毒入りミネストローネの事件で私と一緒に現場に立ち会った結婚間近の女性もとい結婚詐欺師《さぎし》の女性です。

「ごめんなさいね、ちょっといいかしら」

彼女は私の向こうにある扉《とびら》を背伸びして覗き込むような仕草を見せました。

どけ、と言っているようです。

「……すみません」

私は少し逸《そ》れて、彼女と連れの男性をお店の中へと促《うなが》します。「ありがとう」と表面上のお礼だけ並べた彼女はそれからこちらを見向きもせずに店内へと入ってしまいました。

ここでもやはり、私のことをまるで忘れてしまったかのよう。

私は彼女の顔を覚えていましたが、たった一度の事件で一緒にいただけではっきりと覚える私のほうがおかしいのでしょうか。

いえ、しかしそもそもはっきりと数日前に会った二人組だとひと目見た瞬間に確信できたことには明確な理由があるのです。

「…………」私は視線を戻し、店内を眺《なが》めます。

見覚えのあるものばかりがありました。

今しがた店に入っていった女性が着ていたドレスも。男性が着ていた服も。

そして、開けた扉から見えた店内にいる人々も。

数日前に見たものと、寸分《すんぶん》たがわず同じだったのです。

○

まだ確証があるわけではありません。

けれど私は嫌な予感を覚えながら、街の大通りを突き進みました。まるで朧の魔女と出会ったかのように、街を歩いている間の記憶は曖昧《あいまい》です。気づけば辿り着いていました。

たくさんの人が開きかけの花のような奇妙な形の建物へと吸い込まれるように入っていきます。

開花《かいか》の会堂《かいどう》。

それは昨日も訪れたコンサートホールでした。

「……やっぱり」

予想通り、私の目の前には妙《みょう》なものがありました。私の記憶とは異なる、奇妙な光景がありました。

『歌姫サマラ様　初コンサート』

そのように書かれたポスターが貼《は》られており、そして国で有名な歌姫の生歌を楽しみに集まった人々で開花の会堂は溢《あふ》れているのです。

初コンサートは、昨日で終わったはずなのに。

「あの、すみません」

私はコンサートを心待ちにする人々の中から、一人の女性の肩《かた》を叩《たた》きました。

お友達と談笑《だんしょう》中だった女性は、

「ああ、はい。どうかしたの？」と笑顔のまま私に振り返ります。

私は尋《たず》ねました。

「サマラ様のコンサートって、本日行われるのですか？」

それはきっと彼女にとってはあまりに当然すぎる質問であったのでしょう。

「？　ええ、そうね。だから皆並んでいるのよ」と彼女は頷《うなず》いていました。

「……昨日や明日ではなく、今日なのですか？」

「？　うん。今日だけの特別公演よ。昨日《きのう》でも明日でもないわ」

私の表情を見て女性は何かを察したのかもしれません。善良なその女性は、元気づけるように私の肩に触れつつ、

「ひょっとして……、チケット買い忘れちゃったの？　でも大丈夫《だいじょうぶ》よ！　落ち込まないで！　確か、夜の部はまだ席に空きがあるってさっきアナウンスされてたから。運がよければ今から買えば間に合うかも——」

そこまで聞いたところで私は「ありがとうございました」と一礼して、人だかりから離れていきます。

それ以上の情報を得る必要を感じなかったのです。

初めてのコンサートが昨日に引き続き今日も行われているという事実さえ分かればもう十分です。

「……一体いつから」

開花の会堂に背を向け、私は深く考え込みます。

最初は蒼天《そうてん》の魔女アンネロッテさんと遭遇したせいで私の身に何かが起きてしまったのかと思いました。今度は私が人の記憶に残らなくなってしまったのだと思いました。

けれどどうやらおかしなことが起こっているのは、私ではなく、この国そのもののようです。

一体いつからでしょう。

思い返してみれば、この国に滞在した二日目から違和感を覚えるべき箇所《かしょ》はあったはずです。

毎日のように同じ景色の繰り返し。

私が朝食を食べる横で繰り返されるサーカス団員たちの意識の高い会話。街を歩けば毎日のようにお祭り騒ぎ。同じような日々の繰り返し。

試しに私は露店《ろてん》で新聞を買い、その内容を確かめました。

一面は歌姫サマラ様が本日行うコンサートを祝う記事で飾られています。

私がこの国に来てから起こった出来事の数々は何一つそこには記載されていません。

例えば魔導杖《まどうづえ》を作った人物がチェスター氏ではなかったという衝撃的な事実も。

例えばとある高級料理店で毒を混入させて事件を起こさせようとした人間がいたことも。

二人組の強盗が捕まったという話も。

そして朧の魔女が捕まったという情報も。

新聞をいくらめくっても、めくっても、どこにもそのような記事は載ってはいなかったのです。

まるで私がここ数日間、幻覚でも見ていたかのように。

「……まさか」

私がそこで辿り着いた結論は、冗談《じょうだん》のような現実でした。

いつからかは分かりませんけれど、間違いありません。

この街は、同じ一日を繰り返しているのです――。

「ちょっと、あんた」

そして同じ一日を繰り返しているということは、私がこれまで体験してきたこともすべてなかったことになっているということなのでしょう。

だからパティさんは私に怯《おび》えたのです。彼女は人見知りをする人ですから。

だから高級料理店もお客の入りが少なかったのです。毒の入った料理などまだ見つかっていないのですから。

「その恰好《かっこう》……間違いないわね。あんた、朧の魔女でしょ」

だから昨日、私とミリナリナさんの二人で朧の魔女を捕まえたという事実すら、なかったことになっているのです。

「……ミリナリナさん」

私の目の前には、相変わらず派手《はで》な服に身を包んだ魔法少女のミリナリナさんがいました。

○

昨日の出来事がなかったことになっているのであればそれは当然の話でしょう。彼女の中では朧の魔女はまだ捕まっていなくて、そして黒のローブと三角帽子を着て街を徘徊《はいかい》している私こそがまさしく朧の魔女であるという認識。

悲しい話ですね。

せっかく一緒にごはんを食べに行く約束をしたというのに。

「私は怪《あや》しい人間ではありません。言っておきますけど、あなたが捜《さが》している朧の魔女でもありませんよ」

攻撃をされるよりも前に杖を出しつつけん制しながら語ります。しかし私が何を言ったところで彼女の耳には届かないということは昨日の時点で知っていました。

「はん」鼻で笑いながら彼女は魔導杖をこちらに向けます。「怪しくない人間は自分から『怪しくない』なんて言わないっての！」

やはり今日も同じ。

ミリナリナさんは問答無用で魔導杖から青い線を生み出し、私めがけて飛ばすのです。

「はあ……」

私は大きく大きくため息をつきながら杖を操り、彼女が出した青い線の先端に魔力の塊《かたまり》をぶつけます。青い線は私の魔力と触れ合うと巻き付き始めました。

二つがそうして絡《から》み合ったところで、私はすぐさま魔力の塊を吹っ飛ばします。

「――あっ!」

飛んでいく私の魔力。そして青い線で結び付けられた魔導杖は、そんな自由奔放《ほんぽう》な私の魔力に引っ張られて飛んで行ってしまいました。

彼女の魔導杖から出る青い線は自在に伸び縮みできるような代物でないことは昨日の時点で分かっています。

原理さえ分かってしまえば、彼女が使う魔法の対処など容易《たやす》いものです。

「それではごきげんよう」

彼女が二本目の魔導杖を出す隙《すき》は与えませんでした。

私は彼女が手ぶらになったタイミングで杖から再び魔力を漏らし、白い霧《きり》で辺りを覆い尽くしました。

真面目《まじめ》に戦うつもりなど毛頭《もうとう》ありません。

「……くそっ!　逃げるなああ!」

叫び声が曖昧な景色の向こうから聞こえます。私はくるりと踵《きびす》を返して走り出しました。

焦《あせ》りで我を失っているミリナリナさんとの戦闘が長引いてしまえば、また昨日のように無茶苦茶《むちゃくちゃ》なことを街の真ん中でやりかねません。ならばとっとと退散するのが最も容易《ようい》な対処法といえるでしょう。

霧が晴れた頃にはきっと私の姿は彼女の視界の外。

その頃になれば――逃げ出した私の顔や服を覚えていることから、きっと彼女も気づくはずです。

私が朧の魔女ではないことに。

それからどれほどの時間が流れたことでしょうか。

気づけば昼は過ぎ、くるるる、とミリナリナさんとの昼食のために余裕を持たせていた私のお腹《なか》がごはんを催促《さいそく》し始めました。

駄々《だだ》をこねる子どもをあやすようにお腹を撫《な》でながら、私はため息をつきます。

「……もうこんな時間ですか？」

私は確かミリナリナさんから逃げ出して——と自らの記憶を辿ったところで、それ以降の記憶がごっそりないことに気が付きました。

周りを見渡せばいつも見慣れた街並み。

宿屋の前まで戻ってきていました。

にもかかわらず、ここに至るまでの記憶は私の中にはありません。

数日間の出来事がなかったくらいで時間の経過が頭から消えてしまうほど感傷的になってしまったのでしょうか？

いえいえ。

「……朧の魔女もですか」

これまでの出来事がリセットされているのですから、当然、朧の魔女を監獄《かんごく》に閉じ込めたという事実もなくなっています。

恐らくはここに来るまでの間に朧の魔女と遭遇していたのでしょう。

その間に私の身に何があったのかは残念ながらまったく分かりませんでした。

朧の魔女と私の間に何があったのかなど、消えてしまったのですから。

まるでこの街の昨日と同じように。

○

この街は本当に同じ一日を繰り返しているのかどうかを何日か使って一通り調べてみました。

結論から言えば、この国は間違いなく同じ一日を繰り返しています。

新聞に記載された日程は毎日同じ。街を歩く人々も毎日同じ。

私が何をしてもその日に起こった出来事は日を跨《また》いでみれば何事もなかったことのように翌日また同じ一日が始まります。

せっかくなのでいろいろと試してみました。

「このお店のパンの味はいまいちですね。いやはやまったく話になりません」

パンをもぐもぐしながら肩をすくめてパン屋さんの店主さんに挑発をする私。

店主さんは「ああん？　なんだてめぇ？」と眉《まゆ》をひくつかせておりました。お怒りですね。お怒りですけれど平静を保っていますね。

「うちのパンを一つ食っただけでよく言えたもんだ。そんなに言うんだったら、嬢《じょう》ちゃん、俺《おれ》よりうまいパンを作れるんだろうな?」

「ええもちろんです。……明日、私がもう一度ここに来たとき、本物のパンをお見せしますよ」

そして翌日。

「このお店のパンは美味《おい》しいですね。最高です」

私は本物のパンなど用意することなく店主さんを褒《ほ》めちぎりました。よっ、パン職人。

「へへ……そうかい? 俺のパン一つ食べただけで分かるとは、嬢ちゃん、なかなか見る目があるじゃねえか」

昨日の出来事などまるでなかったかのようにパン屋の店主さんは照《て》れておりました。

それから例えば普段泊まっている宿屋とは別の宿に出向いたりもしました。

「はい。明日から二泊三日ですね。お待ちしております」

「よろしくお願いします。名前はイレイナ。灰《はい》の魔女です」

既《すで》に宿をとっているというのに別の宿にも予約を入れる浮気性のふしだらな魔女。私です。

ところがこのような罪深い行いも翌日にはなかったことになります。

「灰の魔女イレイナ、ですか……? 申し訳ありません、予約リストにお名前がないのですが……」

やはりその日のうちに起こした出来事はなかったことになるのです。

まあ同じ一日を繰り返しているのですから当然といえば当然ですね。

それから例えば街の裏通りにいたずら書きをしてみました。

「何がよいでしょうか……消されると面倒《めんどう》ですし、少し凝《こ》った絵を描いてみましょう」

とりあえず最近見た絵の風船と少女の絵を描いておきました。

そして翌日。

「……むむ？」

さて、私の予想では絵は消えるはずだったのですが、ところがどういうわけか、翌日、同じ場所に出向いてみれば、依然として一人の少女が壁の中で風船に手を伸ばしています。

これは一体どういうことでしょう？

「ちょっと、そこのあなた……」

気になった私はその辺で暇そうにしていた一人の女の子を街の裏通りに連行します。罪のない少女を誘拐する罪深い魔女。私です。

「なあに？　おねーさん」

穢《けが》れを知らない少女はつぶらな瞳《ひとみ》でこちらを見上げていました。

「ここに絵がありますよね、見えますか？」

「うん。へたくそー」

「いや上手《うま》いかどうかは今別に重要じゃないんですけど？」残酷《ざんこく》なまでに正直な女の子にむきになる私。「こちらの絵と同じものを隣《となり》に描いてもらえませんか？」

「何で？　それっていけないことじゃないの？」

「そうですね、いけないことです。ところで話は変わるのですけど、これが何か、分かりますか……？」

すす、と女の子に金貨を静かに手渡す私。

「お、お金……！」

いたいけな女の子が持つにはあまりにも大金。ごくりと女の子が唾《つば》を飲み込む音が聞こえた気がしました。

「これだけのお金があれば好きなものをいっぱい買えちゃいますね……？」

「好きなもの、いっぱい……！」

「はい。そうですよ……？　好きなものを、好きなだけ……ね？」

「ごくり……！」

「描いてくれますよね？」

そして悪い魔女は女の子をいけない道に進ませるのでした。

結果、私の絵の隣に女の子は絵を描きました。好きに描いていいとお願いした結果、悪そうな顔をした灰色の髪の化け物が描かれました。

「この独創的な化け物は何ですか？」

と私が尋ねると、女の子は太陽のように眩《まぶ》しい笑顔で、

「お姉さん！」

と答えました。

「……独特なセンスですね」

「えへへ……」

女の子は金貨一枚を握りしめて照《て》れくさそうに笑っておりました。

まあ描いてもらうことが目的でしたし……まあ、多少へたくそでも我慢《がまん》しましょう。むしろこれほど特徴的な絵なら、見失ったりすることもないでしょうし。

「………」

ところが翌日に同じ場所に来てみれば、不思議なことに女の子が描いた絵は跡形《あとかた》もなく消え去っています。

その場には私が描いた絵だけが寂《さび》しそうに取り残されていました。

誰かが消したのでしょうか？

しかし昨日出会った少女に問いかけてみても、

「おねえさん、誰？」

とつぶらな瞳でまたしても傷つけられるのみでした。

ここで一つ気づいたことがありました。

そもそも、今のところこの繰り返しの日々に気づいているのは私だけであるようなのですが――

どうやら、私が行ったことはこの街の一日の繰り返しのサイクルから除外されているようでした。

私が描いた絵だけが翌日まで残るように。

私が起こしたことだけは、翌日まで残るのです。

例えば宿の部屋に置いてあるカップを割ってみました。

割れた破片は翌日までそのままでした。

「うーん……、おかしいなぁ……。計算が合わない」

私は毎日同じように悩む宿屋の店主さんの前を素通りして街へ出ました。

しかし考えてみれば、一日を繰り返す街の中で私だけが宿屋の鍵《かぎ》を持ち越しているのですから、鍵の数と宿泊客の数が合わなくなるのは当然の道理です。

本来泊まっているはずのない私がなぜか鍵を持っているのですから。

「私が外から来た旅人だからか、それともほかの要因かは分かりませんけれども……」

私だけが一日を繰り返していませんでした。

それは私だけの特別を感じる出来事でもありましたが、しかし同時に、まるで私だけが騒がしいこの街から存在を認知されていないような、奇妙な疎外感《そがいかん》がありました。

○

おかしな物事には必ず原因があるものです。

それが何であれ、私は旅人として好奇心が誘うままに追求していきたいと思うのです。街から抜け出せばこの繰り返しの日々からは抜けられるでしょうか。きっと抜けられるでしょう。私は繰り返しの日々の中にいないのですから。

しかし、目を背《そむ》けるよりも私の好奇心はこの国の謎を解き明かすことを求めていました。

そして私の好奇心は一つの疑問を頭の中に生み出します。

「一日が繰り返されるなら、一日の最後はどのように終わるのでしょうか」

そういえば私はこの国に来てから一度たりとも夜更《よふ》かしはしていませんでした。明日もきっと街は騒がしいお祭りの中にあるのだろうと思いながら意図《いと》せず早めに眠ってしまっていました。

この街が一日を繰り返すならば、一日が終わる瞬間が存在するはずです。

そして起きていれば、私はその瞬間を目で捉《とら》えることができるはずです。

「夜更かししてみますか——」

どうせ、明日も同じ一日であることは分かり切っていますし、と私は夜遅くになるまで、本を読んで過ごしました。

窓は開けっぱなし。

風がそよぎ、静かな夜風が私を撫《な》でます。

昼間の騒がしさがまるで幻であるかのように静かで、心地のよい、夜……。

「…………はっ」

私は私が眠りこけている事実にびっくりして跳《は》ね起きました。いやはや灰の魔女ともあろう者が本を読みながら寝落ちだなんてはしたない。

あわてて時計を手に取り時間を確かめます。

私の時計は日付が変わる、あと一分のところまで針を進めていました。

「まあ、タイミング的にはよかったですね」

危ない危ない、と私は本をしまいつつ、辺りを窺《うかが》うために、ほうきに乗って、窓から夜の街へと繰り出します。

「やはり静かですね」

もはや街の誰もが眠ってしまっているのでしょう。

物音も明かりもない暗闇《くらやみ》の街が広がっていました。曲がりくねった道やカラフルな街並みなどは、時折雲に隠れる頼りない月明かりの下でみな一様に身をひそめていました。

しかし、そんな暗い夜の中でも存在感を放つ建物が一つだけありました。

開花の会堂。

開きかけの花のような奇妙な建物です。

「…………」

不思議と私の視線は街の遠くにそびえる開花の会堂に注がれました。開花の会堂に何かがあると確信を持っていたわけではなく、予感があったわけでもありません。

ただ間違いないのは、私が見つめていた開花の会堂がこの国を代表する建造物であるという事実であり。

そして私が見つめていたそのときに、午前零《れい》時が訪れ。

結果として、開花の会堂を起点として街に異変が起こったということです。

「……何ですか、あれ」

最初は目を凝らしてみなければ分からない程度の小さな変化でした。

暗闇の中、開花の会堂が揺《ゆ》らいでいました。まるで水面《みなも》に映ったようにゆらゆらと。

しゃぼん玉のような透明《とうめい》の薄《うす》い膜《まく》により、開花の会堂とその周囲が球状に覆われていました。

そしてこのしゃぼん玉のような薄い膜は、まさしくしゃぼん玉のように街を巻き込みながら徐々に徐々に、膨《ふく》らんでいくのでした。

その薄い膜が私のいる場所まで辿り着くまでそう時間はかかりませんでした。

膜は私を含めて街を丸ごと飲み込んだところで、ぱん、と弾けます。弾けた途端《とたん》に星のようにきらきらと光る青い雫《しずく》が街に降り注ぎ、街一帯が明るく輝きました。

そして、時間が遡《さかのぼ》り始めました。

大通りの時計台はめまぐるしく逆回転を始め、街の明かりはついたり消えたり点滅を繰り返し、物が跳ねるようにあちこちを飛び交い、人々は街の中を逆方向にせわしなく動きます。

そして、青い輝きが消えた頃。

再び街は静寂《せいじゃく》に包まれました。

時計台が示す時間は零時一分。

私の時計の針が示す時間とまったく同じ。

ただ唯一《ゆいいつ》違うものがあるのならば、私の時計は明日へと進み、けれどこの街はまだ昨日に囚われたままであるということでしょう。

○

そして眠り、目が覚めると、同じ一日が始まりました。

静かな夜など夢幻《むげん》かのように騒がしい街の喧騒がカーテンの外からは聞こえてきます。けれど窓の外を覗き込めばやっぱりいつもと同じ景色。

昨晩見たものは夢ではなく、そしてやはり繰り返される街から私が除外されている事実を確信して朝からげんなりしました。

「うーん……、おかしいなぁ……。計算が合わない」

計算が合わない原因を作っている人間としては申し訳なさを感じる部分もありますが、一日が繰り返されているからいけないんですなどと話したところで信じてもらえるはずもありませんから、私は今日も平然と宿の店主さんの前を平然と素通《すどお》りして街に出ました。

昨日、一日の終わりと始まりを見て、本音を言えば私は少し安心していました。

まず第一に、この繰り返される一日が世界を丸ごと巻き込んだものではなく、この国にのみ起こっている特有の事象であるということ。

「時間が逆転している間に空模様《もよう》も変化していませんでしたし、何より、街に降り注いでいた青い雫は魔力由来《ゆらい》の物である可能性が高そうですし……」

おかしくなったのは世界でもなく、私でもなく、この国だけだった、ということですね。

安心です。

それと昨日の一件を経《へ》て、本日やるべきことが決まりました。

「……開花の会堂に行ってみましょう」

私は通りの向こうにそびえる奇妙な形の建物を見上げます。

そこに行けば、きっと何かが分かるはずです。

「ううううん……」

とはいえ、一日の予定が決まったからとはいえ、やるべきことが見えてきたとはいえ、悩みの種が尽《つ》きたというわけではありません。

そもそも開花の会堂はコンサートホール。

以前入ったときにちらりと中を見せてもらいましたが、立ち入り禁止の区域があまりに多いのです。そして多いうえに、入り組んでいます。前回もミリナリナさんと一緒でなければ恐らく私はどこかで迷子《まいご》になっていたことでしょう。

そのような状況下で、あるかどうかも分からない、何かどうかも分からない一日の繰り返しの原因を摘《つ》み取ることは困難を極めると思うのです。

困ってしまいました。どうしましょう。

ひとまず歩きながら策でも練って、最悪の場合はネズミにでも変身して開花の会堂の中を徘徊《はいかい》すれば——。

「……あれ？」

ぱち、と私が瞬きした直後でした。

街を歩いていたはずの私は気づけば開花の会堂——の裏まで来ていました。

『関係者以外立ち入り禁止』と固く閉ざされた扉にはそのような文字が大きく書かれており、そもそもそれ以前に無断立ち入りができないように固く固く施錠《せじょう》されています。

はて、私はこんなところで一体何を？

「……朧の魔女と会っていたのでしょうけれども――」

やはり何度会っても朧の魔女と会った際の記憶は残りません。その間に彼女と私で何かを話したのでしょうか。

普段から悪いことをしている朧の魔女さんに、「ちょっと開花の会堂の不法侵入のやり方教えてくださいよー」などと肘《ひじ》で小突きながら尋ねたのでしょうか。

いやいやまさか。

などと首を振る私。

しかしながら、私はふと、そこで自らの手に紙切れが握られていることに気が付きました。はて何でしょう？　私は開き、そこに綴《つづ》られている文字に目を通しました。

記憶にはありませんでしたが、それらはすべて私の文字でした。

『朧の魔女に聞いたんですけど、開花の会堂は裏側にある扉から入ると監視の目もゆるゆるで入りやすいみたいですよ』

…………。

がっつり聞いてる……。

『朧の魔女さん、結構いい人でした。普通に教えてくれました。彼女はマブダチ』

なんかよく分からない言葉を書いてる……。

『それと恐らく道に迷う可能性が高いとのことでしたので、見取り図をもらいました。ポケットを探してみてください』

言われるがままにポケットに手を突っ込む私。確かに見取り図が入っていました。『親愛なる魔女様へ♡』などというメモ付きで。

めっちゃお茶目《ちゃめ》なうえにめっちゃ気が利《き》くじゃないですか……。

しかしここまで手を尽くしていただいたところで、まだ問題が一つだけ残っています。

目の前に立ちはだかる扉。

これが開けない限りはどうしようもないのです。

一体どうすればいいでしょう？　助けを求めて私はメモを見返します。

『ひょっとして扉が開けないと思って立ち止まっちゃってます？　魔法でちょちょいと開いちゃってください。得意でしょう、そういうの』

………。

なるほどなるほど。その手がありましたか。

知ってましたけど。

○

記憶にはありませんが、朧の魔女こと蒼天の魔女さまは異様なまでにご丁寧《ていねい》な方のようでした。

見取り図と一緒に、綺麗《きれい》な文字で綴《つづ》られたお手紙が同封されていました。

『関係者通路は演奏者や役者も通る場所だから、イレイナさんが歩いていても怪しまれることはないよ。むしろ黒のローブに三角帽子なんて恰好をしている女の子が歩いていたら衣装を着た役者だと思われるんじゃないかな。堂々《どうどう》としていて』

朧の魔女さんのアドバイスの通りに私は堂々と関係者通路を見取り図片手に進みました。道中で何人かの人とすれ違いましたが、確かに愛想《あいそう》よく振舞っていれば何ら問題ありませんでした。

道が分からなくなったときも堂々と見取り図を見ました。

分からない人ならば分からない人らしくすべきでしょう。

『今の時間なら第二ホールに行けば、繰り返す一日の原因を見ることができるよ』

朧の魔女さんの手紙にはそのような記述もありました。口ぶりから察するに彼女は何か事情を知っているのでしょう。

……目を離したとたんに記憶から消えてしまうような人でなければぜひとも詳しくお話を聞かせていただきたいところなのですけれども。

「まあ、その辺りは後にしましょう」

まずは朧の魔女さんの誘導通りに進むとしましょう。

朧の魔女さんと会っている間の記憶が抜けているため、これが罠《わな》である可能性も否《いな》めませんけれども――。

しかし、少なくとも、未来の私に対して手紙を記したときの私は、彼女に騙《だま》されている可能性など微塵《みじん》にも考えていなかったようですし。

ならば過去の私を信頼することとしましょう。

「……ここですね」

そして指定された第二ホールまで難なく私は辿り着きました。

重い扉に寄りかかって、足に力を込めて、開きました。

ぬるい空気が私の脇《わき》を走ります。

ホールの中は全体的に暗く、一か所にしか光が当たっていませんでした。必然的に私の視線はその一転に注がれます。

ステージの上、ただ一点にのみ降り注ぐ明かりの下に立つ、一人の女性。

歌姫のサマラさんに。

「……あら？」

明かりの中からでも私の姿を捉えることができたようです。彼女は突然の侵入者である私を不思議そうに見つめながら、

「……あなた、ここの関係者？　駄目《だめ》よ、勝手に入ってきたりしたら」

咎《とが》めるような言葉でありながら口調は穏《おだ》やかで、彼女は優しく諭《さと》すように私を見つめていました。

ここに繰り返す一日の原因がある、というのは一体どういうことなのでしょうか？

「私のこと、覚えてますか？」

どうせ覚えていないでしょうけど——間を持たせるために私はステージ上の彼女に尋ねました。

辺りを窺ってみてもおかしなものは特に見当たりません。

「いいえ……。ファンの方、かしら？　駄目よ……？　まだ入場は始まっていないでしょう？」

彼女からすればこの場における最もおかしなものは私以外にないのでしょう。穏やかな笑みを浮かべながらがらもやや困惑している彼女は、ずっと私を視線で追っていました。目を離さないように。

彼女の忠告を無視し、視線を背中《せなか》に受けながら、私は一日を繰り返している原因とやらを探しました。

しかし多少見回った程度で怪しい物など見つかるはずもありません。

そもそも第二ホールには物と呼べそうな物は置いてありませんでした。ただ客席と、ステージと、そして歌姫だけが、ここにはあります。

「……あの、聞いていたかしら？　ここは立ち入り禁止よ？」

やがてステージまで上がってきた私に相変わらず笑みを浮かべながらも、緊張感を漂《ただよ》わせ始めるサマラさん。

急に入ってきた魔女の恰好の女がステージまで上がってきたのですから、まあ傍目《はため》に見れば怪しくて仕方ないのは当然ですね。

「おかまいなく。すぐに終わりますので」

手をひらひらと振りながら今度はステージの裏まで足を進めます。ステージの演出に使いそうな物が小道具、大道具含め闇に紛《まぎ》れて置いてありました。

「……この辺りの物、でもない気がします」

ただの推測ですが、ここにはただの物しかない気がしました。一日を繰り返すにしてはステージの脇に置いてある物たちはあまりにも普通すぎます。

「……何を探しているのかしら？」

もはや私を説得して追い出すことは不可能と早々に悟ったのでしょう。私の欲求を満たしてとっとと出て行ってもらう方向に舵《かじ》を切ったようです。

「………」

私はステージ脇から戻り、彼女の傍《そば》に近寄りながら言いました。「そうですねー、実は今、街が同じ一日を繰り返しているのですけどー」

唐突《とうとつ》にこんなことを話してしまえばよほどの変わり者か不審人物とみられることは間違いありませんが、既に彼女の中で私は相当に怪しい人間のようですし、別に構わないでしょう。

どのみち、明日になればあらゆる出来事が元通りになるのですし。

「街が同じ一日を繰り返す原因というものがここにあると聞きまして、探しに来たんですよ」

「一日を繰り返す原因……？　一体何を言って――」

「どこにあるのか知りませんか？」

彼女の目の前に立って私は首をかしげました。

「…………」彼女の表情から僅《わず》かに笑みが失われます。「あの、先ほどから何を言っているの？　貴女《あなた》が言っていることの意味が分からないわ」

「私はあなたが怪しいと踏《ふ》んでいるのですけど、どうでしょう？　一日を繰り返す原因となる物を持ってたりしませんか？」

「……いい加減にして頂戴《ちょうだい》？　私は今日、初のコンサートを控《ひか》えているの。忙しいの。あなたのようなファンに付き合っている暇はないの」

「その初のコンサート、一体今日で何回目ですか？」

私は矢継《やつ》ぎ早《ばや》に尋ねます。「ところで朧の魔女という方をご存じですか？」

彼女はしばし黙《だま》ったあとで、

「朧の魔女、ね。当然、知っているわよ。人の記憶に残らない魔女でしょう？」

「そうですね」

まさにその通り。「街の多くの人にとってはただの噂話《うわさばなし》や言い伝えの一種。実在を知っているのは朧の魔女を追うミリナリナさん、それと実際に被害に遭った方々くらいでしょう」

「あなたも被害に遭った一人かしら」

「そんなところです」

そしてこの朧の魔女には数少ない外見の情報があります。「黒のローブと黒の三角帽子を身にまとった魔女が朧の魔女とされているそうですね」

「…………」

ところで話は変わりますけれど。

「サマラさん、どうして私をファンの人間だと思ったのですか？　魔法使いのいないこの国で、関係者以外立ち入り禁止の場所にふらりと現れた黒ずくめの魔女。ミリナリナさんの先輩としてこの国の平和を守っていたあなたなら、まず最初にそれが朧の魔女である可能性を疑《うたが》うべきじゃないですか？」

「…………」

彼女は黙《だま》っていました。

まあいいでしょう。

「サマラさん、もう一度聞きますね」

私は聞きたいことを聞くだけです。

「このコンサート、今日で何回目ですか？」

——一日を繰り返す原因は、どこにあるんですか？

私はサマラさんを正面から見つめながら、尋ねていました。

既に表情から笑みを失い、冷たく私を見つめる彼女に、尋ねていました。

「…………はあ」彼女は沈黙ののちに浅くため息を漏らしました。

そして魔導杖を出しながら言うのです。

「……確かに、言われてみればあの女と同じような恰好をしていたわね。あなたの恰好に疑問を持たないでファン扱《あつか》いするのは確かに不自然ね。詰《つ》めが甘かったわ——」

一瞬。

ほんの一瞬で、私の体はホールの後方まで吹っ飛ばされました。魔力を込める時間も、予備動作

もなく、魔導杖は一瞬で風魔法を放っていました。

「……っ！」

不意打ちでした。一度ミリナリナさんと対峙したときに魔導杖の性質は観察していたはずですが、一瞬で攻撃を放ってくるとは想定していませんでした。

空中を漂《ただよ》う私は、一秒に満たない時間のあいだに考えを巡《めぐ》らせます。

さてどうしましょう？　地面に落ちる前にほうきを出して衝突《しょうとつ》を避《さ》けましょうか。それとも魔法で衝撃を吸収しましょうか。いっそのことそのまま地面に落ちるという手も面白《おもしろ》いかもしれません。

「…………」

しかし私は頭を過《よぎ》った策を一つも選ぶことはありませんでした。

「——危《あぶ》ない！」

宙を舞っていたはずの私の体が、空中でぽすん、と止まったのです。

止まった、というよりは受け止められた、と言ったほうがよいのかもしれませんが。

「……大丈夫？　イレイナさん」

吹っ飛ばされた私を空中で受け止めたのは、ほうきに乗った一人の魔女でした。黒のローブ、黒の三角帽子を身にまとったその女性は、杖の先から煙《けむり》を放ち、辺り一面を白く染めながら私の顔色を窺っていました。

その女性に見覚えはありませんでした。

けれど私は彼女が誰なのかを知っていました。

白く染まった景色の向こうから、サマラさんの舌打ちとともに、低い声が漏れます。

「……朧の魔女」

その名で呼ばれた彼女は静かに首を振りました。

朧の魔女と呼ばれている彼女には本当の名前があるのです。

蒼天の魔女。

「……アンネロッテさん」

私が彼女の名を漏らすと、彼女は目を細めて、笑いました。

「さっきぶりだね、イレイナさん」

君は覚えてないだろうけど——と。

第六章

蒼天の魔女

きっかけはほんの些細《ささい》なものだった。

小さい頃、ある日、私が家を出ると、家の近くに人だかりができていた。そこにあったのはただの骨董品屋《こっとうひん》で、いつもは人すら寄りつかない。

そんなお店に人が集まっていれば当然気になるものだし、当時八歳だった私はふらふらと気軽に人だかりの中に突っ込んでいった。

たくさんの人たちから注目を集めていたのは、私より少し年上の少女だった。

骨董品屋さんの娘さんだろうか。彼女はお店の前で、歌を披露《ひろう》していた。

美しい歌声だった。

そこには幸せな空間が広がっていた。そこに居合《いあ》わせた人々の誰もが幸福に満ちていて、笑い合って、歌を聴いていた。

私とたいして歳の変わらない子どもが、そうして大勢《おおぜい》の人々を幸せ《しあわ》にしている光景《こうけい》に、すぐに私は魅了《みりょう》され、憧《あこが》れた。

何の才能もない私も、彼女のように、人々を幸せにできる人間になりたいと思った。

「おねーさん、歌、上手《じょうず》だね！」

私は歌い終わった直後の彼女に駆け寄り、興奮しながら語った。私も彼女のように人々を幸せにするような人になりたいと。

彼女は微笑《ほほえ》みながら頭を撫《な》でてくれた。

そんな些細なきっかけだった。

今でも小さい頃に見かけた彼女の歌声を私は時折思い出す。

彼女が見せてくれたほんの些細な光景が、今の私を作ったから。

○

「危ないところだったね、イレイナさん」

私を抱きかかえたままほうきで空をすいすいと滑《すべ》りながら彼女が訪れたのは、開花《かいか》の会堂《かいどう》の近く。彼女のお宅でした。

相変わらず防犯意識皆無《かいむ》の開けっ放しの窓から入れば、その先は未知の世界——一度入ったことはあるものの彼女の存在と共に綺麗《きれい》さっぱり私の記憶から消失したお部屋がありました。

部屋の片隅《かたすみ》にはどこから盗んできたのか分からないような絵画や家具や小物などなどありとあらゆる物がまとめて置かれていました。

彼女は私を降ろすと直後にほうきをしまい、それから杖《つえ》を振るいました。

「ま、色々と気になることも多いだろうけど——まずはお話できる環境から作ろうか」

彼女の杖から魔力が漏《あふ》れます。すると私たち二人を取り囲むように、鏡《かがみ》が六つ、空中に浮かびあがりました。

鏡の中には私とアンネロッテさんがどこまでもどこまでも、あらゆる角度から向かい合っています。

どこに視線を向けても私と彼女。

視線から外すことなど到底《とうてい》できなくなりました。

「これなら私のことを忘れるなんてできないよね」

どこまでも続く鏡の中で彼女はまったく同じ笑顔を浮かべていました。「いろいろと聞きたいこと、あるでしょう？　座って」

彼女は言いながら、私をベッドに促《うなが》します。

私が頷《うなず》くと、彼女はデスクから椅子《いす》を引っ張り出して、私と向かい合うように座ります。

見覚えのない彼女の顔を、私はじっと見つめます。

「どこから聞きたい？」

どこから聞くべきでしょうか。何から聞くべきなのでしょうか。というより、いろいろと聞きたいことは後を絶たないものではありますけど。

「そもそもあなたは何者なんですか？」

朧《おぼろ》の魔女。

誰の記憶にも残らない彼女。しかし何故か私が置かれた状況に理解がある彼女。どうやらこの街が同じ日を繰り返しているであろうことを理解している彼女。

訳が分からないことだらけの現状でも、彼女が一連の出来事の中心にいるであることは概《おおむ》ね理解はできました。

「そうだね、じゃあそこから話そっか」

ひょっとしたら誰の記憶にも残らない彼女は、こうして人と話す機会もあまりないのでしょうか。

彼女は少し嬉《うれ》しそうに笑いながら頷きます。

「私の名前はアンネロッテ」

蒼天《そうてん》の魔女として、ずっと前からこの国を守っていた正義の守護者さんだよ——と。

●

骨董品屋に足繁《あししげ》く通うようになったのは、私が八歳の頃のことだ。

お店の前で歌を披露していた彼女の歌声が聞きたくて、私は毎日のようにお店に通い詰めた。

幼き頃の私にとって彼女は憧れだった。

人に優しく、自らの才能ひとつで人を幸せにできるような人になりたいと、願った。

彼女がお店の前に立っている毎日が私にとっての幸せだった。

だからある日突然、彼女がお店に来なくなったとき、私はどうしようもないくらいに動揺《どうよう》した。

お店のおばあさんに尋《たず》ねても理由は分からずじまい。曰《いわ》く彼女はお店のお孫さんで、たまにお手伝いに来るついでに歌を歌っていたらしい。

私はその日からも変わらず、彼女が戻って来ることを信じてお店に通い続けた。

健気《けなげ》な話だ。

「……おんやあ？　アンネロッテちゃん、また来たのかい」

彼女はそれからも来なかったけれど、かわりにおばあさんに顔と名前を覚えられた。

私のような客は珍《めずら》しかったのか、見るからに骨董品を買う気も財力もないような私が顔を出す度《たび》に色々な物を触《さわ》らせてくれて、いろいろなことを教えてくれた。

私は次第にお店の物にも興味を持っておばあさんに色々と尋ねるようになった。

役割を一度終え、再び誰かの役に立つことを待っている物たち。

あれは何？　これは何？　それじゃあこれは？　一つひとつ指をさしてゆく。おばあさんは一つひとつ丁寧《ていねい》に教えてくれた。

その中の一つが魔法使いの杖《つえ》だった。

「こいつは古い時代に使われていたもんだね。魔導杖《まどうづえ》ができるよりも前はこいつが主流だったのさ」

もう誰も使っとらんがね、とおばあさんは語った。私が生まれるよりも前の時代は魔導杖なんてものがなく、魔法とは、魔力を扱《あつか》う資格――要は才能がなければならなかったらしい。

「へえー」

昔は大変だったんだねー、と私は相槌《あいづち》を打ちながらおばあさんの手から杖を受け取った。

「ヒヒヒ、あんたはどうかねぇ、才能、あるかねぇ」

振ってごらん？　とおばあさんに煽《あお》られる私。

「うん」

はっきり言ってしまえばこのときの私は特に何も考えてはいなかった。

だから、杖を振った直後に青い光が漏《も》れたとき、私もおばあさんも、目を丸くして驚《おどろ》いていた。

「な……なにこれー！」

すごーい！　とお馬鹿《ばか》みたいにはしゃぐ私。杖の先の青い光がきらきらと粒になって私の足元には降り注いだ。

「おやまあ……こりゃたまげたね――」

あんた、魔法使いの才能あるよ――とおばあさんは手を叩《たた》いて、嬉しそうに、幸せそうに喜んでくれた。

骨董品屋で眠っていた魔法の杖は、私に魔法使いとしての資格があることを。

そして人を笑顔にするだけの力があることを、教えてくれた。

●

おばあさんは大昔に魔法使いとして活動していた時期があるらしい。

私が杖を扱《あつか》えると分かると、おばあさんはそれから時折、私がお店に行く度に魔法を教えてくれるようになった。

私はみるみるうちに上達《じょうたつ》していった。おばあさんはその度にとても嬉しそうに笑ってくれて、私も嬉しくなった。けれど私が憧れた彼女は、それから一度もお店に顔を出すことはなかった。

そして私は十二歳になった。

その頃には私は自らの魔法の才能をもっと伸ばしたいと願うようになっていた。

お店の前で綺麗な歌声を披露していた彼女のように、才能一つで人を幸せにできる人生なんて素敵ではないだろうか。

「あんた、魔法使いになりなよ。才能あるよ」

何より、私に魔法を教えたおばあさんが私にそう望んでくれたから。私は魔法を学ぶために一人で外国の魔法学校へと留学することに決めた。

ところで。

往々《おうおう》にしてこのように辺境《へんきょう》から都会に出て技術を学ぼうとする子というのは、自身が思い描いていた理想と現実の落差や世界の広さ――もとい、自身よりも才能のある人間を目の当たりにして驚き落ち込み塞《ふさ》ぎ込むようになってしまうものなのだけれど。

「素晴《すば》らしい！　アンネロッテ君、君はまさに百年――いや、千年に一人の逸材《いつざい》だよ！」

なんとびっくり。

どうやらおばあさんのお世辞《せじ》などでもなく本当に私は魔法の才能が備わっていたらしい。

すぐに私は魔法学校でトップの成績をとるまでになった。教師、生徒問わず、たくさんの人が私を「天才！」と呼んで褒《ほ》め讃《たた》えた。えへへ、よせやい。

褒められる度に嬉しくて舞い上がった。

授業で分からなかったところを教えてほしいと同級生にせがまれる度に私は喜んで教えた。街で誰かが困っていればすかさず手を差し伸べた。

私の力が誰かのために役立つことが――人が私に笑いかけてくれることが何よりも嬉しかったからだ。

それからほどなくして魔法学校を首席《しゅせき》で卒業。魔女見習いになるための試験ではその国の受験者の中では最年少の十五歳にして一発で合格し、師匠《ししょう》をとれば一年足らずであっという間に蒼天の魔女という魔女名まで授与《じゅよ》された。

順風満帆《じゅんぷうまんぱん》とはまさにこのこと。

魔女のブローチを胸元に下げて、それから私は故郷《こきょう》である巡《めぐ》る夢の街カルーセルの門を再びくぐる。数年ぶりの故郷は相変わらず騒《さわ》がしくて、そして相変わらず魔導杖ばかりが重宝《ちょうほう》されていた。

この国において魔女の名を持つのは私一人くらいだろう。

それは少し寂《さび》しいことではあったけれど、同時に誇らしくもあった。

それは私が特別であることを示しているのだから。

「おばあさんに挨拶《あいさつ》に行かなきゃ」

国に戻った直後に向かった先は、実家の近所の骨董品屋。

留学先でもたくさんの人に褒められたことを話したら、おばあさんは何と言ってくれるだろうか。

浮足立ったまま、私はお店の前まで辿《たど》り着いた。

「おばあさん――」

結論から言うとおばあさんはいなかった。

お店にいたのは見覚えのない中年女性。

おばあさんの娘だそうだ。この店は今、彼女が切り盛りしているらしい。

彼女はなぜだか初対面である私のことを知っていて、おばあさんについていろいろと教えてくれた。曰く、私が留学している間におばあさんは亡《な》くなったらしい。

そこにはもう、私に教えてくれた女性は一人も残っていなかった。

私に夢を見せてくれた名も知らぬ少女も。

私に夢を叶《かな》える力があると教えてくれたおばあさんも。

どちらも私の目の前から、消えてしまっていた。

●

憧れの人と、おばあさんがいなくなったからって私の生き方が変わったわけではない。私は私のやりたいように生きるだけだ。

私はこの街で魔法使いとして生きていくと小さい頃から決めているのだから。

そのための才能が私にはあるのだから。

「お嬢ちゃん、きみのパパとママはね、この通りの先で待っているんだよ」

ある日の昼時、通りから逸《そ》れた狭《せま》い道で一人の男が十歳程度の女の子の手を引いて歩いていた。

「……あの、でも、あたしのパパとママは開花の会堂で待ってるって――」

不思議《ふしぎ》そうに首をかしげる女の子。よそから来た子だろうか。手には本日行われる劇のチラシ。それとポップコーンが抱えられている。

「へへ……そうだよ、ここから行くとね、開花の会堂にすぐに着けるんだ。きみ、よそから来た子だろう？　おじさんに任せなよ」

男は女の子を安心させようと笑顔を取り繕《つくろ》っていたが、息を荒《あら》くしながら女の子を見下ろす目はただただ不快《ふかい》で、どう見ても不審《ふしん》だった。

「……でも」

さすがに十歳の女の子でも男の怪《あや》しさには気が付いたのだろう。

女の子の足が徐々《じょじょ》に遅くなる。

振り向けば、開花の会堂が徐々に遠のいていっていた。明らかに目的地から離れている。

「よ、よそ見しないで、ちゃんとついてきて」

困惑《こんわく》する女の子の手を強引に引っ張る不審な男。

「きゃっ」

きっと女の子はそのとき自らが見知らぬ男に誘拐《ゆうかい》されつつあることを確信したのだろう。その表情はみるみるうちに険《けわ》しく、そして恐怖に染まっていった。

おお大変。

「開花の会堂に行きたいの？　もしよかったら、乗ってく？　実は私、今からちょうどそっちに用事あるんだよねー」

私はいたいけない少女を男の手から救いつつそんな風に一つ提案をした。

「は？」

振り返った男は目を丸くしていた。無理もない。

今の今まで手を繋《つな》いでいたはずの女の子が、私のほうきに乗っているのだから。男からすれば私が何もないところから突然現れたかのように見えたかもしれない。

「おじさん、駄目《だめ》だよ？　この子が可愛《かわい》いお顔してるからって手を出そうとしたら」

「…………」

無言でぎゅっ、と私にしがみつく女の子。

私は彼女の肩《かた》を抱きながら男に笑みを向けた。

「今のは見なかったことにするね。どのみち私、保安局の人間でもなんでもないし、あなたをこの場で拘束《こうそく》する義務《ぎむ》もないし」

忠告《ちゅうこく》する私。

しかし残念ながら男が引き下がることはなかった。

「お、おい。お前、何言ってんだよ。わ、わけわかんないこと言いやがって！　お、俺はその子を案内してただけで——」

だから返せ、と彼は私に一歩近づいた。直後に私はハエ一匹を払いのけるように杖を振った。

男の頬《ほお》を突風《とっぷう》がかすめる。ばこん、と路地《ろじ》の一部が陥没《かんぼつ》した。

そうして恐る恐る男が背後を振り返る最中。私はため息交じりに語るのだった。

「私にはあなたを拘束する義務もないけど、手加減《てかげん》してあげる理由もないんだよ？

引いてくれるよね？

そこまで言ったところで私は再び微笑んだ。

実力行使は功《こう》を奏《そう》したらしい。男はすぐに「ひゃあああああああっ！」と声にならない声を上げて逃げ出したから。

「さ、それじゃあ行こうか」

それから私は女の子をほうきに乗せたまま、開花の会堂へとご案内。

入り組んだ路地のすべてを無視して目的地まで空の上から真《ま》っ直《す》ぐ向かった。これぞ本当の近道というもの。

「……ごめんなさい」

開花の会堂に向かう最中、彼女は私に強くしがみついていた。ほうきで空を飛ぶことへの恐怖もあったのだろうけれど、きっと彼女の手が震えるのはもっと別の理由だろうと思う。

助けが来なかったときのことを考えれば当然の反応だった。

「これから先、困ったときは私を呼んで？」

だから私は、助けた者として当然の言葉を彼女に投げかけた。

「どこにいても、私が君を助けるから」

私がこの国でただ一人の魔女として人助けを始めたのは十八歳になってからのことだった。

誰に頼まれたわけでもない。

ただ、私に宿った魔法使いとしての才能は、きっと人を助けるためにあったのだと私は思ったから、今までのように、これからも人に喜《よろこ》ばれたいという欲求が、私を人助けに駆り立てた。

例えば道に迷っているおばあさんがいれば地図を片手に颯爽《さっそう》と現れ、おばあさんを背負《せお》って目的地までご案内。例えば空を漂《ただよ》う風船を女の子の手に返してあげたり。

例えば壊《こわ》れた公共物を人知れず修理してみたり。もしくは落とし物を保安局に届けたり。

当然、悪者の退治だって見つけ次第いくらでもやった。

残念ながら私が住まう巡る夢の街カルーセルには、この国特有の武器を使って悪事を働く者がいた。

「魔導杖を捨《す》てて手を挙げろ！　お前ら絶対に動くんじゃねえぞ！」

魔導杖。

誰でも簡単に魔法――のようなものを放つことができる便利が過ぎる道具。

けれど便利な物は裏を返せば悪用も容易《ようい》であるということ。銀行強盗も例外でなく、覆面《ふくめん》を被《かぶ》った男たち数名は魔導杖を持って店内にいる客と従業員を脅《おど》す。

この国で魔法使いがまだ活躍していたのならば、少なくともこんなに簡単に犯罪が起こることもなかったのではないだろうかと思わなくもない。

「こらこらー。そんなもの振り回したらだめだよー。危ないよー」

ひょっこりと男たちの背後に現れる私。

魔女ともなれば自らの姿を小さく変えてこっそり近づくことなど朝飯前《あさめしまえ》。

「な、何だてめぇ！」

「私は蒼天の魔女アンネロッテさんだよー」

男たちが魔導杖をこちらに向けた瞬間に、私は杖を振って男たちから武器を取り上げる。あとは適当に杖で拘束《こうそく》してしまえばおしまい。

犯罪者が出る度に現場に急行して私は魔法を披露してみせた。

「俺はひったくり。金を持ってそうな女からバッグを奪い取ってやったぜ――」

「そして私は蒼天の魔女。そんな君を取り締まるために空から降ってきた美少女だよ」

ひったくりが現れれば即座《そくざ》に犯人を追ってバッグを取り返した。

「俺はストーカー。意中の女を尾行《びこう》している最中だ――」

「そして私はそんな君のストーカー。犯罪者を尾行している最中だよ」

ストーカー被害が出れば犯人をすぐ捕縛《ほばく》した。

「私は泥棒《どろぼう》。ネズミのようにするりと家に侵入して金銀財宝《きんぎんざいほう》を盗むわ」

「じゃあ私はそんなネズミを追いかける猫《ねこ》さんかな。にゃー」

泥棒被害が出れば町中追いかけ回して犯人を捕まえてみせた。

自慢《じまん》ではないけれど、私は故郷に帰ってから数年間で結構な活躍をしてみせた。これは驕《おご》りでも思う。

なく純然《じゅんぜん》たる事実で、犯罪者を検挙《けんきょ》した数ならこの国の保安局の人たちよりも多いんじゃないかと

そして当然ながら、目立った活動を何年も繰り返していれば、周りからも評価されるようになるというもの。

「――アンネロッテ様！　先日はうちの娘がお世話になったようで……、本当にありがとうございました！」

「――あ、あの！　握手《あくしゅ》してもらえませんかアンネロッテ様！」

「――わたし、将来はアンネロッテ様と結婚《けっこん》したいです！」「弟子《でし》にしてください！」「アンネロッテ様みたいに私もなりたい！」「魔法を教えてください！」

次第に私の活躍は国の人々に認められるようになっていった。数年も続けた結果だろう。

私に憧れたと言ってくれる人も徐々に増えていった。

「アンネロッテさま！　私、将来アンネロッテさまみたいな魔法使いさんになる！」

ある日、小さな女の子は私にお手紙を手渡しながら笑ってくれた。

はー可愛い抱きしめたい。

「ふふふ。見て？　あたしアンネロッテ様みたいに国を守る魔法少女になろうと思うの。似合《にあ》ってるでしょ」

そしてまたある日。私に憧れたと語る少女が魔導杖を振り回しながら妙なコスチュームでくるくる回っていた。

私、そんな変なコスチューム着た事、ないけど……？

「ふふ、ちなみにあたしね、アンネロッテ様の行動範囲を少し前から研究しているの。どう？凄《すご》いでしょ」

ストーカーか？

「見て、この日記にはアンネロッテ様のここ最近の行動が数百回に渡り記されているのよ……もはやこれはアンネロッテ様そのものといっても過言じゃないわね……。ああ、すき……」

ストーカーなのか？

……まあ、一部変な子もいるけど、何はともあれ憧れを抱いてもらえるというのは光栄なことに他ならない。

私もまた、小さな頃の憧れによって作られたのだから。

ある日、骨董品屋さんの前でただ一人で歌っていた、名も知らない彼女の歌声。それはとても美しくて、街の喧騒《けんそう》の中でも儚《はかな》く美しく輝いていた。私はそれを今でも鮮明に思い出すことができる——。

「…………！」

街の空を飛んでいたときのことだった。

ふと、どこからか彼女の歌声が響いたような気がした。急いで立ち止まって、空から通りを見下ろすけれど、その頃にはどこから響いた歌声なのか分からなくなっていた。

助けを呼ぶ声なら、いつでもどこから聞こえたのか分かるのに。

私に憧れた。私を目指す。そう言ってくれる子たちのように、私も、かつて憧れていた話を彼女に話すことができたなら、とても幸せなことだと思う。

ところで。

お話は変わるけれど。

実は私は一つだけ街の人々に隠していたことがある。困った人々に片《かた》っ端《ぱし》から手を差し伸べるような活動をしながら、実は私は探し物を一つしていたのだ。

「――アンネロッテちゃん。これ、何だか分かるかい？」

時は遡《さかのぼ》り、私がまだ十歳程度の頃の話。おばあさんから魔法を教わり二年が経過した頃のことだ。いつものように魔法を学ぶ日々のなかで、おばあさんはお店の奥まで私を連れて行って、お人形を一つ見せてきた。

それは古めかしい奇妙《きみょう》な人形だった。

よく分からない文字を刻《きざ》んだ紙切れをあちこちに貼《は》り付けたガラスケースの中でぐったりと座り込んでいる。こんなものを突然見せてきた理由も分からず、「これは何？」と尋ねると、おばあさんはゆっくりと語ってくれた。

「これはこの国に大昔からあるお人形でね、どんな願いでも叶えてくれる不思議な人形なんよ」

「なにそれ……？」

そんな便利《べんり》な物があっていいのだろうか。おばあさんは語った。曰く、そもそもおばあさんが骨董品屋を営んでいる要因《よういん》が、この人形なのだそうだ。

この人形はこの国に古くから存在しており、人の願いを叶えてきたのだという。

それはとても魅力的《みりょくてき》な物に見えたけれど、しかしその力の強大さゆえに、幾つもの争いを生んできた。大昔の人はゆえにこの人形を破壊《はかい》し、二度と使えないようにしたのだとか。

「ところが人形は、ご覧《らん》の通りケースに収められている。厄介《やっかい》なことにこいつは壊《こわ》しても壊しても放っておくと何度でも蘇《よみがえ》ってくるんさ」

壊れても壊れても何度も巡ってくる。その事実に気づいた魔法使いの家系であるおばあさんの先祖《そせん》は、代々この人形の存在を誰にも明かすことなく隠し持ってきたのだとか。

魔法使いの手で、人形が誰の手にもわたらないよう、人知れず守る必要があった。他人に知られれば悪用する人間が必ず現れる。だからごく一部の人間——信用に足る魔法使いにしか、この情報は知らせなかったそうだ。

ところがおばあさんの娘も孫も、魔法の才能には恵《めぐ》まれなかった。

おまけにこの国では魔法という存在そのものが衰退《すいたい》の一途《いっと》を辿っている。託《たく》すことのできる相手はあっさりいなくなってしまった。

どうすることもできないまま、悩みを抱えて、隠し事をしながらおばあさんは日々を過ごし。

そんなときに現れたのが、私だった。

「あたしと同じ魔法使いのあんたなら話しても大丈夫《だいじょうぶ》と思ったんさ。血の繋《つな》がりはないけどね」

おばあさんは、語った。

「もしもあたしが死んだときは、代わりに人形を守っておくれよ」

そして私は、おばあさんのその願いを聞き入れ——たのだけれど。

もっと強い魔法使いになろうと思って他国に渡っているあいだにおばあさんは死去。ではそのいわくつきの人形がどうなったのかといえば。

私は国に戻ると同時におばあさんのお店に伺《うかが》い、尋ねたのだけれど。

現れたのは、その娘——中年の女性だった。

「ええっと、おばあさんの、お人形……?」

おばあさんは娘には最後まで人形のことを打ち明けなかったらしい。

中年女性に人形のことを尋ねると、首をかしげながら、おばあさんの遺品《いひん》はとっくに処分《しょぶん》してしまったことを教えてくれた。

念《ねん》のためお店を探ってみても、人形はどこにもなかった。

「わーお」

いやいやほんとに、わーお、である。

こうなると厄介だ。

おばあさんの話が頭を再び過《よ》ぎる。

「人形は一度破棄《はき》されると、再び街のどこかに現れる。もしもそうなったら——」

街の誰かが悪用してしまうかもしれない。それはつまり自由自在に国を、人を、誰かが好きに作り替えることができる状況に陥《おちい》るということである。

手遅れになる前に、人形は回収しなければならない。

そういった意味で街での人助けの活動というのは、ついでに人形を探すには最適といえた。人に手を差し伸べながらも、街の人々の中に怪しい人形を持っていないか——人助けの活動とともに私は人形を探した。

探しているうちに四年経《た》った。

「……いや全然見つからん！」

いつの間にやら二十二歳。相変わらず国の人々に「アンネロッテ様ばんざーい！」と称賛《しょうさん》されつつ「よせやい」と軽妙《けいみょう》に返しつつ日々を過ごした私。

人形など影も形もありはしない。もはやここまでくると実在すら疑わしいとさえ思えるほどにまったくもって見つからなかった。一体どういうことだい？

人形には幾《いく》つか特徴がある。

外見は小さく、片手で持てる程度のサイズ感。とても古めかしいデザインで、よく言えば風情があって悪く言えば単にボロボロ。顔は女の子を模したデザインになっている。

これは私もおばあさんに聞いただけで実際に見たわけでもないが、この人形は、心が沈《しず》んでいる人間に声をかけて、どんな願いでも叶えてあげるとそのかすらしい。

そしてこの人形は何度壊しても、燃やしても、時間が経てば元に戻る。

一体このわけのわからない人形は何なのか。おばあさん曰く一説によればこの人形は悪魔《あくま》が憑《と》りついているらしい。人間の魂《たましい》を手に入れるためにあの手この手で懐柔《かいじゅう》しようとしているのだとか。

何はともあれ、どんな事情にせよ、おばあさんのお店が間違って廃棄《はき》してしまったのならば、新しく生み出された人形を即座に回収する必要があり。

ゆえに古い物がよく集まるおばあさんのお店に頻繁《ひんぱん》に通う必要が、私にはあった。

「ごめんくださーい」

その日もいつものように私は店主――おばあさんの娘さんに会いに行ったのだけれど。人形が持ち込まれていないかどうかを確認しに行ったのだけれど。

「………」

その日は違った。

店内に立っていたのは、紫《むらさき》色の髪《かみ》の女性。年の頃は私よりも二つか三つほど上程度だろう。

落ち着いた雰囲気《ふんいき》の彼女は、私を見るなり少しだけ瞳《ひとみ》を見開いてから、しかし特にこれといった感想を一つも漏らすことなく、

「……こんにちは。何かお探しですか？」

と何事もなかったように冷淡《れいたん》に接客をしてみせた。普通の対応である。客が来て、挨拶をする。

それ以外の言葉は彼女からは出なかった。

私をじっと見つめる彼女の瞳からは、まるで『どうしてこの店に来たの？』と尋ねられているような気がした。

「……ああ、いえ。近くを通りかかったもので」

だから言い訳のように私は言葉を返す。

返しながらも、じっと彼女を見つめる。

私の目の前にいる彼女。

私は彼女のことを、よく知っている。

ずっと前に、このお店の前で歌を歌っていた彼女だ。

見間違えるはずもない。私はずっと彼女に焦《こ》がれて生きてきたのだから。彼女のようになりたくてここまで来たのだから。彼女は、私のことを覚えているだろうか。

雑談程度に、私は自身がこの辺り出身で、このお店が私の原点なのだと語ってみせた。

「……そうですか」

私の昔話に対して彼女が返した言葉はたったそれだけだった。ひどく退屈《たいくつ》そうに頷くだけ。私はそれから彼女の反応が欲しくて、彼女の記憶に触りたくて、無意味に思い出を並べてみせた。昔、このお店のおばあさんから魔法を教えてもらったことや、古い物をたくさん触らせてもらったことや、人助けをするためにこの国に戻ってきたこと。

けれど私が幾ら話しかけたところで彼女はどこか上の空。やがて私が話し終えると、おばあさんが随分前に亡くなったことを教えてくれた。知っています、と頷けばまた「……そう、ですか」と返ってくるだけだった。

どれだけ話してもまるでいい反応は得られなかった。

まるで壁に向かって話しているかのよう。

やがて私は、彼女の瞳の中に私など映っていないことに気づいて、話を切り上げてお店から去った。

本当は期待していた。

彼女が私の活躍を褒めてくれるんじゃないかと。昔のように頭を撫でてくれるのではないかと。

本当は願っていた。

彼女もまた、今も大勢の人に愛されるような素晴らしい人であってくれることを。

「……現実って上手《うま》くいかないなぁ」

きっと彼女は夢破れて、歌うことを辞めてしまったのだろう。決して私と目を合わせようとしなかった彼女の目には、嫉妬《しっと》に近い感情が見て取れた。

だから私は距離をとった。

帰り際。

すっかり暗くなった路上から月明りを見上げる。

こんなにも私は沈んでいるのだから、いい加減、人形の一つでも出てきて欲しいものだ。

●

「今のこの現状は人形によって引き起こされたことは言うまでもないよね」

鏡だらけの視界の中で、私はイレイナさんに語りかけた。自分自身の姿が四方八方《しほうはっぽう》から見えるというのは何だか面白《おもしろ》くもあり、少し不気味《ぶきみ》にも見えた。

「人形によって願いが叶えられた世界がこれで、こんな世界が何日も何日も、繰り返し続いてしまっているのさ」

私の説明にイレイナさんは「ふむ」と頷く。

「……ちなみにさっきお店で話した紫色の髪の女性というのがサマラさんですよね。今から何日前に願いを叶えたのですか？　というか彼女の願いって何ですか？」

きさまさては結論を急ぐタイプだな？

「そのあたりは順を追って説明するから待ってよ……」矢継《やつ》ぎ早《ばや》に聞かないで……。

「すみません。好奇心旺盛《こうきしんおうせい》なお年頃でして」

真顔《まがお》でなにやらよく分からない言葉を並べるイレイナさん。

それでは好奇心旺盛な彼女のご要望にお応えして、もう少しお話を続けることにしよう。

とはいえそもそもイレイナさんはさっきサマラさんと戦っているのだから、今更《いまさら》隠す必要なんて一切ないのだけれど。

「ご想像の通り、骨董品屋で会った女性がサマラさんだよ――」

そして、彼女は今から約二週間前。

人形と出会い、願いを叶えた。

その日、私はいつものように街の空をうろうろ漂い彷徨《さまよ》い、罪人探して右往左往《うおうさおう》。私は事件に飢《う》えていた。

いつもならば一日に何度か事件には遭遇《そうぐう》するものなのだけれど、その日はどういうわけか朝から平和だった。街がお祭りの雰囲気にまみれていたからかもしれない。朝からふらふらほうきで飛ぶばかりで基本的には暇《ひま》だった。

とはいえ暇な時間が多いのはいいことだ。街の人々の笑顔を眺《なが》めながら過ごす時間は、私の心を穏《おだ》やかにしてくれる。

「……ありゃ」

しかしぼんやりしているときに限って事件は起こるもの。ふとした瞬間、街の隅《すみ》から煙《けむり》が上っているのが私の目に飛び込んできた。

火事《かじ》だ。

私はすぐさま現場に向けてほうきを飛ばした。時間が過ぎればすべては火の中に包まれる。ぐだぐだと考えている余裕などなく、身体が自然と動いていた。

だから辿り着いたその場所が、私の実家のすぐ傍《そば》だったことに気づくまでに、少しだけ時間を要した。

「——大丈夫《だいじょうぶ》ですか！」

だから、そうやって叫びながら開いた扉の先にいたのが、サマラさんだったことに気づくまでに、少し時間を要した。

私の実家のすぐ近く。骨董品屋の裏手側《うらてがわ》。恐《おそ》らく倉庫の整理でもしていたのだろう。火に囲まれながら、彼女は呆然《ぼうぜん》とこちらを見つめていた。

火の手は尚《なお》も倉庫の中で上へ上へと伸びている。

「凄い火……！　危険です！　こっちに来て！」

まずは彼女をここから出さないと。私は焦《あせ》っていた。魔法で火を消そうとすれば彼女まで巻き込んでしまいかねなかったから。

憧れの彼女を傷つけるなんて私にはできない。

「――早く！」

せめてここから出てくれれば――私は声をいっそう張り上げて叫んだ。

「………………」

しかし彼女は私のことなど無視して棚《たな》の方へと目を向ける。そのときになってようやく、私は彼女を包もうとしている火の手がただの火事によって引き起こされたものでないことに気が付いた。

「……それって」

棚の上。

手に納まる程度の古びた人形が一つ。

それはずっと前におばあさんの店で見たものとまったく同じものだった。つまり巡り巡って孫であるサマラさんのもとへと、辿り着いたようだった。

早く回収しないと。

私がそう思ったときには、もう遅かった。

「――お願い、人形」

そして彼女は人形に願い。

人形は願いを叶えた。


「どうして彼女のもとに人形があったのか。なぜ彼女は人形に願ったのか。私には分からないけれど——結果として、その日、その瞬間を境《さかい》にこの国は変わってしまった」

鏡の中に見える私の顔はとてもとても沈んでいた。二週間も前の出来事を未だに引きずっているらしい。普通の顔をしてるつもりなんだけどね。

「どんな風に変わったんですか」

だいたい想像はつきますけど——とイレイナさん。

頷きながら私は答える。

私でも観測《かんそく》できている大きな変化は概《おおむ》ね三つ。

「一つ目はこの街が同じ一日を繰り返すようになったこと。二つ目はサマラさんが歌姫として人々から憧れられるような存在になったこと。そして三つ目は——ご覧の通り、私がまるで存在していないかのように扱われるようになったこと」

これらすべてが、サマラさんが願いを叶えた結果だよ——と私はイレイナさんに語る。

もちろん、私が知らないだけでもっと他にもあるかもしれないけれど。しかし国の人々を巻き込むような変化はこれら三つ以外には特にないように思える。

「……どうしてサマラさんはそんな風に願ったのです?」

「分かんない」

「……そもそもサマラさんは同じ一日を繰り返して何がしたいのですか？」

「さあ……？」

「……ひょっとして肝心《かんじん》な部分は特に分かってないのですか」

「…………」

「分かっていないんですね……」

私の沈黙《ちんもく》からすべてを察してため息をつくイレイナさん。

理解が早くて助かりますな。

「正直、私もここ二週間もの間、ずっと何もかも分からないまま戸惑《とまど》いながら生きてただけだからね……」

分からないことが多いんだよ……、と私はため息をつく。

今日に至るまでの日々は、街の人々にとってはただの一日の出来事。けれど私にとってはそれが二週間。頭がどうにかなりそうだった日々を思い出しながら私はイレイナさんを見つめる。

「どこから話せばいいかな――」

できれば話したくないな――と記憶を掘り起こそうとする私の顔は、やはり依然《いぜん》としてこれまでの出来事を引きずっているらしい。

鏡の中でとてもとても沈んだ顔の私が、私を見つめている。とても普通の顔になどは見えなかった。

一日目はとにかく困惑《こんわく》するばかりだった。

気が付けば私は火の消えた倉庫の前に立っていた。いや、火の消えた――というか、見たところ火事が起こったような痕跡《こんせき》すらそこにはなかった。開いてみれば棚の上に古びた物たちが整然と並んでいた。

けれどそこには件《くだん》の人形はおろかサマラさんの姿もなかった。

一体何がどうなってるの？

私は困惑しながらも街の上空をほうきで飛んだ。

困ったときは人に聞くに限る。ひとまず私は火事が起こらなかったかを近所で尋ねて回った。

「は？　火事？　何のことだよ」「そんなの知らねえよ」「起きてないでしょ」

街の人々の反応は冷淡《れいたん》だった。私が経緯《けいい》を説明しても首をかしげるばかり。

「そもそもあなた誰ですか？」

しまいには私に対してそんな言葉を投げかける人まで出る始末《しまつ》。おいおいひょっとしてよそ者かー？　と首をかしげつつ「蒼天の魔女アンネロッテさんだよ。以後よろしく！」と私は返す。この頃はまだ余裕があったから。

奇妙な街の人々の反応に首をかしげながらも私はそれから街をうろつき聞き込み調査。

「火事、ですか？　いえ、見ていませんけど……」「お祭りの日にそんなことがあったらもっと騒ぎになってるはずだけどねえ……」「あんた誰？」「蒼天の魔女？」「ごめんなさい。それって誰の事？」

「聞いたことないけど……」

雲行きが怪しくなってきたのはこの辺りからだった。聞いても聞いても誰も私のことなど覚えてはいなかった。

それなりに街の人々に認知されている気がしてたんだけど――まるで昨日《きのう》までの出来事が夢まぼろしかのように人々は私の顔を見つめて首をかしげるばかり。

あなたは誰？　と。

「…………」

そして、夕方。

一日が終わりに差しかかったところで、私はようやく街の様子がなにもかも様変わりしたことを確信した。

『歌姫サマラ様　初コンサート』

街のいたるところで見かけるポスター。青いドレスを身にまとった紫色の髪の女性。

それはまさしく、私が火事の現場で見たサマラさん本人だったから。

「彼女が誰かって？　歌姫のサマラ様だよ。あんたひょっとしてよそから来た人か？」「サマラ様を知らないなんて！　彼女はこの国をずっと守ってきてくれた素晴らしい人なのよ」「きょう、初めてのコンサートが行われるんだ」「街の人々みんなが注目しているの」

蒼天の魔女の存在に首をかしげた人々が熱をもって語るのは、歌姫サマラさまの素晴らしい功績《こうせき》の数々。これまで数年間もの間、国で人助けをする活動をしていた彼女は、つい三か月前に弟子にその座を譲《ゆず》って引退《いんたい》。

三か月の休業を経《へ》て、歌姫として開花の会堂で舞台に立つ——らしい。

「歌姫……ね」

ポスターに映る彼女は、少し前にお店で見た時よりも、燃え盛る倉庫の中で見た時よりも、よほど幸せそうに見えた。

これが彼女の望んだ世界だというのだろうか。

人の功績を奪い取って、歌を披露することが、彼女の望みだったのだろうか。

信じたくなかった。

かつて私が憧れた彼女が、そんなことをするなんて。

「見つけたわ！　あんた、朧の魔女でしょ！」

路上でポスター眺めて人知れずショックを受けていた時だった。あからさまなほどにご機嫌《きげん》斜《なな》めな声が背後《はいご》から。

私が振り返ると、これまたあからさまに機嫌の悪そうな少女がこちらを睨《にら》みつけていた。

「……君は」

見覚えのある顔だった。見覚えのある恰好《かっこう》だった。見れば見るほどそれは少し前に「いつか魔法少女になる」と言いながら変なコスチュームでくるくる回っていた少女もといストーカーちゃんだった。

「……久《ひさ》しぶりだね」ひとまず挨拶《あいさつ》をする私。

「ふっ。よくあたしのことを覚えていたわね」

「きみ鏡見たほうがいいよ」一度見たらしばらく夢に出てくる恰好だよそれ。

とはいえ話しかけて貰《もら》えたことはひとえに嬉しかった。今の街の人々は皆サマラさんにしか興味がなかったから。

「ま、あたしのことを覚えてるなら挨拶は不要ね。覚悟しなさい！　朧の魔女！」

「えっ」

前言撤回《ぜんげんてっかい》だった。

ぜんぜん嬉しくない。

「朧の魔女……？」

って何？　と戸惑う私に向かって放たれたのは魔導杖による魔法のようなもの。彼女は私に向けて片っ端からありとあらゆる魔法を放ってきた。そこには憧れもなければ容赦も皆無《かいむ》。

やはり彼女も私が何者であるのかを忘れてしまっているらしい――。

「私も一応、魔女の端《はし》くれだし。素人《しろうと》には遅れをとらないよ」

一分後。

彼女から取り上げた魔導杖をその辺にポイ、と投げつつ、縄《なわ》でぐるぐる巻きにされた彼女を見下ろす私がそこにはいた。

いきなり襲いかかってきた彼女に何故《なぜ》攻撃をしてきたのかと尋ねてみれば、彼女は「あんたが朧の魔女だからでしょ」と吐き捨てた。知らず知らずのうちにどうやら恨《うら》みを買ったらしい。

朧の魔女といえばこの国特有の言い回し。存在しないもの、忘れ去られたモノを指すただの慣用句《かんようく》だ。

遠回しに「あんたなんか存在しないんだからねっ」とでも言いたいのだろうか。傷つく。

「……とりあえず情報収集させてね」

私は彼女の持ち物をがさごそと漁《あさ》ってみせた。どうやら普段は学生さんとして生活しているらしい。鞄《かばん》の中には勉強道具と教材、それから日記があった。

「……ふむふむ」

私はすぐさま彼女の日記を見た。「ああー！　ちょっとあんた！　何見てんのよ！」と芋虫《いもむし》状態の彼女は地面の上でうにゃうにゃと身をよじらせながら抗議していたけれど、今起こっていることを知るならば他人の日記を読むのが最も手っ取り早いだろう。

ここはひとつ我慢《がまん》してもらいたい。

「…………」

結論から言えばどうやら蒼天の魔女は存在が抹消《まっしょう》されたらしい。

彼女の日記によれば、彼女——ミリナリナは、少し前からサマラさんから街を守る守護者としての役割を継《つ》いだ新米の魔法少女。

そこには三か月間の活動内容として、朧の魔女のこれまでの動向が——どこで、どのような事件を引き起こしたのかが、記録されていた。

それは私がこれまでの三か月間で解決してきた事件や事故の数々と合致《がっち》していた。

恐らくだけれど。

もともと私の熱狂的《ねっきょう》なファンだった彼女は、三か月ほど前から私が解決して回っていた事件の数々を日記に記していたのだろう。新聞の切り抜きなども貼《は》り付けてあった。私はやっぱりこの子ストーカーじゃんと思った。

しかしながら、件の人形による影響で、私が解決してきた事件の数々は、すべて朧の魔女によって引き起こされた事件、という風に書き換えられてしまったらしい。

「私の功績が全部パーかぁ……傷つくなぁ」

それから大きく大きくため息をついてから、彼女の日記を鞄に戻してあげた。

どうやら蒼天の魔女アンネロッテの功績は抹消されただけに飽き足らず、悪いことを繰り返す朧の魔女ということになったらしい。

「……どうしようかな」

悩《なや》んだ。

焦っても仕方がない。何でも願いを叶えてしまうような便利な人形をサマラさんが持ち歩いている限り、正面切って戦いを挑んでも勝ち目はゼロに近いだろう。

「……ひとまず今日のところは休むとしようかな」

気が付けばもう辺りは暗くなりつつあった。「ミリナリナちゃん、だっけ？　君もあまり無茶はしないようにね」

私は君のような子を守るために街の守護者として活動してたんだから——と彼女に釘《くぎ》を刺しつつ、

私はぐるぐる巻きの彼女から離れる。

じゅうぶんに距離をとったところで、彼女の身体を拘束《こうそく》していた魔法を解いた。

私の話に耳をかたむけてくれたのだろうか。彼女がその日、追ってくることはもうなかった。

「見つけたわ！　あんた、朧の魔女でしょ！」

ところが翌日。普通に彼女はまたしても同じような台詞《せりふ》を吐きつつ私に襲いかかってきた。

「めっちゃストーカーじゃん……」

というわけでまたしても一分後。

そこにはぐるぐる巻きになった彼女の姿と、殊更呆《ことさらあき》れる私の姿があった。「……あの、さ。昨日言ったよね？　もう無茶はしたらだめだよー、って。聞いてなかったのかな……」

たとえ功績が奪われたとしても、蒼天の魔女という名前が誰からも忘れ去られたとしても。

私が私でなくなることはない。そう思って、私は二日目を迎えていた。

また一から始めればいい。そう思っていた。

「……は？　何言ってんのよあんた」

ところがぐるぐる巻きにされたミリナリナちゃんは、私を睨みながら告げるのだった。

「あたし、昨日はあんたと会ってないはずだけど」

などと。

「え。何？　昨日の出来事、忘れちゃったの？」まあでも忘れてなかったら攻撃してこないか……

と呆れながら、私はぐるぐる巻きの彼女を見下ろす。

昨日とまったく同じ構図だった。

昨日とまったく同じ。

「――え」

私はそのとき気づいた。

街の情景《じょうけい》がまったく同じことに。

『歌姫サマラ様　初コンサート』

街のいたるところに同じ顔が並ぶ。街の人々は、サマラさんの初めてのコンサートを心待ちにして熱気に溢《あふ》れていた。

昨日とまったく同じ一日の中に身を置いていることを確信して戦慄《せんりつ》する私に、路上に転がるミリナリナちゃんは吐き捨てる。

「……仮に会ってても覚えてるわけないじゃない。あんたは朧の魔女なんだから」

朧の魔女。

この国特有の、物忘れのときに使えるただの言い訳。言い回し。

それは確か、決して人の記憶に残ることなく、それでいて人知れず悪さを働き他人を困らせて回るはた迷惑《めいわく》な魔女の名前だったはずだ。

街を守る守護者から一転。

私は気づけばただの害悪《がいあく》になり果てていたらしい。

ミリナリナちゃんはその日からも毎日のように、私を街で見かける度に容赦なく攻撃を繰り返してきた。そして当然のように同じ一日が繰り返されていった。

自身がおかしいのか、それとも街がおかしくなったのか。私は次第に訳が分からなくなった。自身が置かれた立場を理解するためにあらゆることを試した。

「……そこに集められているのは、イレイナさんと同じようなことを試した結果だよ」

私が視線を促《うなが》した先。部屋の隅には、ありとあらゆる物が無造作《むぞうさ》に置かれている。同じ一日を繰り返していることを理解したとき、私もまたイレイナさんと同じように、物に触れたらどうなるのか。世界が同じ一日を繰り返しているのか、それともこの街だけなのか。調べるためにあらゆることを試した。

「……要は朧の魔女らしい活動をした成果、ということですか」

「まあそうともいえるね」頷く私。

「ここに放置されたまま、ということは返却はしなかったのですね」

「余裕がなくてね」もしくはみんなに忘れられてしまったことを少なからず不満に思ってふてくされていたのかもしれない。

イレイナさんはすぐにこちらに向き直った。

「二週間の間にサマラさんと会うことはなかったんですか」

私に尋ねるその目は、「早く続きを聞かせてください」と訴えているように見えた。さすがは好奇心旺盛なお年頃。

私は頷く。

「数えられる程度だけどね」

だからすぐに思い出せる。

街がこんな状態になってからサマラさんに会ったのは、三日目——というより、三度目の今日が訪れたときのことだった。


一回目の今日、そして二回目の今日。

この事態を引き起こした張本人《ちょうほんにん》がサマラさんであることは既《すで》に把握《はあく》していたから、私は聞き込みや街の探索の合間に彼女の動向も監視していた。

律儀《りちぎ》に同じ一日を繰り返していた彼女の行動は驚くほど単純だった。というより、ずっと開花の会堂にいるばかりで、ろくに外に出ることはなかった。ある意味分かりやすい。どの時間帯でもだいたい開花の会堂に行ってしまえば彼女と会えるのだから。

そして三回目の今日。

私はサマラさんが一人のタイミングを見計らって、彼女を説得しに行った。

第二ホール。

イレイナさんを救出した時と同じく、檀上《だんじょう》で彼女は呆然《ぼうぜん》と立っていた。

「……アンネロッテ」

会場の扉を開いた私を見るなり彼女は少しだけ驚いたような表情を浮かべていた。

恥ずかしながら私はこのときほんの少し嬉しく思っていた。

初めて彼女が私の名前を呼んでくれたから。

私を覚えていたのは、彼女だけだったから。

「こんにちは」私はできる限り気持ちを表情に出さないように平然としながら彼女を見つめる。「お人形、今も持っていますか？　サマラさん」

「………」

沈黙。

「そのお人形はとても危険なものです。すぐにこちらに渡してください。でないと――」

「あなた。今は朧の魔女と呼ばれているそうね」

挑発するような口ぶりでありながら彼女はくすりとも笑っていなかった。顔には表情はなく、ただただ退屈《たいくつ》そうに私を見つめていた。

彼女は一方的に告げる。

「……私にはもう関わらないで頂戴《ちょうだい》」

もっとも、関わったとしても記憶に残ることなんてないのだけれど――と彼女は私から目を逸らさずに語る。

そのとき私は無理やり彼女から人形を奪い取るために杖を持った。

私が立てなくなるまで叩《たた》き潰《つぶ》されるまで一分かからなかった。

どうやら彼女が持っている魔導杖は人形に作らせた特別製らしい——一撃あたりの威力《いりょく》は正直に言えば私の全力と同等かそれ以上。それほどまでの魔法を、魔力を溜《た》めることなく彼女は無尽蔵《むじんぞう》に連発することができた。

勝てる訳がなかった。

「分かったでしょう？　貴女《あなた》には手出しすることなんてできないの。私の目の前から消えなさい」

冷淡に告げる彼女。

その日、私は人生で初めて敗北した。

そしてその日が、繰り返される。

二度目は姑息《こそく》な手を使った。小さなネズミに変身して彼女から人形を奪い取ろうとした。けれど彼女に触れた時点で勝手に私の変身魔法が解除《かいじょ》されてやはりあっという間に私はゴミクズのように第二ホールに転がった。

「そういう手に出ると思ったから、あなたが私に触れた段階で変身魔法が解かれるようにこの子にお願いしておいたの」

彼女は懐《ふところ》から人形を出しながらそのように語っていた。

三回目は再び正々堂々《せいせいどうどう》と戦って見せた。一回目、二回目よりも短い時間で私は立ち上がれなくなった。

四回目も五回目も六回目も同じく正々堂々と戦ってみせた。私は蒼天の魔女だから。これまで街を守ってきた守護者なのだから。

けれど彼女と向き合う度に、私はもう、国を守っていた魔女などではないのだと思い知らされた。

私は向き合う度に、退屈そうな彼女の前に倒れた。

次第に私は自身の存在意義が分からなくなっていった。

「あんた誰だよ」「きたねえ恰好だな」「お祭りの日に何なの？　辛気臭い《しんきくさ》顔して」負けたまま街を歩く私に向けられる視線は嫌悪《けんお》のまなざし。

蒼天の魔女ではない私に価値なんてなかった。

「見つけたわ！　あんた、朧の魔女でしょ！」

サマラさんに負けたあとに会うミリナリナちゃんはまるで嵐《あらし》のようだった。

私に憧れてくれていたはずの彼女はやり場のない怒りをぶつけるかのように徹底的に私に向けて魔法をぶつけてきた。

抵抗する気力も失って牢屋《ろうや》に入れられることもあった。いっそのこと牢屋の中にいれば何も考えずに済むのだろうかと思ったけれど。

「……ああ、そっか」

これまでの経験で分かっていたことだった。私が最後に触れたものでなければ、一日の初めの状態まで戻されるのだ。

牢屋の扉は私が長居《ながい》することを拒絶するように、夜が明けた頃に開いた。そのまま牢屋の中でぼうっとしていたら、ほどなくして看守《かんしゅ》が現れて、迷い込んだホームレスと間違えられて追い出され

た。牢屋に私の居場所はないらしい。

サマラさんに戦いを挑んでも勝てず。街の人々の誰もが私を忘れ。私に憧れていた子は私を襲い。

そして一日は繰り返される。

私が今まで積み上げてきたものはすべてなくなった。

私の居場所はどこにもなく。私を覚えてくれる人もどこにもいない。

誰もが私を知らない街で、私は何者でもなくなった。

失うときは一瞬《いっしゅん》だった。

魔法使いであるからには人を救わねばならないと思っていた。それが私の使命だと思っていた。私の手には人を幸せにする力があるのだと信じてやまなかった。

繰り返される一日の中に私が幸せにできる人などいなかった。私にできることなど何もなかった。誰の記憶の中にも私はおらず、私が存在しない日々がただ毎日繰り返される。

「……もう、なんだか疲《つか》れちゃったなぁ」

どうしようもなくなった。

何をしても正解が見えなくなった。蒼天の魔女というアイデンティティを奪われた私には、何も残されていなかった。空っぽで誰の記憶にも存在しない空虚《くうきょ》な人間だけ。

気づけば私は泣いていた。

路上で声を上げて泣いていた。

すべて順調に生きてきた私は知らなかったのだ。人に忘れ去られる悲しさを。憧れの人に拒絶される悲しみを。失敗の重みを。

ずっと順風満帆に巡ってきた私の日々に初めて差した影に、私はすっかり心折られていた。

あまりにも情けない話だった。道行く人々が私を遠巻きに眺めながらひそひそと話し合いながら、いい歳こいて情けないとあざ笑う。知るもんか。どうせみんな、視線外せば私のことなんて忘れるんだから。

私はすっかり自暴自棄《じぼうじき》になっていた。

すっかり諦《あきら》めきっていた。

「……こんにちは。大丈夫ですか?」

そんなときに会ったのが、君だった。

イレイナさん。

入国した直後の君は、真《ま》っ先《さき》に私の方まで歩み寄って、私に対して手を差し出した。

●

それから私は入国直後のイレイナさんに、涙《なみだ》ながらに話した。

街と私が置かれている状況に関しては一応、伏《ふ》せておいた。

イレイナさんの性格からして別に話したところで問題はなかったのだろうけれど、そのときは初対面だったし、きっと街が同じ一日を繰り返していて、誰も私のことを覚えることができない、なんて話したらおかしな人間だと思われることは明白だったから。

まあ、初対面の相手に泣きながら愚痴《ぐち》を聞かせる時点で十分におかしいけどね。

しかしひとまず私は、それらの事情を省《はぶ》いたうえで、自分自身がやってきたことが全部無駄になったと、何年も努力し続けてきたことが全部白紙になってしまったと――魔法使いとして生きているからにはその力を人のために使わなければならないというのに、誰も私の力を必要としてくれなくなったのだと。

蒼天の魔女という名の意味がなくなってしまったのだと。

憧れの人からも拒絶《きょぜつ》され、街の人々からも見放され、すべてを失い、生きている意味を失ってしまったと、話した。

もう、どうすればいいのか分からないのだと、話した。

「――なるほど」

見ず知らずの人間であるにもかかわらずイレイナさんは茶化《ちゃか》すことなく真摯《しんし》に頷き、話を聞いてくれた。

「……ちょっとよく分かりませんね」

率直《そっちょく》すぎるほどに彼女は答えてくれた。「この国では魔法使いは人を救わなければならないんですか?」

同じ魔女として引っかかったのだろうか。彼女は「面倒《めんどう》くさそう……」と言いたげな顔で私に尋ねる。

そういう訳ではもちろん、ない。

私は遡《さかのぼ》って話す。

小さい頃に街角で歌を歌っていた少女の話。私も彼女のように人々を笑顔にできるような人間になりたかった。

ほかには何の才能もなかったけれど、魔法の才能だけはあった私は、魔法を使って人々に手を差し伸べる人になりたかったのだと話した。

「…………」

私の話をただ黙《だま》っていた彼女はそれから短い沈黙のあとに、口を開く。「……すみません、やっぱりそのお話、私には理解が難しいみたいです」

ううーん、と渋《しぶ》い顔をしながら彼女は語る。

恐らくは泣いている私に追い打ちをかけないように配慮《はいりょ》しているのだろう。口ぶりは優しく、肩に触れながら諭《さと》すように彼女は語る。

「あなたが持っている才能と、やらなければならないことはそれぞれ別ではないですか？」

人に手を差し伸べる方法ならほかにも幾《いく》らでもある。魔法を使う仕事ならほかにも数えきれないほどある。

なのにどうして魔法を使って人助けをしなければならないのか。人から認められてどうなりたいのか。私には分かりません。

と彼女は率直に話していた。

「私にとって魔法は生きるための手段の一つでしかありません。魔法は便利で魅力的な物ではありますけれども万能ではありません。魔法とは本来、問題に突き当たったときに浮かび上がる選択肢《せんたくし》の一つでしかないはずです」

もしもこれまでの努力が全部無駄になったと思うなら、別のやりたいことを探してみるのもいいのではないですか？


彼女は私に笑いかける。

「もっと自分自身と向き合ってみてはいかがです？」

私がやりたいことは何なのか。

順風満帆に生きてきて、疑問に抱くことなど一度もなかったけれど。

私は人に憧れられる魔法使いでありたいのだろうか。

それとも、人助けがしたいのだろうか。

私はこのときようやく気付いたことが一つあった。

きっとこれまで、自分の生き方に疑問を抱いてこなかったからだろう。だからこんなにも気づくのが遅れてしまったのだ。

これまで一度も自分自身の中にある気持ちと向き合ってこなかったのだ。

私は何のために蒼天の魔女になったのだろうか。

私は考える。

気づけば涙は止まっていた。

「ふっ、ちょっといいことを言ってしまいましたね……入国と同時に人助けをしてしまうとは……さすが私」

我ながらよきアドバイスだったのではないでしょうか——などとうぬぼれたことをぬかすイレイナさんは、それから「まあ涙は止まったようですし、私がもうお話をする必要はありませんね」と私に笑いかける。

それから立ち上がった彼女は、ひらひらと手を振りながら私から離れ、街の中へと消えてしまった。

私と話したことを忘れてもなお、上機嫌な彼女の背中《せなか》を私はいつまでも見つめ続けた。

その日から私は彼女に対して興味を抱いた。

街で彼女を見かける度に、私は彼女を追うようになった。

私にとって魔女とは人助けをする生き物で、その手にある魔法はすべて人のためにあると思っていた。そんな私にとって、ただ好きなように生きている彼女の姿は奇妙でありながらも同時に魅力的にも見えた。

入国初日のイレイナさんは私の愚痴を聞かされたあとに鼻歌を歌いながら黒髪の女の子に手を差し伸べていた。

翌日の彼女はレストランで事件を解決してみせた。特に魔法を使わずとも事件が解決したのは彼女の手腕《しゅわん》だろうか、それともただの運だろうか。

三日目はバーに赴《おもむ》いていた。私だったら魔法で男たちを捕まえていたところだけれど、彼女はその場に座りながら他人に強盗を捕まえさせていた。魔法などやはり使っていなかった。

彼女が語った言葉の通りだった。

彼女にとって魔法など、生きていくうえでの選択肢の一つでしかないのだろう。魔法使いでありながら、彼女は魔法をほとんど使わずに人助けをしてみせた。

人の悩みと向き合うために魔法は絶対に必要な能力ではない。彼女の背中は私にそう語りかけているようにも見えた。

魔女であるから人助けをしなければならないのだろうか。

違う。

魔法などなくても人助けなど容易《ようい》なのだ。

魔法など使わなくとも、人から好意を抱かれることなど容易なのだ。

「見つけたわ！　あんた、朧の魔女でしょ！」

イレイナさんがまともに魔法を使ったのは入国から四日目のことだった。

どうやら私と同じように黒のローブと三角帽子を身にまとっているせいだろう。彼女は朧の魔女と勘違《かんちが》いされていた。

ミリナリナちゃんの魔法は極めて強引だった。そもそもまだ学生で、私の真似事をしていただけの少女。きっとまだ魔法を使いなれていないのだろう。

屋根の上で戦うイレイナさんとミリナリナちゃん。街の被害などお構いなしに、ミリナリナちゃんは魔導杖を振っていた。

イレイナさんが魔導杖を奪い取れば、即座に二本目を用意した。

「わ、不味《まず》い」

本当に街の被害など頭にないのだろう。ミリナリナちゃんはそれから魔導杖から岩石を生み出し、街に降らせてみせた。

あわあわ。

止めなければ被害は甚大《じんだい》。

だから私は二人の間に割って入った。杖を振ってミリナリナちゃんから魔導杖を奪い取る。それから降り注ぐ岩石をすべて魔法で相殺《そうさい》させてから、私は二人を拘束《こうそく》。開花の会堂へと問答無用《もんどうむよう》で連れて行った。

ミリナリナちゃんは私を探して街を徘徊《はいかい》している。イレイナさんと一緒にいるときに記憶が飛べば、イレイナさんが朧の魔女——つまり私ではないことは分かるはずだ。

あとはサマラさんにでも事情を説明してもらおう。

「……まったく、世話が焼けるね」

街の危機を救った見返りとしてイレイナさんからパンを拝借《はいしゃく》しつつ距離を取る私。

開花の会堂の前で、イレイナさんとミリナリナちゃんの二人が当惑《とうわく》しながら周りを窺《うかが》う様子を、私は傍目《はため》に眺めた。

久々《ひさびさ》に魔法を使った。不思議と気持ちは晴れやかだった。

これまで街の人々を助けていたときと何が違うのだろう。

「……あ、そっか」

私は知らず知らずのうちに、街の人々からの見返りを求めていたのだと、そのとき気づいた。

人々を笑顔にしたい。小さい頃に憧れた彼女のように。

長らく魔女として、国を守る守護者として祭り上げられるようになってから、私の初心《しょしん》はただの建前《たてまえ》になっていたのだ。

人に感謝をされるために、私は魔法を使っていたのだ。

だからこそ、人から忘れ去られて悲しかったのだろう。

「……浅ましいなあ」

小さい頃に私を感動させてくれた歌声には、そんなよこしまな気持ち、どこにもなかったのに。

その日はそれから何度も何度もイレイナさんとミリナリナちゃんの二人が襲いかかってきた。私はその度に二人を弄《もてあそ》ぶように冗談交じりに逃げて見せた。心躍《おど》った。人とまともに会話をするのは久々だったから。

一日の終わりに捕まったけれど、翌朝になれば当然のように牢屋から出ることができた。以前経験していたことだったから牢に入れられたところで何も感じなかった。イレイナさんたちからすればきっと牢屋の中で余裕をこいている風に見えたかもしれない。

私を監視していたミリナリナちゃんのようにイレイナさんをこっそりとストーキングしながら気

づいたことが一つある。

イレイナさんとミリナリナちゃんに散々追いかけ回された翌日のことだ。

「……どうなっているんですか、ちょっと」

怪訝《けげん》な顔したイレイナさんが街で私を見かけるなり声をかけてきた。恰好から私が朧の魔女であることには気づいていたようだった。

「……驚きですね。あなたが捕まった事実すらなかったことになっているんですか。まったく……私の昨日の頑張りって結局何だったんですか」

無駄な一日を過ごしてしまいました、と彼女はやれやれと肩をすくめてみせた。私はそのときになってようやく、私と同様にイレイナさんもまた、同じ一日の繰り返しの外にいるらしいことに気がついた。

どうやら国の外から来た彼女は繰り返す日々から除外されるらしい。

「あ、イレイナさん。私は今日が昨日と同じ一日なこと、知ってるよ」

イレイナさんだけじゃないよー、とその場で訂正《ていせい》しておいた。彼女は目を丸く見開いて「……どういうことですか」と詳しく事情を聞こうとしてきたのだけれど、しかしその場で説明したところで、私から視線を外した瞬間にまた記憶がリセットされることは目に見えている。

「…………」

イレイナさんと街を歩きながら、私は首を振る。「悪いけど、今は詳《くわ》しく説明することはできないかな」

自力で結論まで辿り着いてもらうほかない。私が教えたところでその記憶が消えてしまえば意味がないのだから。

サマラさんを止めるためには私一人では限界がある。

同じ魔女として彼女にも手伝ってもらうためには、彼女自身が真相《しんそう》に辿り着く必要があった。

その日を境に私はイレイナさんと、に会うようになった。

まあ結局のところ、どこで会おうが、何をしていようが、彼女の記憶からは綺麗さっぱりなくなってしまっているのだから、毎度毎度初対面からのやり直しだったけれども。

「あ。朧の魔女さんじゃないっすか。どうもー」

あるときはお友達のような軽い感じに声をかけてきた。「ちょっとお聞きしたいんですけど、この辺りでおすすめのパン屋さんとかあります？　案内してくれません？」

などとパンを欲しがるのでパン屋さんに連れて行ってあげた。

「あのう……正直言って今までどれくらい儲《もう》けてきたんですか……？」

あるときは興味本位《きょうみほんい》でよく分からないことを聞いてきたし。

「あ、朧の魔女さん。この絵どう思います？　上手いですか？　上手いですよね。上手いって言ってくださいブチギレますよ」

またある時は壁に描いた落書きを見せてきた。

ミリナリナちゃんと一緒に襲いかかってきたときもそうだったけれど、彼女からは私に対する敵対意識というものが一切なかった。

少なくとも今のこの街にいる人間やミリナリナちゃんからは悪者だと教わっているはずなのだけれど。

「……イレイナさんはやけに私に話しかけてくれるよね。朧の魔女がどんな人間かは聞いてるでしょ？」

なんで？　と私は面倒くさい女の子のような質問を一度だけしたことがある。

彼女は平然と答えた。

それはまさしく魔法なんてただの選択肢の一つだと教えてくれた彼女らしい答えだった。

「あなたが悪い人間かどうかは私が判断することです。街の人間からの評判は参考程度には耳をかたむけますけれども、それが絶対的な評価だとは思っていません」

「で、イレイナさんから見て今の私はどんな人間なの」

「今はちょっと面倒くさい子だなという印象ですね」

「子っていうな」私たぶん君より年上だぞこら。

「すみません」

くす、と彼女は笑う。

この会話もまた、彼女の視界から私が消えれば彼女の記憶からなくなってしまうのかと思うと、少しだけ心が痛んだ。

イレイナさんが同じ一日をずっと繰り返していることを確信したのは――一日の終わりを目の当たりにしたのは、その数日後のことだった。まあ同じ一日だけど。

そして次の今日の朝。

開花の会堂へと向かう途中のイレイナさんと遭遇した。

「おやおや。ひょっとして開花の会堂に向かってるのかな?」

やほー、と私は彼女に手を振る。

何度目かの初対面。

「朧の魔女さんですか」ひと目で私が私であることに気が付いた彼女は、それからすぐに「ちょっと開花の会堂への不法侵入のやり方教えてくださいよー」などと肘《ひじ》で私の腕を小突《こづ》きながら尋ねてきた。その距離感はまさに親友。いや彼女にとっては初対面のはずだけど。

察《さっ》しのいい私は即座に彼女の目的に気づいて頷く。

「いいよー」

開花の会堂で同じ一日を繰り返す原因を突き止めるつもりなのだろう。

街を歩きながら、お祭りに沸《わ》く人々の間を歩きながら私たちはろくでもない会話を交わした。

ひょっとしたら彼女が私に開花の会堂の入り方を訪ねてくるんじゃないかと思って、あらかじめ準備しておいたものが一つあった。

「これを君に進呈《しんてい》しよう」

さあさあどうぞ、と私は『親愛なる魔女様へ♡』と書かれた見取り図とお手紙を差し出した。

そこには開花の会堂の歩き方をすべて記載してある。

「案外お茶目《ちゃめ》ですねあなた……」

呆れたような声を漏らしながら受け取りつつ、「それで、中にはどうやって入ったらいいんですか」とメモ帳を取り出した。

「開花の会堂は裏側にある扉から入るといいよ。監視の目もゆるゆるだし気づかれにくい」

「ふむふむ」

「いま渡した見取り図は中を歩く時の手掛かりになるから、裏口から入ったときに開いて。……っていう風に書いておいて。たぶんイレイナさんが自身で書いたほうが、後のイレイナさんが信じやすいと思うから」

「それもそうですね」

すらすらと彼女は紙の上で私を褒《ほ》め讃える。

『朧の魔女さん、結構いい人でした。普通に教えてくれました。彼女はマブダチ』

ふざけてんのか。

『それと恐らく道に迷う可能性が高いとのことでしたので、見取り図をもらいました。ポケットを探してみてください』

イレイナさんはそう書いてから私の手紙と見取り図をポケットに突っ込んだ。

そこまで誘導したところで私はふと気づく。

「しまった……そういえば、関係者用の出入り口は鍵《かぎ》がかけられてて今は使えないんだった」

別の出入り口を用意しないとなぁ……と私はぼやく。

「なるほど」

イレイナさんは頷いた。

『ひょっとして扉が開けないと思って立ち止まっちゃってます？　魔法でちょちょいと開いちゃってください。得意でしょう、そういうの』

……………。

得意なんだ……。

●

そしてそれからイレイナさんは、開花の会堂でサマラさんと巡り合う。

「このコンサート、今日で何回目ですか？」

実に察《さっ》しがいい。

彼女は誘導通りに第二ホールに辿り着いてすぐに、サマラさんがすべての元凶《げんきょう》であることに気が付いた。

サマラさんは相変わらず、退屈そうな顔で、けれどイレイナさんが気が付いたことに少しだけ不快感を露《あら》わにした。

即座に彼女は魔導杖でイレイナさんを吹っ飛ばす。

「――危ない！」

陰《かげ》でその様子を見ていた私はすぐにイレイナさんを助けに入った。ほうきに乗って、吹っ飛ぶ彼女を抱きかかえる。

未だ事情を知らないイレイナさんと私の二人ではきっとまだサマラさんから人形を取り除くには至らないだろう。

だから私は煙《けむり》を生み出し、一時撤退《てったい》と相成《あいな》った。

「……朧の魔女」

ぎり、と煙の向こうで舌打ちするサマラさんの姿を見た。

「……サマラさん」

誰にも届かないくらいの声で私は呟《つぶや》く。

初めて彼女と目があったような気がした。

傲慢《ごうまん》な話だ。

街の人々を笑顔にしたいなどとぬかしておきながら、一番大事な憧れをくれた人のことを見向きもしてこなかったのだから。

彼女を取り巻く事情の細部を私は知らない。

けれど何があったのかを推し量ることはできる。

二週間以上前に、おばあさんのお店で再会したとき、私は彼女の目を見てすぐに察した。

きっと夢破れたのだろう。人前で歌を歌える機会を与えてもらえなかったのだろう。ずっと歌いたかったのに、誰にも認めてもらえなかったのだろう。

それでも夢を諦めきれずにくすぶって苦しんでいることを。

夢を叶えて理想的な日々を送っている私に対して嫉妬に近い感情を抱いていることを。

私はすぐに気づいた。

その事実から目を逸らしたのは、彼女にそんな人間であって欲しくないという願望からだ。

だから私は改めて彼女に示さなければならない。

蒼天の魔女でなくなったとしても私は何一つ変わらない。

蒼天の魔女でなくても、私は人を救う人間であり続ける。

「……アンネロッテさん」

煙の中。

私に抱きかかえられたイレイナさんが困惑しながら見上げていた。

私は目を細めて笑った。

「さっきぶりだね、イレイナさん」

君は覚えてないだろうけど――と。

第七章

終わらない一日の終わり

客が入り始めるまでまだ時間がある。

先ほどまでいたはずの灰《はい》の魔女は既《すで》に姿を消していた。まるで最初から存在すらなかったかのように。

きっとアンネロッテが助けに来たのだろう。

灰の魔女がどこに行ったのか私の記憶に残っていないのも、にもかかわらず私が魔導杖《まどうづえ》を使った痕跡《こんせき》が残っているのも、とどのつまりそういうことなのだろう。

「…………」

私は壇上《だんじょう》から誰もいない客席を見下ろしていた。

二週間。

歌姫として初めてのコンサートを披露《ひろう》するようになってから、二週間もの時間が流れた。私は今も相変わらず、史上初のコンサートを披露している。

史上初を何度も何度も披露していれば、ひとたび瞳《ひとみ》を閉じるだけでコンサートの様子を反芻《はんすう》することができた。

広いホールの中を観客が埋め尽《つ》くす。

幕が上がれば、期待と夢に満ちたまなざしがすべての席から注がれる。それは私のすべてを肯定《こうてい》してくれる温かな視線だ。

私はその場に居合わせた人々に感謝の気持ちを伝え、そして一生懸命、気持ちを込めて歌うことを宣言する。ただ至極《しごく》当然の言葉を並べるだけで、客席の人々は深く噛《か》みしめ、頷《うなず》き、涙《なみだ》する。

ひとたび歌が始まれば会場は静寂《せいじゃく》に包まれる。

私の声だけが周囲のすべてを震わせる。

歌が終われば人々はまるで示し合わせたように立ち上がり、劇場を喝采《かっさい》で包み込む。私の歌声よりも遥《はる》かに大きな歓喜《かんき》だった。

私の歌はこの上なく素晴《すば》らしいものなのだと、人々は私を奮《ふる》わせてくれる。

誰もが私を愛してくれる。

誰もが私だけを見てくれる。

今日も、明日も明後日《あさって》も。

ずっと、私はこの一日の中にいる。

○

「というわけでイレイナさん。サマラさんから人形を取り上げに行くよ！」

お話最後までしたんだし、もういいでしょ？　と彼女は四方八方《しほうはっぽう》に展開していた鏡《かがみ》を魔法で綺麗《きれい》さっぱり消すと、私に手を伸ばしました。

それはまるでお姫様をエスコートする紳士《しんし》のよう……にも見えなくもありませんでしたが。

はてこの手は何です？　と、察《さっ》しの悪い私はこてん、と首をかしげます。

構図としてはお姫様と紳士というよりは、お手を期待する飼い主と趣旨《しゅし》を理解できない馬鹿《ばか》な犬《いぬ》のそれでした。

やがてアンネロッテさんは「はぁー……」と残念そうにため息をつき、

「いやいや、イレイナさん。ちょっとさぁ……分かるでしょ？　この手の意味」

「ふむ」私は頷きました。「こうですか？」

ぺちーん！

彼女の手を私のおててが弾きます。いい音がしました。実に気持ちがいいですね。ぞくぞくいたします。

「いたっ」

そして突然の暴力に手を引っ込めつつ、むっと顔をしかめる蒼天《そうてん》の魔女ことアンネロッテさん。

期待通りの展開ではなかったようです。まさしく飼い犬に手を噛《か》まれたかのような表情。

「ひどいなぁ、イレイナさん……前に約束したじゃない。私がこういう風に手を出したら何をしなければならないのか」

「そうでしたっけ？」

前に、と言われましても私は以前あなたと会ったときの記憶がさっぱりないのですけれども。

どんな風に約束したんです？

「私がこういう風に手を出したら婚約指輪を嵌《は》めてくれる約束でしょ？」

「いや絶対にしていないと思います」

「いや！　そんなことはない！　絶対にそういう約束したもん！」

「記憶にありません」

「まあイレイナさんは私と会ったときの記憶が全部抜け落ちちゃっているからね……、覚えていないのも無理ないかな。でもね、イレイナさんと会ってから、私たちの間にはいろいろなことがあったんだよ」

「そうなんですか？」

私にとってはそもそも先ほど颯爽《さっそう》と登場してお姫様のように抱きかかえられたことが初対面なのでいろいろなことがあった、と言われても悲しいかないまいちピンとこないのが現状なのですけれども。

私の知らない思い出話を彼女は一つひとつ、アルバムをめくるように懐《なつ》かしそうな面持ちで語り始めました。

「例えば——そうだね、三日前に会ったときは丸一日かけて一緒にデートしてくれたし」

「ほうほう」ほんとですかー？

「あと、二日前は『事件を解決した暁《あかつき》にはあなたとこの国で暮らすのもアリかもしれないですね』って言ってくれたものだよ」

「ふむふむ」ほんとですかー？

「それと昨日会ったときはね、イレイナさん、『アンネロッテさんが今まで会った人の中で一番美しいですね。最高です。将来結婚したい』って言ってきて熱烈《ねつれつ》にアプローチしてきたんだよ」

「へえー」絶対嘘《うそ》ですねこれ。

私は大いにため息をつきました。

「嘘ならもう少しまともな嘘をついてもらえますか」

「嘘じゃないもん！　絶対にそういう約束したもん！」

「あなた会話する度《たび》に知能が下がる呪《のろ》いにでもかかってるんですか」

「おかしいな。これまで会ったイレイナさんの中で一番辛辣《しんらつ》だ……。何が原因なんだろう……」

「私が今まで会ったあなたの中で今のあなたが一番支離滅裂《しりめつれつ》な言動をしているからじゃないですか」

とはいえ。

この世界から存在を消されて二週間。

そして街が同じ一日を繰り返すようになって、二週間。

誰にも存在を認知されることなく、そのうえ、誰もが同じ一日をずっと繰り返すばかりの国の中でたった一人でもがき続けてきた彼女にとっては、確かに私のような存在は貴重《きちょう》なのでしょう。

少々舞い上がってしまうのも致《いた》し方ないというもの。

私が来なければ、彼女はそもそも自分自身がおかしいのか、それとも国自体がおかしくなってしまったのかすら、恐らく分からなかったのですから。

もっとも、それは私に対しても言えることです。

彼女がいなければ、私もまた、国と私、どちらがおかしいのかを理解することもできず頭を抱えていたかもしれません。

巡る夢の街のルールからはぐれた者同士、ここは仲よくするのが筋というものでしょう。

そもそも、私たちがこの街の問題を解決できなければ、きっと未来永劫《えいごう》、この国は夢のような一日に囚《とら》われ、ずっと巡り続けるだけなのですから。

「ま、冗談《じょうだん》はさておき」

彼女は肩《かた》をすくめます。「さっき長々と話した通り、この街は二週間もの間、同じ一日を繰り返している。そしてその原因を作ってるのが彼女の持つ人形だ。あれさえ取り除いてしまえば、この街は元に戻るはず」

「…………」

「根拠《こんきょ》はないけどね」

「勝算はあるんですか」

策《さく》はあるんですか。私は尋《たず》ねました。

アンネロッテさんはその言葉を待っていたとばかりに得意な顔を浮かべます。その表情はまさに何らかの妙案《みょうあん》を思いついている顔――。

「イレイナさん、ここに魔女が二人いるね?」

「はい」

「私の考えでは、魔女二人揃《そろ》えばとりあえずなんとかなるんじゃないかなー、って思ってるんだけど。どうだろう」

「なるほど」

まごうことなき無策ですね。

清々《すがすが》しいほどに無策ですね。

やっぱり急に馬鹿になりましたね。どうしました？　お疲れですか？

てっきり私でも思いつかないような妙案をここで彼女が提示して、そして私たちが二人揃ってサマラさんと対峙《たいじ》しに行くのかと思ってたのですけど。まあそうはならなかったですね。

というかそもそも私一人加わった程度でできることってさほど増えていませんし。

「こう、なんというか、二人でどかーん、って感じに戦えば勝てるんじゃないかな」

「知能がまた下がってる……」

会話する度にろくに頭を働かせなくなってきているような気がするのですけど気のせいですか。

「まあ、というのは冗談でね」

冗談の顔してませんでしたけど――とは思いつつも私は頷くに留めました。彼女がそれなりに真面目な表情をしていたので。

「安心して、イレイナさん。ちゃんと策は用意してある。成功すればちゃんと明日はやって来るよ」

「ほうほう。どんな策です」

「ふふふ。それはね――」

ごにょごにょ、と。

彼女は手持ちの策を私に明かしてくれました。

それはたった一つの方法で、それでいて単純すぎる方法でした。

「……それしか方法はないんですか」

「恐らくね」

…………。

黙《だま》る私に彼女は言います。

「だからイレイナさん、協力してくれる？」

君の力が必要なの――と。

私ははっきりと答えることはしませんでした。

「……私たちが二人揃って戦うのは難しいのではないですか？　戦闘中に私とアンネロッテさんがはぐれてしまったら最悪の事態が起きますよ」

アンネロッテさんが抱える性質からして、その瞬間に私の記憶がリセットされることは間違いありません。

つまり私はなぜサマラさんと戦っているのかも理解できなくなってしまうのです。連携《れんけい》なんてとれたものではありません。

これでは足手まといになること請《う》け合いではないでしょうか。

「……なんか急に帰りたくなってきましたね」

途端《とたん》にやる気が切れる私でした。

などとげんなりする私に対して頰《ほお》を膨《ふく》らませるのは先ほどから知能が下がり続けているアンネロッテさん。

がし、と私の手を摑《つか》みます。

「だめだよイレイナさん」彼女は爛々《らんらん》とした瞳で言います。「もう二度と逃がさないからね。ふふ」

「…………」

知能が下がったどころか若干の束縛《そくばく》まで見せてきましたね。この期《ご》に及《およ》んで一体どれだけのキャラを追加すれば気が済むのでしょうか。

「……ちなみにね、イレイナさん。さっき私が手を出したのはこのためだったんだよ」

「？　どういうことです？」

「イレイナさんには言ってなかったけど、私のことを視界に入れなくても、私にまつわる記憶を飛ばさない方法が一つだけある」

ほほう？

「どうやればいいんです？」

「これ」

彼女は摑んだ私の手を持ち上げて、人差し指でつん、と触れました。ちょっと意味が分からないんですけど？

私が首をかしげていると、

「イレイナさんもご存じの通り、私にまつわる記憶は、私が視界から外れれば消えてしまう。けれど私に触れている間は、視界に入っていなくても大丈夫《だいじょうぶ》なのさ」

彼女は実演してみせました。

私の手に触れたまま、彼女は私の視界の外——後ろ側へと回り込みます。

「…………」

私の視界にミリナリナさんの姿はありません。

けれど、後ろに彼女がいることを私は理解しています。

彼女にまつわる記憶は、依然《いぜん》として残したまま。

「ね？　でしょ？」

ふふふ、と嬉《うれ》しそうに視界の端《はし》からひょっこり現れるアンネロッテさん。「この仕組みを利用すれば、少なくともきみが戦闘中に私を忘れてしまうなどという事態が発生することもなくなるということさ」

「……なるほど」

しかしそのためにはアンネロッテさんと四六時中手を繋《つな》いでいないといけないんですか……。

「……嫌？」

一瞬で表情が曇《くも》るアンネロッテさん。いえいえ、

「嫌、というわけではありませんけれども……」私は慎重《しんちょう》に言葉を選びながら彼女に向き直ります。

「私、ちょっと束縛とかされるの駄目《だめ》なタイプなので」

「うん、それなら大丈夫だね。私、こう見えても結構束縛しないタイプだから」

「あなた先ほどの言動忘れたんすか？」

ひょっとしてアンネロッテさん自身も記憶が残らない方であらせられるのですか？

じとりと私が目を細めると、彼女は代わりに笑みで目を細めます。

「ま、とりあえず、作戦のためには手を繋《つな》がなきゃいけないってことだよ。ちょっと暑苦しいかもしれないけど、ごめんね、イレイナさん」

私は頷きながら応じます。

「まあ、別に構いませんけど……」それしか手がないようですし。けれど、「変なことをしたら容赦《ようしゃ》なくあなたの手を叩きますのでそのおつもりで」

「うん。大丈夫。私、こう見えて結構紳士《しんし》だから」

言いながら恋人のように指を絡《から》めてくるアンネロッテさん。

「…………」

ぺちーん！

歌姫サマラとして壇上に立つ度に、私は思いを馳《は》せる。

私は幼い頃から歌を歌う運命にあったのかもしれない。

まだ私が八歳くらいの頃に、レストランでピアノの演奏に合わせて歌を披露した。たくさんの観客に歌声を褒《ほ》められた。将来はプロになれるよ、と声をかけられた。

人前で歌を歌うのは初めてだった。

あの日から私は自らの歌声を人に聞いてもらうことに魅了《みりょう》されていた。

外で仕事をしている父がたまに帰ってくる度に、私は例のレストランに連れて行ってほしいとねだった。父は困ったように笑いながらも時折連れて行ってくれた。

二回目以降は私自身の意思でピアノの下まで歩いて、歌を歌った。

私が十歳を迎えた頃、祖母《そぼ》が営む店を手伝うように母から頼まれるようになった。歌の練習をしたかったけれど、誰かと会うために化粧《けしょう》をする母の様子を見ていると、家にいたらいけない気がして、私は素直《すなお》に従った。

もやもやとした気持ちを抱えたときは歌を歌うに限った。

「サマラちゃんの歌声は本当に綺麗《きれい》だねぇ」

憂《う》さ晴《ば》らしをするように、私は骨董品《こっとうひん》屋の前で歌ってみせた。通りかかった人々が時折、私の声に振り向き、立ち止まり、歌い終えれば拍手《はくしゅ》と、握手《あくしゅ》と、それからほんの少しのお金をくれた。

お店の中から私を見守っていたおばあちゃんは、サマラは天才だねぇ、といつも言ってくれた。

おばあちゃんの骨董品屋には独特な雰囲気《ふんいき》があった。

ひとしきり歌ったあとは、仕事を手伝いながら店内にある物たちを眺《なが》めた。今はもう役目を終えた古い物たち。新しい役目を静かに待っているそれらは普通の物とはどこか違った不思議な雰囲気をまとっていた。

「これはなに？」私が指さす派手なドレス。それは古い時代の私服だそうだ。

「それはなに？」私が指さす木の棒《ぼう》。それは魔法使いの杖《つえ》だよ、と教えてくれた。

振ってみていい？　と私が尋ねると、「ええよー」と軽くおばあちゃんは頷く。

えいや、と振ってみても何も起こらなかった。古い時代ではこうして魔法の杖を振ってみて、魔法を扱《あつか》える人だけが魔法使いとなっていたらしい。魔導杖《まどうづえ》を用いれば誰でも魔法を使えるような時代の人間からすれば考えられないほどの不便《ふべん》さだ。

驚《おどろ》きながら私がそう語ると、「そうだねぇ……」とおばあちゃんは過去を懐《なつ》かしみながらも少しだけ悲しそうにしていた。

私は気になる物が目に入る度におばあちゃんに尋ねた。おばあちゃんは優しく笑いながら私に教えてくれた。

教えてもらう度に、街の人々が知らない秘密を私だけに教えてもらえる高揚感《こうようかん》を味わった。

「これは？」

唯一《ゆいいつ》おばあちゃんが教えてくれなかった物は、店の奥に隠《かく》されるように置いてあった小さな人形。

奇妙《きみょう》な文字を連ねた紙切れを四方に貼《は》り付けたガラス製のケースの中に収められていた。

あからさまに異質《いしつ》な雰囲気。

だから尋ねた。けれど。

「そいつに触《さわ》るんじゃない！」

おばあちゃんは声を荒《あら》らげた。怒ったのはそれが最初で最後だった。

それから私は休日になる度におばあちゃんの店を訪れるようになった。お店の前で歌ったり、お店を手伝ったりしながら、私は日々を過ごした。歌えばおばあちゃんも、通りかかった人々の誰もが笑顔になった。それなりに充実した日々だった。

私が歌えば誰かが喜んでくれる。

その事実は私に生きる理由を与えてくれた。

「おねーさん、歌、上手《じょうず》だね！」

小さい子どもの一人は私の常連客《じょうれんきゃく》だった。歳は八歳程度だろうか。

よく来る女の子の頭を私は撫《な》でてあげた。女の子は私のように人々を幸せにするような人になるのが夢だという。

光栄だった。当時の私はまだ十歳程度。それなのに私を目標にしてくれる子ができたことが、歌を通じて人を幸せにできたことが、嬉しかった。

歌い続ける限り、人に希望を与えることが私の責務《せきむ》だと思っていた。

これからも素敵《すてき》な日々が続いていけばいいのにと私は願い続けた。

けれど叶《かな》うことはなかった。

「サマラ。お前はまともな大人になれよ」

私が十二歳になった頃、父はそう言って私の頭を撫でて、荷物をまとめて家から出て行った。お父さんはどこに行ったの、と私が尋ねると、母は「仕事で遠くに行かなきゃいけないらしいの」と他人事《ひとごと》のように、抜け殻のように答えた。

私は知っていた。

父が不在だった頃に母が見知らぬ男性と外で会っていたことも、何度も家に招き入れていたことも、見知らぬ男性と母がどんな関係だったのかも。

見知らぬ男は無責任なことに、母との関係が明るみになったとたんにまるで最初から母とは何の関係も持っていなかったかのように、ぱったりと家に来なくなった。無責任な男だ。

それからおばあちゃんの家にはあまり行かなくなった。父を失い、抜け殻のようになった母は、私が支えてあげなければ折れてしまいそうなほどに、弱々しかったから。

○

「街を歩く間も手を繋いでいる必要ってあるんでしょうか」

果実やお料理、貴金属にパンやお花などありとあらゆるお店が軒《のき》を連《つら》ねる通り。

人々の中に私たちは紛《まぎ》れ込みながら歩き、そして隣《となり》を歩くアンネロッテさんをじとりと見つめながら、私は尋ねていました。

サマラさんと戦うときだけでよくありません？　と。

私のまっとうな指摘に対して、「いや……でも、街ではぐれたりしたらまた最初から説明し直さなきゃいけないし、面倒《めんどう》でしょ？　人もいっぱいいるし」と言い訳のように語るアンネロッテさん。

それはまるで付き合いたての彼女と手を繋ぐ口実を探す彼氏さんのよう。

「……ふむ」

とはいえ確かに、また同じ話を長々とされてしまうのは私としても困る話です。

記憶から抜け落ちるとはいえ、アンネロッテさんと一緒にいた間の出来事を、体は覚えているのです。

一日に何度も長話を聞かせられれば当然、体は疲れてしまいます。

例えば一日に何度も戦闘すれば、魔力が消耗《しょうもう》していくのと同じように。

「……！　イレイナさん、こっち……！」

と、ここで。

アンネロッテさんは唐突《とうとつ》に私の手を強引に引っ張って、街の通りの隅《すみ》っこ。露店《ろてん》に陳列《ちんれつ》されるお料理の数々の真後ろへと連れ込みました。

「……？　え、アンネロッテさん……？　何です……？」

突然の展開に私は驚きます。紳士を自称していたわりには随分と手荒《てあら》な真似《まね》をするものです。私はひそかに彼女をぺちーん、と叩く準備をいたしました。

しかし一方で彼女のほうは私のことなど一切見向きもせずに、お店の陰から通りの向こうを睨《にら》んでいました。

……なにごと？

と私が首をかしげながら私は彼女の視線を追います。

「……ちょっとお腹《なか》減ってきたわね」

そこには学生服姿のミリナリナさんのお姿がありました。

学校帰りでしょうか。その表情には危機感や、魔法少女としての服に身を包んでいるときのような緊張感はありません。

「……ふう、危ないところだったね、イレイナさん」ミリナリナさんを見つめつつ汗《あせ》を拭《ぬぐ》うアンネロッテさん。

「そうですね」

「そういえば忘れてたけど、この時間はミリナリナちゃんがこの辺りを徘徊《はいかい》してるんだった。直前で気づいてよかったよ」

いまミリナリナさんと遭遇《そうぐう》すれば、街中で強引な戦闘が繰り広げられることは間違いありません。

「ひとまずここでやり過ごそう」

紳士的かどうかはさておき、物陰《ものかげ》に隠れたのは適切な判断であったといえましょう。

「あ、あのう……、どちら様……？」

とはいえ店主さんにとってはそうでもなかったようです。

迷惑《めいわく》そうに眉根《まゆね》を寄せてタコス屋さんの店主さんが「この人たち誰だ……？」と呟《つぶや》きます。

アンネロッテさんは言いました。

「しーっ」

ちょっと黙《だま》っててよね！　と彼女の目は語ります。

「いや、しーっ、じゃないんだが……」

何なんだあんた……、と店主さん。かつてこの国を守る守護者として名を馳《は》せた彼女に対して何と不敬《ふけい》な口ぶりでしょう。

とはいえ彼女の偉業《いぎょう》は今やサマラさんのもの。店主さんが顔をしかめるのも納得というものでしょう。

「アンネロッテさん。ここは私が」

このような緊急事態の対応においては、恐らくアンネロッテさんよりも私のほうが慣れていることでしょう。

私はアンネロッテさんの肩《かた》に触れて一歩下がらせたあと、店主さんに近寄ります。

「………………」そして私は黙ってお金を握らせました。こうすれば大目に見てくれることでしょう。

やっぱ世の中金ですよ金。「しーっ」

「いや、しーっ、じゃないんだが。ほんと何なんだあんたたち」

それからほどなくして、ミリナリナさんの姿が見えなくなったところで、私たちはタコス屋さんを後にしました。

「こういうことがある度にね、この国の人たちはみんな私のことを忘れちゃったんだなぁって改めて実感するんだよね」

アンネロッテさんは迷惑料として買わされたタコスをもしゃもしゃと食べながら語ります。

誰の記憶にも残らないのは、存在しないのと同義です。

「……そうですか」

私は振り返りながらタコスをもぐもぐ食べます。店主さんは私たちに迷惑をかけられたことなどすっかり忘れて、通りを往来《おうらい》する人々に笑顔を振りまいています。

「やっぱ人の記憶に残らないって辛《つら》いね」

明るく務めていようとも、寂《さび》しさと悲しさだけは誤魔化《ごまか》しようもなかったのでしょう。

彼女は軽く笑いながらも、私の手だけは固く握り続けていました。

●

父が家を出たあと。

母は安い賃金《ちんぎん》の仕事をそれなりにこなしながら私を学校に通わせてくれた。笑顔を見せることはなくなった。

歌でも歌えば笑顔にさせることができるだろうか。

火が消えたように暗くなった母の前で、それを試すほど能天気《のうてんき》な私ではなかった。

母を支えるために何ができるかを考えた。

けれど悲しいことに私には歌しかなかった。そんなときに、おばあちゃんの店の前で歌ってお金をもらっていた日々のことを思い出した。

それが例えば路上《ろじょう》でなく、お店の中なら、もっとお金がもらえるのではないか、とも思った。

だから私はレストランに行って頼み込んだ。

「……え？　うちの店で、曲に合わせて歌う……だって？」

端的《たんてき》に言えば営業をかけたのだ。どんな曲でも合わせて私が歌うから、どうか報酬《ほうしゅう》をください。

奇《く》しくもそのお店は昔、私が父に手を引かれて歌を歌ったお店だった。けれどもう何年も前の話。お店の人たちは私のことなどまるで覚えてはいなかった。

結局、それから私は快諾《かいだく》とはいかないまでも、お店の人たちに許可をもらい、小遣《こづか》い程度の報酬で臨時の歌手としてデビューさせてもらうことになった。

当時まだ十四歳。非常識な申し出でも、お店は受け入れてくれた。若すぎることが功《こう》を奏《そう》したのかもしれないし、私の歌声が認めてもらえたのかもしれない。必死だった当時の私としてはどちらでもよかった。母を楽にさせるために私ができることはそれしかないと思っていたから。

その頃から私は歌ってお金を稼いで、生活費を少しだけ支援した。母はそんなことしなくてもいいのに、とは言ってくれたけれど、禁じることはなかった。私のお金が少なからず家計の助けになっていたからだ。それでも余計な心配をかけたくなかったから、

「私、歌手になって大きな舞台で歌うのが夢だから」

今やってるのはただの練習みたいなものだよ、と私は言い訳のように語った。嘘《うそ》はついていない。私は有名になることを目指していたし、歌い続ける限りはたくさんの人を笑顔にすることが責務

だと感じていたから。

学校と仕事を往復する日々だった。

同級生と遊んでいる暇《ひま》はなかった。私には仕事があったから。同級生が教師や勉強の愚痴《ぐち》をこぼす度に安心した。私のほうが努力も苦労もしていることを感じることができたから。

次第に友達は減っていった。

それでも私には仕事があるから構わないと思った。

何年も何年も、私は歌って、歌って、勉強して、日々を過ごした。

気づけば私にとってきらきらとした夢だった歌は、ただの仕事になりつつあった。

それでも歌い続けた。

そうして十八歳を迎えた頃、祖母が他界《たかい》した。孤独死《こどくし》だそうだ。忙《いそが》しさにかまけて私も母もろくに会っていなかった。

「サマラ。おばあちゃんのお店は私が継《つ》ぐから心配しないで。あなたは好きに生きなさい」

苦労ばかりかけて、ごめんなさいね。

祖母の葬儀《そうぎ》のあと、母は私にそう言って、微笑《ほほえ》みかけてくれた。

母は母で私にばかり苦労をかけていたことを気遣ってくれたらしい。ちょうど十八歳。学校を卒業すれば社会人になる。

「ありがとう」私は母に表面的な礼を述べてから歌を歌うためにお店に赴《おもむ》いた。

街を歩きながらふと、私にとって好きな生き方とは何なのか、疑問に思った。

お店で歌いながらふと、母が私の歌い続ける日々を苦労と表現したことに引っかかった。

母から見ればそう見えるのだろうか。窮屈《きゅうくつ》そうに生きているように見えるのだろうか。

私は、好きなことをして生きているだけなのに――。

「サマラちゃん、今、何歳だったっけ？　十八か。そろそろ別の道を見るってのもいい歳かもしれねぇな」

お店の店主にある日言われた言葉だ。遠回しにこう言っているのだ。「いい加減、この店から離れてもいいいんじゃないか」「歌うのをやめてもいいいんじゃないか」「どうせ有名な歌手になんてなれはしないんだから」

この国で歌手として活動している女性は大抵十八歳頃から何かしらの形で舞台に立っている。

私のような小さなレストランの片隅《かたすみ》でなく、開花《かいか》の会堂《かいどう》のように大きな舞台で、大勢《おおぜい》の前で、歌っている。

本音を言えば。

私はとっくに気づいていた。

私には歌の才能しかなくて。

そして、私と同様に歌の才能を持っている子なんて、この世界に掃《は》いて捨てるほどいることに。

学生時代にろくに勉強もせずに、友達も作らず、毎日歌ばかり歌って、小さな世界の中で苦労している自分自身に酔《よ》っていたような私には、歌う以外の道なんてとっくに絶たれてしまっていることに。

辺りを見渡せばたくさんの眩《まぶ》しい宝石を持っている子に溢《あふ》れている世界で、私だけがとっくに輝きを失った宝石を必死に磨《みが》き続けている。

——サマラ。お前はまともな大人になれよ。

父の言葉が私の背中《せなか》に重くのしかかる。

私は父が望んだようなまともな大人になれているのだろうか。日々疑問を抱きながらも、私はたった一つ、私に残された道の中で歌い続けた。

十九歳になったとき、「もっと若くて明るくて可愛《かわい》い子が入ったから」という理由でお店から追い出されたけれど。

それでも私は歌い続ける。

お店からお店を転々としながら、時に「下手《へた》くそ」時に「辛気臭《しんきくさ》い顔」とあざ笑われたりもしながら、誰にも祝われない二十歳の誕生日を迎えたけれど。

ずっとずっと、私は歌い続ける。

渡り鳥のようにお店からお店を巡《めぐ》って、二十一歳。辿《たど》り着いたのはお酒を出すお店。酔っぱらった男たちに愛想《あいそ》笑いを浮かべながら、いつか、私の歌でたくさんの人を笑顔にすることを夢見て。

私は、ずっと、歌い続けた。

けれど結局、それからほどなくして最後に辿り着いたお店も辞めた。酔った男たちは誰も私の歌なんて聞いていなかったから。

そして二十二歳になった。

――おねーさん、歌、上手《じょうず》だね！

私がまだ十歳のときに見た光景が、ふと蘇《よみがえ》る。路上で歌い、小さな子どもが目標としてくれた、幸福に満ちた日々。歌い続ける限り、人に希望を与えることが私の責務《せきむ》だと信じてやまなかった頃の純粋《じゅんすい》で光に満ちた日々。

あの頃に戻りたかった。

だから私は、路上で歌を歌った。

歌ってすぐに気づいた。私がおばあちゃんのお店の前で歌っていたときに、人々が立ち止まってくれたのは、たった十歳の女の子にしては歌が上手《うま》かったからで、それ以外には何の理由もなかったことに。

だから誰も私の前になんて立ち止まってはくれなかった。

そして、ちょうどその頃。

「――巡る夢の街カルーセルの皆さん！　こんにちは！　私、アンネロッテ！　皆さん何かお困りのことがあれば、私にご相談ください！　この私が華麗《かれい》に解決してみせますから！」

街の上空からひと際響く声があった。見上げてみればチラシの数々がひらひら舞い降りる。拾い上げてみれば、それは街の守護者を名乗る怪《あや》しい女のプロフィールだった。

どうやら人助けを専門に行う何でも屋らしい。報酬はお気持ち程度。主な活動内容は、街の人々を笑顔にすること。

そんな子どものような馬鹿げた理想を掲《かか》げるのは、薄青色《うすあお》の髪の女性。蒼天《そうてん》の魔女アンネロッテ。

かつて私を目指すと言ってくれていた女の子だった。

◯

開花の会堂には先ほどと同様に裏側から堂々《どうどう》と入りました。

関係者通路を通りながら、私たちはサマラさんが今もいるであろう第二ホールを目指して進みます。本日、数時間後に彼女のコンサートが行われるのが第二ホール。

何度もサマラさんに戦いを挑《いど》んでいるからか、彼女の一日の行動の大半をアンネロッテさんは把握《はあく》していました。

「基本的には第二ホールと控室《ひかえしつ》の往復《おうふく》しかしてないよ、あの人」

ちなみに今の時間ならば恐《おそ》らく、先ほどと同じく第二ホールのステージ上でぼーっと突っ立っているとのことです。

……そういえば私とミリナリナさんでアンネロッテさんを捕まえたときも、すぐに開花の会堂に戻ってしまいましたけれど。

「よほどの仕事人間のようですね」

「探す手間が省《はぶ》けて助かるけどね」

呆《あき》れるように頷くアンネロッテさん。

しかし妙《みょう》ですね。

「……彼女は私やアンネロッテさんのように同じ一日を繰り返していることを理解している側の人間なのですよね？」

先ほど会ったときの口ぶりからも察《さっ》するに、彼女は初のコンサートを繰り返していることを理解しながら毎日のように舞台に立っているということになります。

なんとも不気味《ぶきみ》な話です。

「……飽《あ》きないのでしょうか」

毎日毎日、この街にいる大半の人々のように同じ行動パターンを辿りながら、初のコンサートを繰り返す日々。

私であれば三日あたりでもういいやと思ってしまいそうなものですけれども。

「あはは。何がしたいのか分からないって顔してるね」アンネロッテさんは私の表情を見ながら笑いました。「どうなんだろ。本音のところでは同じ一日を繰り返すのなんてやりたくないんじゃないかな」

「……どういうことです？」

「見てたらそんな気がするだけって話なんだけどね、なんとなく、嫌々《いやいや》同じ一日を繰り返しちゃってるんじゃないかなーって思うんだよね」

「そして私たちはそんな嫌々繰り返されてる日々に巻き込まれたわけですか。とんだ迷惑ですね」

「でも彼女も自分の意思でこの国の人たちを巻き込んだわけじゃないのかもよ」

「……やけに彼女の肩を持ちますね」

どういうことですー？　と私は彼女と手を繋いだままじとりと見つめます。その視線はまさに彼氏の女性関係の怪しさに感づいた敏《さと》い恋人のごとし。

ことと次第によっては彼女の手をぱちーん！　と叩《たた》くこともやむなし。

「私は国の人々を誰でも構わず助ける素敵な人だからねー」しかしはぐらかす彼女。

「…………」

じとりと尚《なお》も見つめる私。

ほんとにそれだけですかー？

「いや……まあ確証《かくしょう》があるわけじゃないんだけど、そんな気がしたってだけだよ……」気まずそうに目を逸《そ》らすアンネロッテさん。

「またそれですか」

その顔は何かを感づいている表情だと思うのですけど。

けれど私はそれから深く追及《ついきゅう》するようなことはありませんでした。それは決して、余計なことを深く詮索《せんさく》しない、いい女性っぷりをここぞとばかりにアピールしたかったからだとかそんな理由では一切なく。

普通に第二ホールに着いてしまったからです。

「おりゃ」

私に心の準備をさせる間もなく、重い扉を彼女は開くのです。ほんの少しだけ冷えた空気が私の脇《わき》を通り過ぎていきます。

そしてその最中。

彼女は私を見つめながら、言うのです。

「彼女を見てたらね――そんな感じがしたの」

などと。

私はそして、ホールの先、ステージの上から誰もいない客席を見下ろす彼女を見つめました。

「…………」

この国で初のコンサートを繰り返す歌姫サマラさんは、そこでただ一人、呆然《ぼうぜん》と立ち尽くし、たった一筋《ひとすじ》だけ、涙を流すのでした。

●

「困ったことがあったら助けを呼んでください！　私がすぐに駆け付けますので！」

巡る夢の街カルーセルの上空を蒼天の魔女が駆ける。毎日のように空を飛び回りながら人助けをして回っている彼女を眺めながら、私は路上で歌を歌っていた。

曰《いわ》く、この国出身の彼女は、外国の魔法学校への留学に数年間を費やし、この国に戻ってきたのだという。

きっと彼女も同じなのだろうと思った。たった一つの才能しか持ち合わせておらず、ゆえに魔法使いとして生きることしか道がないのだ。そう思うと自然と彼女に親近感が湧《わ》いた。けれど同時に、そんな道に進ませてしまったことを後悔《こうかい》した。

きっと私なんかに憧《あこが》れてしまったから、彼女は魔法に頼る人生を選んでしまったのだろう。

「……眩《まぶ》しい」

街の路上から見上げて私は呟く。照《て》り輝《かがや》く太陽《たいよう》の下をほうきで走る彼女はまだ見ぬ未来への希望に満ちていた。

私がずっと前に置いてきてしまった感情だ。あと五年か、十年か。もっと先になってからか、彼女はきっと気づくのだろう。

自分自身が持っている才能に大した価値なんてないことに。

「——いいのよ、サマラ。あなたは気にしないで」

ある日、母は私を抱きしめながら言った。

仕事もせずに毎日のように家と路上を往復するだけの日々。何がしたいのか自分でもよく分からずにただ生きているだけの私に、母は優しく語りかけた。「学生時代、あんたに迷惑かけた分、今度は私が頑張《がんば》るんだから」

だからしばらくの間は休んでもいいのよ。

母は小さな子どものように私の頭を撫でながら言ってくれた。

嬉しさと同時に、暗い感情が私の中を渦巻《うずま》く。母の言葉は、私が夢に向かって努力していた日々の否定にほかならないのだから。私は母に強制されて無理やり歌わされていたんじゃない。自分の意思で歌っていたのだ。けれどそうやって自分を納得させようとすればするほど義務感で歌い続けていた日々が私の脳裏《のうり》を過《よぎ》る。本当に夢に向かって努力していたのか。好きだから歌っていたのか。ただ漫然《まんぜん》と歌っていただけなのではないか。だから未だに誰にも見向きもされないのだ。

母の胸の中で瞳を閉じる。

私の視界は真っ暗になった。

私は路上で歌いながらずっとアンネロッテを見守っていた。彼女を応援していた。私と同じような立場の人間だから。

眩しい場所で輝き続ける彼女にエールを送るつもりで私は歌ってみせた。

――どうせそのうち挫折《ざせつ》する。

心の奥底でそんな風に吐き捨てる自分自身から目を逸《そ》らしながら。

「おい聞いたか？　またアンネロッテが事件を解決したらしい」「一昨日《おととい》も窃盗団《せっとうだん》の確保に一役買ったらしいじゃねえか。さすがだな」

街で私が歌う前を人々が通り過ぎる。

「彼女は大物になる。間違いない」「ね、ね、見てこれ！　アンネロッテちゃんにサインもらっちゃった！」「あの人ホントに凄《すご》いんだよ！　助けを呼んだらすぐに来て解決してくれたの！」

日を追うごとにアンネロッテの存在は街の人々に認められていった。

時代遅れの魔法使い。であるはずなのに、最初の頃は鼻で笑っていた人々も、てのひら返して彼女を讃《たた》えた。

一日、一週間、一か月。

時間が経《た》つ度に、人々が彼女を見上げる目は変わっていった。人が彼女を見つめる度に、路上で歌うだけの私のことなど誰も見なくなっていった。

「……悔《くや》しい」

悔しい。悔しい。悔しい。

彼女は私とは違う。私のような惨《みじ》めな人間とは違い、自身を輝かせる物を持っていて、その価値を理解している人間なのだと気づいた。

彼女が国に戻ってきてからほどなくして、私は大通りで歌うことを辞めた。街に出てもふらふらとただ彷徨《さまよ》うだけの日々。何のために生きているのかも分からないままに私は日々を過ごした。

空虚《くうきょ》な毎日を過ごす中で彼女の眩しさは妬《ねた》ましかった。彼女にできて私になぜできないのかが分からなかった。彼女がほんの些細《ささい》なミスをする度に安心した。街の誰かが彼女の失敗に怒りを露《あら》わにしているのを見て落ち着いた。新聞記事が彼女を悪者であるかのように綴《つづ》ったとき僅《わず》かに心躍《おど》った。そんな自分自身を心の底から嫌悪《けんお》した。

失敗しろ、失敗しろ、私の中の悪魔《あくま》が何度も彼女に恨《うら》みつらみを吐き続けた。

そんな醜《みにく》い私自身を私は心の底から嫌悪した。

私が辿り着きたかった場所で活躍している彼女のことを認めたくなかった。彼女を認めることは今の私を否定することになるから。だから応援したくてもできなかった。恨みたくないのに心の底で嫌悪する私がいた。

それから何年もの歳月《さいげつ》を無駄《むだ》に過ごしていった。何度か働いた。何度か以前のようにお店で歌わせてもらえないか頼んだりもした。

けれどその度に私は既に誰の目にも留まっていないのだと思い知らされた。

やがて気づけば二十五歳。

夢を見るには遅すぎる年齢にまでなっていた。

そのうち私は家からも出なくなった。どこまでも落ちぶれてゆく私を母は決して責めなかった。

その優しさはゆっくりと私の首を締《し》め上げていった。ずっと一緒にいるからこそ母が何を考えて、何と思って声をかけていいのか迷っているのを理解できたからだ。

「ねえ、よかったら、うちの店を手伝ってみない？」

祖母から継いだ店の商品を扱《あつか》うように穏《おだ》やかな口調で母は私に語りかける。気遣《きづか》っているようでその言葉の裏に隠れた意図は違う。「いい加減に現実を見なさい」そう言っているのだ。

母の提案を拒めるだけの人生経験は私にはなかった。

それから私は祖母の店で母と共に働いた。昔のように店の前で歌ったりなどはすることはなかった。ただ役目を終えた物たちが、誰にも見向きもされなくなった物たちが、次の持ち主のもとに送り届けられるのを眺める毎日。

いつか、夢だった舞台に立ちたい。

そんな願いは私が二の足を踏む度に、絶えず遠のいてゆく。それでも諦《あきら》めきれなかったのは、それ以外に私に生きる道がないからだ。

「ごめんくださーい」

そんなある日のことだった。ちょうど母が不在のタイミングで、骨董品屋《こっとうひん》に一人の客が訪れた。

薄青色の髪の女性。

黒のローブと、三角帽子、星をかたどったブローチ。

蒼天の魔女、アンネロッテだった。

「……っ」

どんな顔をすればいいのか分からなかった。胸が締め上げられる。息が詰まる。仲が悪いわけでもない。ただ昔、同じ場所にいたというだけのこと。

「……こんにちは。何かお探しですか？」

私は何事もなかったような顔をして彼女を接客した。平静《へいせい》を装《よそお》う私に、彼女は「ああ、いえ。近くを通りかかったもので」と笑った。

それから彼女は自らがこの辺りの出身で、ここが自身の原点であるとも語った。

「……そうですか」

私はその頃にはこのお店に通わなくなっていたから知らなかったのだけれど、どうやら留学するまでの数年間、私の祖母が彼女に魔法を教えていたらしい。

彼女にとっての原点とは、魔法を教わった場所、という意味での言葉らしい。ほんの少しだけ胸が痛む。この期《ご》に及んで私は彼女にとっての憧れの人間でありたいと思い込んでいたらしい。

私は祖母がもうずいぶん前に亡くなっていることを彼女に伝えた。

彼女は頷く。

「あ、はい。それは知ってます」

知ってた。

「……そう、ですか」

それでも時々、仕事で近くを通りがかる度に、この店に顔を出しているらしい。懐《なつ》かしいこの場所に来ることで、初心に立ち返ることができるのだと、彼女は語っていた。

それから少しの会話を交わしたのちに、彼女はお店を去った。私については一言も触れることがなかった。

私はどうやら彼女の記憶にすら残っていないらしい。

このとき何と言えばよかったのだろう。あなたが小さい頃に、このお店の前で歌って、あなたの頭を撫《な》でてあげたことがあるんですよ、覚えていますか。

そんなことを言って気を引けば少しは仲よくなれたのだろうか。

遠ざかる彼女の背中を眺めながら、私はそんなことを考えていた。


それから数日後のこと。

私は祖母の遺品《いひん》と店の売り物の整理のために、倉庫《そうこ》の片づけを頼まれた。母が店を継いでからまったく手つかずの倉庫だという。本格的に店の仕事を手伝うようになったところ、面倒事《めんどうごと》を押し付けられてしまった。

「……ひどい」

埃《ほこり》だらけの倉庫だった。広い一室には正真正銘《しょうしんしょうめい》、誰にも必要とされなくなった物で溢れていた。見渡す限りがらくたがらけ。長い間放置されていたらしい。中はカビの臭《にお》いで充満していた。

「……早く仕事を済ませましょう」

長居《ながい》はしたくなかった。

誰にも見向きもされずに隅に追いやられて静かに死んでいた物たち。まるでそれらと私が同類であると言われているような気がしたから。

『落ち込んでいるようですね』

倉庫の備品を整理しているときだった。

どこからか女の子の声。辺りを見渡したところで視界に映るのは古びた物と物と物と物と人形一つ。

……人形？

『こんにちは』

倉庫の棚《たな》の上。小さな人形が重ねられた本の上に腰《こし》かけ足をふらふら揺らしていた。小さな瞳が私を見つめている。

それは見覚えのある姿かたちをしていた。

『あなた、悩みがあるのね。そんな顔をしてるわ。よければ力になってあげましょうか』

それは昔、おばあちゃんのお店の中に置いてあった人形――ガラスのケースの中に収められていた物とまったく同じ姿かたちをしていた。

人形はそれから、自らを『願いを叶える人形』と名乗ってみせた。

○

「……あら、また来たのね」

壇上から私たちをあざ笑うように見つめるサマラさん。魔導杖を握りしめながら、彼女は「何度も何度も、ご苦労なことね」と語ります。

先ほどアンネロッテさんが来たことは彼女の記憶からは抜け落ちているはずですが——さすがに二週間も対峙し続ければ慣れるものなのでしょう。先ほど、何があったのかを彼女は概《おおむ》ね理解していました。

「イレイナさんをせっかく救い出したのに、また連れてきてしまったの？　大して役に立たないのに」

……多分彼女の中では私を吹っ飛ばしたところでちょうどいい感じに記憶が飛んでいるのでしょう。鼻を鳴らす彼女はめちゃくちゃ私を見下しているように見えました。

「あの人めっちゃ性格悪いですね」

「私と戦うときはいつもこんな感じだよ」

手を繋いだままのアンネロッテさんと私は空《あ》いたほうの手で杖を握ります。そしてゆっくりとサマラさんとの距離を詰めながら、攻撃する機会を窺《うかが》います。

二人手を繋ぎながらで戦えば行動は制限されます。ほうきにも乗れませんし、魔法もぶつかり合ってしまうかもしれません。

短期決戦が望ましいですね。

「……サマラさん。いつも言ってるけど――持ってる人形を渡してくれるかな。それはあなたが持っていていいような代物じゃない。とても危険なものなの」

「そうなのね。初めて聞いたわ」

「そりゃあ記憶消えてるからね」

「ならば私が何と答えるのかも分かっているわね」

「そうだね。いい加減この状況に飽きてくれてると助かるけど」

「私は人形を手放すつもりはないし、この幸せな日々から離れるつもりもない。悪いけど、お引き取り願うわ」

「なるほど飽きてないみたいだね」

それはサマラさんと対峙するようになってからずっと聞き続けている台詞《せりふ》だったようです。お隣《となり》のアンネロッテさんはやれやれと大いにため息をついておりました。

「それじゃあ今度こそ飽《あ》きてしまうくらいに戦うしかないみたい――だね！」

そしてアンネロッテさんが杖を構えます。

魔法は直後に放たれました。杖の先から幾《いく》つもの火の玉がこぼれ落ちると、蛇《へび》のようにうねりながら客席の間をすり抜け、サマラさんのもとへと走りました。

そして四方八方《しほうはっぽう》から、火の玉が彼女を襲います。

が、

「何それ。無駄」

鼻《はな》で笑われました。サマラさんの周囲にどこからともなく濁流《だくりゅう》のような水が降り注いで、アンネロッテさんの炎をなかったことにしてしまいました。

魔力を込めるような動作もなければ、魔導杖を振ることすらありません。彼女が持つ魔導杖はどうやら特別製のようです。

やはり戦いが長引けば長引くほど不利《ふり》。私たちに求められるのは短期決戦。

まずはあの邪魔《じゃま》な魔導杖から排除《はいじょ》すべきですね。

「やー」

というわけで私も一発。ここに辿り着くまでの間にこっそり杖の先に集め、圧縮し続けた魔力を、杖を振って放ちます。

「——っ!」無表情。でありながらも彼女の視線はほんの一瞬、驚愕《きょうがく》が浮かびました。

弾丸《だんがん》のように飛んで行った魔力が彼女の魔導杖の先にあった宝石を貫き、粉々《こなごな》に粉砕《ふんさい》したのです。

こうしてしまえばもう魔法は使えない、はずです。

「おりゃー」

そして私は、第二ホール全体に霧《きり》を生み出しました。

いつもアンネロッテさんがそうしているように、姿をくらまし、紛《まぎ》れ、私はアンネロッテさんの

手を引きます。

改めて私は言います。

「いきましょう、アンネロッテさん」

サマラさんが私たちの姿を見失った瞬間、私たちと相対していた間の記憶が抜け落ちます。

つまり私たちが隠れればその度に彼女の記憶が吹き飛ぶということであり。対応が遅れるはずです。言い換えるならば霧に隠れる度に戦局《せんきょく》をリセットすることができるということではないでしょうか。

何でも願いを叶えるような便利な道具を持っている彼女の不意をつくためには、そうして短期決戦を繰り返すほかないでしょう。

——少なくとも、魔導杖を破壊した直後の今なら、新しい魔導杖を用意するために少しはもたつくはず。叩くならば絶好《ぜっこう》の機会です。

「いきますよ」

そして私は、アンネロッテさんの手を引きながら霧の中を突き進み。

サマラさんの居場所に、迫りました。

「無駄よ」

けれど一振り。

たった一振り、魔導杖を振るうだけで、私が用意した霧は消え失せてしまいました。

魔導杖ならたった今、壊したはずなのに——。

「――急に霧の中にいるから何かと思ったけど、あなたたちに奇襲をかけられていたのね」霧の晴れた舞台の上で、彼女はくすりと笑いながら、人形を手に取ります。「でも無駄。私にはこれがある。あなたたちが魔導杖を壊したって、私の周りを霧で覆《おお》ったって。どんな困難だって、この人形があれば解決してくれる。これさえあれば私はもう何もいらないの。これから先、ずっと――」

何を言いますか。

「あなたのせいでこの街にこれから先がなくなってしまったから来たんでしょうに」

寝ぼけたことを言わないでください。私は杖を振りながら言いました。

「ねえ、サマラさん、お願い」

目を覚まして――アンネロッテさんはすがるように語りながら、杖を振ります。

彼女の願いも人形は聞き入れてくれるでしょうか。

「嫌よ」

少なくとも、私たちに向けて再び魔法を放つサマラさんの顔には、私たちの声に耳をかたむける余裕などないように見えました。

暗闇のように暗い瞳で彼女は魔導杖を握りしめ、私たちが放つ魔法に真《ま》っ向《こう》から魔力の塊《かたまり》をぶつけます。

直後に私は霧を生み出し、そしてアンネロッテさんが霧の中から奇襲をかけます。その度にサマラさんは「無駄よ」と霧を晴らして魔法を叩き潰しました。

私たちはそうして真っ向から向かい合い、何度も短期決戦を繰り返しました。

望み通りの世界にいるわりには随分《ずいぶん》と窮屈《きゅうくつ》そうな顔をしている彼女から、人形を奪い取るために。

●

『私は願いを叶える人形。その名の通り、人の願いと真摯《しんし》に向き合う素敵なお人形さまよ』

冗談のようなことを淡々《たんたん》とした口調で語る人形は、依然として足をふらふら揺らしながら、私を見つめていた。

「あなた……お店にあった、人形……？」

覚えてる。おばあちゃんが唯一《ゆいいつ》触ることすら許さなかった不思議な人形だ。

『そうよ。驚かないのね。人形が喋《しゃべ》ってるのに』

「……驚いてるわ」

『そう。感情が乏《とぼ》しいのね』

皮肉《ひにく》のような言葉を返す人形の言葉にも感情らしいものは感じられなかった。そもそも生身の人間ではないのだから当然と言えば当然だけど。

『人と会ったのは久々《ひさびさ》。ずっとこの部屋の中で過ごしてたから』

自らを『願いを叶える人形』と名乗ったこの人形は、曰くこの国の発展を陰で支えてきた立役者《たてやくしゃ》なのだという。

それから人形は、

『私はどんな願いでも叶えてあげることができるわ』と淡々と語ってみせた。『久々に人に会えたことだし、記念にあなたの願いも叶えてあげよっか』とも。

「……怪しいわ」

何を言っているのだろう。

急に出てきて、急に話しかけてきて、あなたの望む通りのことをしてあげます――そんな美味《おい》しい話があるわけがない。

「対価もなしに願いを叶えてくれるなんて怪しいわ」

『じゃあ、これならどう？　あなたの願いをなかったことにするときだけ、対価としてあなたの中で一番価値のあるものを貰《もら》うわ』人形は語る。『それまで願いはいくらでも叶えてあげる』

「一番価値のあるもの……？」

『歌声とかね』

「……！」

人形は語る。

願いはいくらでも積み重ねられるけれど、崩《くず》すときは一度だけ。一つだけ取り除くということは認められない。失うときはすべて失う。

『さあ、どうする？』

「…………」

こんな怪しい話、誰が――。

『アンネロッテを見返すチャンスだよ』人形は囁《ささや》く。

「……！　アンネロッテのことをどうして――」

『人の中で最も価値あるものを見定めるためには頭の中を読めないとね』

「………」

人形の目が私を捉《とら》える。見透《みす》かすように。

『長い間苦労をしてきたのね。努力をしても認められず、誰にも見向きもされない。皆してあなたのことを蔑《ないがし》ろにする。あなたにはとっても素敵な才能があるのに』

「………」

『アンネロッテが順風満帆《じゅんぷうまんぱい》な人生を歩んでいることが気に食わない。あの子が輝けば輝くほど自分自身がみじめに映るから』

「やめて」

『小さかった頃は街の人々みんながあなたを応援してくれたのに、歳を重ねただけで見込みがないと判断されて、誰もがあなたを視界の外に追いやる。たまに感じる視線は憐憫《れんびん》のまなざし。そんな人々が許せない。うらめしい。いつか見返してやりたい。ざまあ見ろと言ってやりたい』

「……やめて」

『あなたは今までが不幸すぎたせいで幸せなことに耐性がないのね。可哀《かわい》そうに。手始めにあなたが心の底で思っている願いを叶えてあげるわ』

「……え？」

私が顔を上げた瞬間だった。

倉庫に火がついた。私と人形を囲むように。

「……なにを」一体何を、しているの？　当惑《とうわく》する。息が詰まって声が出せない。私はこんなこと望んでいないのに——。

『お店なんて、なくなっちゃえばいいのに。そう思ってるでしょ？』

「……ちがう、私は、そんなこと——」

『でもあなたの頭の中はそう言ってるよ？』人形は私に囁く。『自分には才能があるのに誰にも認めてもらえない。そんな世の中が許せない。たまたま上手《うま》くいっているだけなのに、のうのうと過ごしているアンネロッテが許せない。自分を差し置いて人々に愛されている彼女が許せない。でもそんなことを考えている自分はもっと嫌い』

人形は笑う。

『こんな世の中で生きるのは息苦しいでしょう？　嫌でしょう？　さあ、私に願ってみせて。あなたの望みは私が叶えてあげるから——』

徐々《じょじょ》に、徐々に。

火が倉庫を包んでゆく。床から這《は》い上がる火はゆらゆらと揺れながら古い物たちをなぞり、その手を上へ上へと伸ばしてゆく。

やがてここのすべてが火に包まれるだろう。

『さ、早く』

決断しないと、死んじゃうよ？　人形は笑う。

退路《たいろ》などなかった。気が付けば、私には選択肢《せんたくし》が一つしか残されていなかった。

これまでの人生のように。

だから私は――。

「――大丈夫《だいじょうぶ》ですか！」

熱い息を吸って、答えようとしたそのときだった。

倉庫の扉を蹴破《けやぶ》って一人の魔女が現れた。

アンネロッテだった。

「凄い火……！　危険です！　こっちに来て！」

彼女は入り口のほうから私に手を伸ばす。

『ああ、助けに来ちゃった。いいの？　このチャンスを逃しても』

棚の上で人形が笑う。

「――早く！」

彼女が手を伸ばす。

『どうするの？』

人形が尋ねる。

入り口から私に手を差し伸べるアンネロッテと私は見つめ合っていた。必死な顔をしていた。

きっと倉庫から火の手が上がったことを確認して急いで飛んできたのだろう。

彼女は街の人々をもれなく助ける正義の守護者なのだから。

「……ああ、そっか」

私はこのときに至って、ようやく気づいた。

彼女から見れば、私は手を差し伸べるべき弱者にしか見えないのだと。たかだか少し頑張ったくらいでは埋まらないほど立場に差ができてしまっているのだと。

だから私は願った。

別にいいじゃない。彼女だってたまたま上手くいっているだけなのだから。たまたま運の巡《めぐ》り合わせがよくて人形がお願いを聞き入れてくれたとしても、いいじゃない。

「――お願い、人形」

だから私は願った。

私の望み通りの世界になるように。

目障《めざわ》りな物がいない世界になるように。

○

「記憶が飛び続けてる……」

私が霧を張って、アンネロッテさんに攻撃してもらったのはこれで八回目。ではありますが相変わらず彼女はつまらなそうな顔で私たちの攻撃を捌《さば》き続けます。

「……いったい何度繰り返せば気が済むの？　無駄なのよ。全部無駄なの。あなたたちがどんなに頑張っても、私には絶対にかなわない」

どうやら願いを何でも叶えてくれるお人形とやらの力は健在《けんざい》のようです。

何度か魔導杖の破壊を試みましたが、少し経てばまるで壊した事実すらなかったかのように元通り。そして膨大《ぼうだい》な魔力をもって私たちに襲いかかるのです。

「……困ったね」

あはは、とアンネロッテさんは軽く笑いながらも眉《まゆ》をひそめていました。私たちはこれまで何度も全身全霊《ぜんしんぜんれい》で魔法を放ったつもりでしたが、それでも決定打には及ばないのです。

人形さえ回収させてもらえればそれで済む話なのですけれど——そもそもサマラさんは私たちに近づく隙《すき》すら与えてはくれませんでした。

「無駄なのに……無駄なのに、何度も何度も私に挑んで……。あなたたちは何がしたいの……？」

ため息交じりに語るサマラさん。その目は呆れきっておりました。何の希望も抱くことなくすべてを諦めたような目をしていました。

ひどくつまらなそうな彼女に、アンネロッテさんは言います。

「無駄かどうかなんてまだ分からないでしょ」朗《ほが》らかな彼女にしてはほんの少しだけ語気《ごき》を強めて。

「やり続けている間はそれが無駄かどうかなんて分からないよ。いつだって結果は後からついてくるんだから」

だから今、こうして向かい合っているのも無駄じゃない。

彼女ははっきりと言いました。

「……ふん」

対してサマラさんは、鼻で笑います。「どうせあなたのことなんて、視界から逸《そ》らせばすぐに忘れるわ。それとも何？　同じ話を繰り返すつもり？」

「ははは！　舐《な》めないでくれるかな」

言いながらアンネロッテさんは杖を構えます。

杖に生まれた魔力を自らの足に向けて放ち、魔力を帯びた足で彼女が、とんっ、と軽く床を蹴ると、瞬時にステージの端から中央まで、私たちは吹っ飛びました。

「こっちは毎回毎回あなたに同じ話をしてんだよ――」

そして私たちは、彼女の背後をとりました。

「――っ！　無駄よ！」

今日、耳が痛くなるほど聞いた言葉です。辛そうな彼女から漏れた言葉です。何度となくサマラさんは繰り返しました。

無駄、無駄。こんなことをやったって何の意味もない。

きっと今回だって、そうなると思っているのでしょう。

「いい加減、私の話に耳をかたむけてほしいところなんだけど――！」至近距離でアンネロッテさんが魔法を放ちます。

「っ……！　だから、そんなことしたって――！」

無駄。

魔導杖一振りで、渾身《こんしん》の魔法は相殺《そうさい》されました。それでもアンネロッテさんは再び杖を握りしめましたけれども、距離を詰めすぎたことがかえって裏目《うらめ》に出たのかもしれません。サマラさんが振り回す魔導杖から漏れた魔法がアンネロッテさんの杖に襲いかかり。

砕きました。

「……っ！　杖がなくったって！」

瞬時の判断でした。アンネロッテさんは、使い物にならなくなった杖を投げ捨て、私と繋いでいた手を離し、サマラさんの魔導杖を蹴り飛ばします。

――からん、と遠くで魔導杖が転がるのとほぼ同時に、アンネロッテさんはサマラさんに抱き着いていました。

「は、離しなさいっ！」

今日初めて聞いたかもしれません。サマラさんの取り乱す声。

「離さない！」

そして彼女は私に目配せを送るのです。

私ごとやれ、そう言っているように見えました。

私に迷いはありませんでした。それがこの街を守る守護者さんの願いならば聞き入れましょう。

サマラさん、そしてアンネロッテさんから目を離さないように、私は杖に魔力を込めます。

「ごめんなさいね」

なるべく手加減はしますね、と言いつつ。

そういえばさっきここに来たとき一瞬で割と遠くまで吹っ飛ばされたことを思い出したので、私は直前で威力を倍増させてから彼女のお腹に魔法をぶつけました。

「えいやっ」

などと声を漏らしながら。

そしてほぼ同時のタイミングで、サマラさんの手が私とアンネロッテさんの二人に触れました。

魔導杖を失った彼女が、触れるだけで何を？　と一瞬頭を過りましたが、考えてみれば彼女は今、どんな願いだって叶えられる便利な人形をお持ちなのです。

「……吹っ飛びなさい」

そのように願えば、当然願いの通りになるわけです。魔法も、魔導杖も、必要ありません。

結果、どうなったのかといえば。

私たち三人はそれぞれ仲よく吹っ飛びました。私とアンネロッテさんは仲よく重なりながらステージの暗がりまで。

サマラさんは客席の一番奥まで。

サマラさんの一撃はなかなかに重たいものでした。魔法というよりはお腹に鉛《なまり》の塊をぶつけられたような、すぐには立ち上がる気力すら起きないほどの一撃でした。

「いったぁ……！」

私の真上に重なりながら悶《もだ》えるアンネロッテさん。ひとまずご無事なようで何よりですが大変重たいのでとっととどいてもらいたいところです。

疲弊《ひへい》しきった私たちに反して、客席まで飛んで行ったサマラさんはすぐに立ち上がりました。

「……駄目なの」

ぽつり、ぽつりと呟きながら、彼女は一歩ずつ、ステージへと歩み寄ってきます。ふらふらとした足取りで、俯《うつむ》きながら。

「もう、何もかも無駄なのよ——ごめんなさい、私のせいで……」

そして彼女は、涙ながらに言うのです。

「もう、あなたたちは、私が生きている限り二度とここから出られないの——」

●

人形は私の夢を叶えてくれた。

その日から素敵な世界が私の目の前には広がっていった。少し街を歩くだけで人々が握手《あくしゅ》を求めて、あなたが憧《あこが》れですと嬉しそうに語る。

どうやら私はアンネロッテと同じような立ち位置の人間となっているようだった。

異なるのは弟子《でし》がいて、今はその弟子が街を守ってくれていることになっているということ。

そして今日、開花の会堂で史上初のコンサートを行うことになっている——ということ。

「これが本当に……現実なの……？」

私は人形に尋ねる。

手の中にある小さな人形は、やはり淡々と答えるのみだった。

『御覧《ごらん》の通り現実だよ。ここはあなたが最も望んだ世界。街の人々すべてがあなたを信頼している。街の人々すべてがあなたの努力を認めていて、街の人々すべてがあなたの歌声を聞きたがっている。街の人々すべてがあなたに感謝している』

そして。

人形は言った。

『蒼天《そうてん》の魔女アンネロッテは、存在しない』

それがあなたの理想とした国だよ、と。


アンネロッテがいない。存在しない。

それは本当に私が望んだことなのだろうか。私の頭の中を覗《のぞ》き込んだ人形は、それからどんな願いでも叶えてくれた。

素敵なドレスをくれた。

力が枯渇《こかつ》しない魔導杖をくれた。

街中に私のコンサートのポスターを配布《はいふ》してくれた。

私の弟子という設定のミリナリナという少女には見覚えがあった。確か、アンネロッテにいつもつきまとっていた子だ。

もっとも、それも私が国を変えるまでの話だ。

「やっぱりサマラ様は凄いなぁ。あたしもサマラ様みたいになれたらいいのに」

初のコンサートのために開花の会堂へと向かうと、ミリナリナが話しかけてきた。彼女の中では私とは親しい間柄《あいだがら》なのだろう。

「ね、あたし、頑張って朧《おぼろ》の魔女を捕まえるから、そのときはあたしのこと一人前って認めてよね」

朧の魔女。

人の記憶にも残らない不思議な魔女。この国で大昔から使われているただの言い回しの一つだ。

ミリナリナはそれを追っているという。

本当は朧の魔女は実在しているのだそうだ。どうでもよかった。私に憧れる女の子なんて。

「そうね。応援しているわ」

私は彼女に優しくすることもなければ厳《きび》しくすることもなかった。関心がなかったからだ。

そして私はそれから人生初のコンサートを開花の会堂で開いた。

広いホールの中を観客が埋め尽くす。

幕が上がれば、期待と夢に満ちたまなざしがすべての席から注がれる。それは私のすべてを肯定《こうてい》してくれる温かな視線だ。

私はその場に居合わせた人々に感謝の気持ちを伝え、そして一生懸命《いっしょうけんめい》、気持ちを込めて歌うことを宣言する。ただ至極当然《とうぜん》の言葉を並べるだけで、客席の人々は深く噛《か》みしめ、頷き、涙する。

ひとたび歌が始まれば会場は静寂《せいじゃく》に包まれる。

私の声だけが周囲のすべてを震わせる。

緊張した。大勢に見つめられたのは初めてだったから。声が出なかった。たった一人、周りすべてが暗闇に包まれる中で孤独に歌うことに、恐怖した。

私が壇上で披露したのは、普段の声とはかけ離れた酷《ひど》い歌声だった。ただただ私は醜態《しゅうたい》を晒《さら》していた。

歌が終われば人々はまるで示し合わせたように立ち上がり、劇場を喝采《かっさい》で包み込む。私の歌声よりも遥《はる》かに大きな歓喜だった。

私の歌はこの上なく素晴らしいものなのだと、人々は私を震わせてくれる。

誰もが私を愛してくれる。

誰もが私だけを見てくれる。

本当はこの場に立つ資格なんてないただの女一人を、人々は賞賛《しょうさん》した。けれど人々が喝采を浴びせる度に、彼らが私の歌声など聞いていないことが明白になった。

まともに聞いていればとても聞けたものではない歌声だったのだから。

その頃になって私はようやく気づいたのだ。壇上に立ち続けるには、ゆるぎない実力がなければならないことに。

そしてアンネロッテにはそれがあり、私には、それがなかった。

私は開花の会堂に立つという夢を叶えたことで、ようやく思い知ったのだ。私には、才能なんてなかったということに。

その日から、毎日の繰り返しが始まった。

翌日も、翌々日も、史上初のコンサートが開かれることになった。私は困惑した。どうしてこんなことになっているのか理解ができなかった。だから人形に尋ねた。

『?　自分で分かっているでしょ?』

人形は語った。『史上初のコンサートから一日でも過ぎれば、あなたが望んだすべての人から愛される一日じゃなくなることくらい、分かっているでしょ?』

街の人々が私の初のコンサートに期待をしているのは、誰も私の歌声を聞いたことがないからだ。ひとたび私の歌声に耳をかたむければ、開花の会堂を貸し切るほどの魅力がないことに気づいてしまう。

だから初のコンサートから先に進めないのだ。

私はそれから何日も何日も、同じ一日を繰り返しながら歌を歌い続けた。それでも明日に進むことはできなかった。

歌う度に私には実力がないことを痛感《つうかん》した。拍手《はくしゅ》の喝采を浴びる度に、胸が締め付けられた。それでも私は日々を繰り返した。

何日か経った頃に、日々の繰り返しに変化が生じた。時々、私自身の記憶が飛ぶことがあるのだ。毎日を繰り返すようになるまでこんなことは起きたことがない。

毎日の夜にミリナリナはその日の成果を私に伝えてくる。日によってその成果は異なった。ある日は東の街で朧の魔女に遭遇した。ある日は西の街。ある日は開花の会堂で。

私はすぐに気づいた。アンネロッテが生きているのだと。

「どういうこと？」

すぐに私は人形に尋ねた。アンネロッテは存在しないと言っていたはず。

『私はあなたの願望を叶えただけ。あなたの本心は、彼女があなたのような立場になることを望んでいたみたいね』

それはつまり。

「……私が誰の記憶にも残らない朧の魔女のような存在だったって言いたいのかしら」

『さあ？』

人形は笑う。

それから私は何日も何日も同じ一日を繰り返した。それでも何度繰り返しても私は完璧なコンサートを演じることはできなかった。

繰り返せば繰り返すほど、私が思い描いた完璧な姿から遠のいた。

「…………」

一週間が過ぎた頃に、私はようやく痛感した。

私の歌声は、たとえ壇上からでも誰の心にも響くことはなかった。だから私は人形に願った。

コンサートを完璧にこなせるほどの歌声を。

けれど。

『それは無理かな』

人形はここでも笑っていた。『あなたに歌声を与えてしまえば、街のすべての人々があなたの努力を認めているという願いを反故《ほご》にすることになる』

もらった歌声は努力で得たものではないから無理。人形ははっきりとそう答えた。

それはつまり、どう足掻《あが》いても今日から未来には進むことができないということでもあった。

私はここでようやく嵌められたのだと気づいた。この人形は、親切な振りをして人に近づいて、結局最初から私の一番大事なものを奪うつもりだったのだ。

「……だったら」もういい。

歌手になる夢を諦めろというのだろう。

「私の歌声を奪って、願いをすべてなかったことにして」

私は夢を手放すと、人形に語った。初のコンサートを何度も繰り返した頃から覚悟はできていた。

そんな予感はしていた。結局、私の願った通りになる世の中なんて幻想だったのだ。

けれど。

『それも無理かな』

人形は同じ言葉を再び繰り返す。

「……どうして?」

ただただ戸惑《とまど》う私に、人形は笑った。

『自分でも分かってるでしょ？　だって――』

あなたの歌声に価値なんてないじゃない。

人形は言った。

『あなたにはもう、命くらいしか差し出せるものはないよ』


私はずっと昔からそうだった。

結局今回もそうだった。いつだって私は気が付いたときにはすべてが手遅れで、どうしようもない状況に陥《おちい》っている。未来に希望なんてなくて、ただただ毎日を生きているだけ。

以前と明確に違うのは、私にはもう、退路も何もなく。

死ぬ以外に選択肢《せんたくし》なんて残っていないこと。

「……どうしよう、どうしよう……」

涙を流したところで助けてくれる人はいない。誰が信じてくれるのだろうか。人形にそそのかされてこんな世界を望んだなんて。

誰にも話せない苦しみを抱えたまま、私は日々をただ生き続けた。助けを求めることもできず、どうすることもできず、私は死ぬ覚悟ができる日を、ただ待った。

そして魔女イレイナとアンネロッテの二人が、来た。

私さえ倒せば、元凶《げんきょう》を取り除くことさえできればきっと事態は解決すると思っているのだろう。

それは大きな間違いだ。

事態が好転することなんて、ない。

「もう、何もかも無駄なのよ——ごめんなさい、私のせいで……」

自暴自棄《じぼうじき》になった私は、客席から叫んだ。

「もう、あなたたちは、私が生きている限り二度とここから出られないの——」

謝ったところで許されるようなことではないけれど。私はただただ二人に謝《あやま》った。

巻き込んでごめんなさい。

つまらない人間が見栄《みえ》を張ってごめんなさい。どうか許してください——これまでずっと自分自身の中で押し殺していた気持ちは、一度吐き出せば止まることはなかった。

涙とともに言葉が漏《も》れる。

もっと早く気づいていればよかった。私には何もできないのだと。

もっと早くに諦めておけばよかった。私は誰も幸せになどできないのだと。

「なるほど。事情はよーく分かりました」

壇上で立ち上がったアンネロッテは。

それから私を見つめて微笑《ほほえ》む。

「じゃあ、私の出番ですね」

その手には私の人形が握られていた。

○

「いつの間に――」

サマラさんは驚愕に目を見開きながら、自らの懐《ふところ》を探ります。あるはずの人形が出てくることはありませんでした。

恐らくは先ほどサマラさんにしがみついたときにこっそり奪い取っていたのでしょう。街の平和を守る守護者のわりには手癖《てくせ》が悪いようですね。

「……返して。何をするつもり？　それはあなたが持っていていいものじゃない――」

ゆっくりとステージに近づきながら、サマラさんは言いました。

けれどアンネロッテさんはゆっくりと首を振りながら笑います。

「お断り」

人形を両手でいじり、彼女は見つめます。やがて手の中の人形は『あなたは何を望む？』と淡々と語りかけました。

「サマラさんが叶えた願いをなかったことにして、ってお願いしたらどうなるかな」

『あなたの中で最も価値のあるものをもらうわ』

「私の中で一番価値のあるものって何？」

『あなただったら魔力』人形は笑います。『魔力を頂戴《ちょうだい》。そうすればその願いを聞き入れてあげる』

これから先の人生でもう二度と魔女として活動できなくなってもいいなら。これまで魔法を学んだ日々が全部なかったことになってもいいなら、願いをなかったことにしてあげる。

人形は笑いながら答えていました。

その覚悟があるの？　と。

「――なるほどね」

挑発的な人形の問いかけにアンネロッテさんはただただ神妙《しんみょう》なお顔で頷くのみでした。

街を守る守護者のアンネロッテさん。

彼女が今、何を考えているかなんて――私にも、サマラさんにも、手に取るように分かりました。

「……馬鹿なことしないで！」

サマラさんがステージへと駆け寄ります。アンネロッテさんから人形を取り上げるために。「あなたが魔法を犠牲にする必要なんてない！　私が引き起こしたことなんだもの。私が、私が責任をとって死ななきゃ、それ以外に方法なんて――」

この街を守っていた本来の守護者の未来を守るために、サマラさんは必死に叫びます。けれど彼女がアンネロッテさんのもとまで辿り着くことはありませんでした。

ステージに上がったところで、彼女は魔法によって体を拘束されてしまいましたから。手を伸ばそうとしても、手足に巻き付いた魔法の線が、彼女をその場に留めました。

「……！　魔法？　どうして――」

困惑するサマラさん。

アンネロッテさんの杖は先ほど確かに壊れたはずです。魔法など放てるはずもありません。ですからまあ、当然、魔法を使っているのも彼女などではありません。では誰か。そう、私です。

「……ごめんなさいね」

今度こそ真面目に私は謝りました。サマラさんの望みに反したことをしている自覚は当然あります。しかし仕方がないのです。

これがアンネロッテさんの望んだことなのですから――。

「悩みを抱えて生きるのは辛いよね。隠し事をして過ごすのは苦しいよね」

アンネロッテさんは、笑いかけます。

「でも大丈夫。全部私がなんとかするから」

だから心配しないで。

彼女は言いながら私に目配せを送りました。

ここに来る前の話です。

アンネロッテさんは私に策を明かしてくれました。それはとてもとても単純な方法です。

「おばあちゃんに教えて貰ったんだけどね――あの人形は、願いを叶えるときは何の対価も求めない。ただし願いをなかったことにするためには、本人の大事なものを対価として要求してくるらしいんだ」

つまりは無尽蔵《むじんぞう》に願いを叶えさせ続けて、取り返しのつかなくなったところで人形は対価を支払わせるつもりなのでしょう。

だから、と彼女は続けます。

「私が代わりに対価を支払う」

「…………」

そうすれば元に戻ることができる。彼女は言いました。

その言葉が何を意味するのかは聞くまでもありません。

アンネロッテさんが支払う対価が何なのかは、言うまでもないでしょう。

「……それしか方法はないんですか」

「恐らくね」

私に頷く彼女は、どこか楽しげでした。「ふふふ、きっと私が魔女でいられるのも、今日が最後になるだろうね」

でも、これしか方法はないんだよ。

黙《だま》る私に彼女は言います。

「だからイレイナさん、協力してくれる？」

君の力が必要なの――と。


「やめて……！　お願い、やめて！　私のためにあなたの才能を犠牲《ぎせい》にする必要なんてない！　これは私が起こしたことよ。私が、私がけりをつけないと――」

「人が起こした問題をなかったことにするのが守護者さんの仕事だよ、サマラさん」

「でも――」

「大丈夫」

そこに至るまでにきっと悩みもあったはずです。

それでも彼女は葛藤《かっとう》を覆い隠すくらいの笑顔で答えるのです。

「私は魔法使いだから人助けをしてるわけじゃない。魔法なんてなくたって、私は私の生きたいように生きてみせるから」

魔法使いであることだけが、私の生きる道じゃない。

彼女は言いました。

「だから、見ていて」

これから先の私を、見ていて――。

彼女はそして、人形を抱きしめました。

そして、白くまばゆい光が、私たちを包《つつ》み込むのです。

○

それはまるで長い夢を見ていたかのようでした。

目を覚ませば、私たちは依然《いぜん》、開花の会堂の中にいました。ステージ上で仲よく三人で眠りこけていたようです。

起き上がれば、私に遅れて、アンネロッテさんが目を覚まします。

「アンネロッテさん――」

記憶が抜け落ちることはありませんでした。私は彼女がアンネロッテさんだと知っています。

今まで抜け落ちた記憶のすべてが私の頭の中に帰ってきました。

私は彼女と過ごした日々のことを覚えています。

「やったね、イレイナさん」

やり遂《と》げたよ――短く息を吐いて、彼女は軽く笑います。

「どうして……」

一番最後に起きたのはサマラさん。

私たちのように立ち上がることはありませんでした。ただゆっくりと体を起こした彼女は、その場にへたり込んで、肩を震わせて、泣き出してしまいましたから。

「あなたが私のためにそこまでする必要なんて――」

小さな子どものように、大粒《おおつぶ》の涙をこぼしながら、彼女は国を守っていた魔女がいなくなってしまったことを、嘆《なげ》きました。

「あははは。別に私、気にしてないですよ」

とうの本人はまるで何事もなかったかのようにけろりとしておりました。だからどうしたと言いたげですらありました。

彼女の中では、とうの昔に心の整理がついていたのかもしれません。

「私は別に、魔法なんてなくてもいい」

彼女はサマラさんの目の前に腰《こし》を下ろし、泣きじゃくる彼女の髪を撫でてあげていました。まさしく小さな子どもにそうするように。

「私は魔法がなくたって、私は私で変わらないから」

彼女はそう言って笑いかけます。

「……アンネロッテ」

サマラさんは顔を上げます。

「あ、やっと私のことをちゃんと見てくれた」そう言ってアンネロッテさんが浮かべたのは今日一番の笑みでした。「今までずっと私のことを見てくれなかったから、私、寂《さび》しかったんですよ？サマラさん」

よほど嬉しかったのでしょう。

アンネロッテさんにとって、サマラさんは、夢をくれた人なのですから。そんな人を助けられることはただただ光栄だったことでしょう。

「実はずっとサマラさんと直接お話ししたかったんです、私」

国に戻ってきてから、ずっと、何年も、我慢《がまん》してました。

とたんに目を輝かせてアンネロッテさんは言いました。彼女もまた小さな子どものように目を輝かせていました。

いくら大人になったところで、小さかった頃の思い出はずっと大事にとっていたのです。サマラさんも。

そしてアンネロッテさんも。

「……ゆっくりとお話しするにはここは少し広すぎますね」

開花の会堂の第二ホールは激戦《げきせん》のせいでひどい状態でした。面倒ですしアンネロッテさんにテキトーに直していただきたいものでしたが、そういえば彼女はもう魔法を使えないのでしたね。

どうやら私が直すしかないようです。

しかし私の性格上、ただ働きというのは性に合いません。

というわけで。

「ここは私が直して差し上げましょう。でも、よければそのあと、お礼としてお二人にごはんを奢《おご》ってもらえると嬉しいなー、なんて思うのですけど、いかがでしょう?」

私は提案しました。

実は私、いいお店を知ってるんです、と。

○

激しい戦闘によって傷《きず》だらけになった開花の会堂の第二ホールを魔法でちょちょいと修繕《しゅうぜん》したあとで、私はサマラさんとアンネロッテさんのお二人を誘ってとある高級レストランを訪れました。

そこはレストランでありながら、美術館然とした雰囲気を醸《かも》し出す素敵で面白《おもしろ》いお店。

ちょうど私たちが訪れた時間帯にはお客さんの姿はなく、ほとんど貸し切りのような状態でした。

ところで気になるのは、街の人々の様子です。同じ一日を繰り返していた彼らは――人形が作った世界から解放された人々は、一体どうなったのでしょうか。

結果から申し上げると街の人々は繰り返し続けた二週間のことを覚えていました。

突然現れた歌姫サマラに心酔《しんすい》してコンサートに通い詰めた日々のことを人々は覚えていました。覚えていたところでなぜ彼女を深く愛していたのか、なぜ毎日通い詰めていたのか、なぜ突然いなくなったのか。彼らは往々《おうおう》に疑問を抱いていました。

街の人々には事情の説明が不可欠《ふかけつ》でしょう。

「ま、私からいろいろと説明しないといけないこともあるし、あとのことは任せてほしいかな」

私の向かい側に座ったアンネロッテさんは言いました。「今の私は蒼天の魔女でなくなったのと同時に、朧の魔女でもなくなったんだから」

街の人々も話に耳をかたむけてくれるはずだよ、と彼女は話しました。

その隣で申し訳なさそうに俯くのがサマラさん。

「ごめんなさい……」

開花の会堂で何度となく漏らした言葉をここでも漏らしていました。

お隣のアンネロッテさんがわりとどうでもよさそうな顔をしているせいで彼女たちを取り巻く物事が深刻《しんこく》なものだったのかどうなのかよく分からなくなりました。

「気にしなくていいですよ、サマラさん。どのみち、今後のことについても公表しないといけないし。それに、人形についてもみんなに話さないと」

ことん、とアンネロッテさんは、小さなガラスケースに収められた人形をテーブルに置きました。よく分からない文字が書かれた紙が四方八方に貼《は》り付けられており、人形は瞳を閉ざしたままぴくりとも動くことはありませんでした。

「その人形はどうするおつもりですか」

「どうしよっか」

あはは、と笑うアンネロッテさん。

……無計画ですね。

「私の知り合いにそういう物の取り扱いに詳しい人がいます。連絡先を教えますので、その人に押し付けておきましょう」

「え、いいの?」

「ええ。この国に置いておくよりは安全でしょうし」

とはいえ連絡船もまともに通っていないような遠い島国の方ですし、すぐに受け取ってもらえるとも限りませんけど。

何なら、「え? 嫌よ」などと断られそうな気もしますけど。

とりあえず私は、『なんか呪われた物っぽいのでどうにかしてください』と一筆書きつつ、アンネロッテさんに知り合いの連絡先を手渡しておきました。

まあこれでなんとかなるでしょう。

ところで。

「ひょえー……」

その人形を興味深そうに見つめる一人の少女がおりました。袖《そで》が無駄に長い彼女は黒い髪をヘアピンで留めています。

オカルト好きの血が騒《さわ》ぐのでしょうか。やや興奮した様子でお人形を見つめています。

「それが話しかけたら願いを聞いてくれるというお人形ですか。なるほど。大昔にこの国で流行した人形のデザインを踏襲《とうしゅう》していますね。ところでこちらの人形はどんな風に話しかけてくるのですか？　よければ一度見せてほしいところなのですけれども——」

「すみませんパティさんちょっと静かにしてもらえますか」

街でふらふらとしていたので、ついでに連れてきたのですが、どうやらなかなかお目にかかることのできないお人形にそこそこ高揚《こうよう》しておられる様子でした。

「アンネロッテさんとお食事……？　マジ？　夢かな……」

多分こちらのほうが幾分《いくぶん》か普通の反応といえるのではないでしょうか。

ミリナリナさん。

このお店で一緒にランチでも食べましょう、といつかお約束を交わした彼女も、連れてきました。

アンネロッテさんに憧れていた彼女にとってはこれほどまでに光栄なことはないでしょう。

「……あなたたちにも迷惑をかけたわ。ごめんなさい」

謝ってばかりのサマラさんはそれからミリナリナさんやパティさんにも頭を下げましたが、

「？　特に迷惑がかかった記憶はありませんが……」しかしまったくもって無関係のパティさんに

とってはそもそも至極どうでもいい話でしたし。

「あたしもアンネロッテさんと仲よくなるチャンス貰《もら》えたし、別に」ミリナリナさんにとってもまた別にどうでもいいことでした。

「……たぶん、多くの人が気にしてないと思いますよ」

騙《だま》してお金をむしり取ったわけではありませんし。そもそもすでに過ぎ去った過去の出来事です。

「申し訳ないと思うなら、これから時間をかけて償《つぐな》えばいいだけの話です」

何もかも終わって手遅れになったわけではありません。

やり直しなどいくらでもきくのです。

「ね、ところで話変わるんだけど」

人形はひとまず置いておいて。サマラさんが繰り返した二週間のこともひとまず置いておいて。

アンネロッテさんはぽん、と急に思い出したように立ち上がります。

「ちょっと歌を聞いてみたいと思わない？」

そして彼女は、サマラさんを見つめました。

●

とあるレストランの中。客席の間をすり抜けるように、アンネロッテが私の手を引いて歩いた。

「恥《は》ずかしいわ」

そう言って私は少し拒《こば》んだけれど、彼女が私の手を離すことなどなかった。

ほどなくして辿り着いたのは店の隅。

小さなステージ。

そこで立ち止まった彼女はくるりと振り返り、

「わがままなお願いなのは分かってますけど、でも、言いますね」そして笑いながら、言った。

「また、歌を聞かせてほしいです」

私が小さかった頃に、路上で聞かせてくれた歌を。

私に夢を与えてくれた歌を。

歌ってほしいです。

アンネロッテは、私を見つめながら語った。

私は知らなかった。

アンネロッテが昔と変わらず私のことを覚えていてくれていたことを。

私は知らなかった。

ずっと彼女の視界には、私が映っていたことを。

「……ありがとう」

そして私は歌を歌う。

店内の誰もが私に視線を集めていた。

誰もが私の歌声に耳をかたむけ、時折頷きながら笑みをこぼす。

私が歌ったのは、一曲だけだった。

歌が終わったとたんに、店内が拍手に包まれた。客席の人々が立ち上がり、その場にいた誰もが私に笑顔を向けてくれた。

それは紛《まぎ》れもなく。

人生で最も幸せだった瞬間だった。

繰《く》り返される日々が終わりを告げてから、三日ほど経《た》ちました。

停滞《ていたい》していた時間が流れ始めたとたん、この国では一斉に事件や隠されていた真実が明るみになりました。

新聞記事が毎日のように大々的《だいだいてき》に報じるのは、そんな歴史的な出来事の数々。

『驚愕《きょうがく》！　チェスター氏の知られざる黒い過去！』

ある日の新聞に書かれていたのは、一人の少女による発見。チェスター城に遺棄《いき》されていた白骨《はっこつ》死体を見つけた少女はチェスター氏の来歴《らいれき》の怪《あや》しさを指摘する論文《ろんぶん》を公表し、彼の輝かしい功績《こうせき》の裏にもみ消されてしまった一人の悲しき魔法使いの少女の真実を明らかにしました。

『歌姫サマラの謎《なぞ》』

記事曰《いわ》く。

二週間前、彗星《すいせい》のように突然現れた歌姫サマラに街の人々の誰もが熱狂《ねっきょう》をしたことを覚えているだろうか。国中が熱狂し、毎日のように彼女のコンサートに足繁《あししげ》く通い詰めた日々は記憶に新しいのではないだろうか。しかし今や歌姫サマラは過去のもの。

唐突《とうとつ》に消えてしまった歌姫サマラの行方《ゆくえ》を知る者はいない。彼女が誰で、どこに消えてしまったのか。

噂《うわさ》では、とあるレストランでたまに歌を歌っているという……。

などと。

結局のところ彼女が引き起こした二週間の出来事は、多くの人々のとっては、特に理由もないけれど熱狂した二週間、と捉《とら》えられることとなったようです。

サマラさん自身はステージに立つほどの価値などないと思っていたようですけれども。少なくとも、同じように考えていた人ばかりの国ではなかった、ということなのでしょう。

『蒼天《そうてん》の魔女アンネロッテ、魔女名を返納《へんのう》』

恐らくここ最近で最も国中を騒《さわ》がせた事件といえばこれでしょう。

アンネロッテさんが星をかたどったブローチを返納し、魔女を辞めてしまったのです。理由に関して彼女は一貫《いっかん》して、

「ちょっともう魔法使うのしんどくなっちゃって」

と答えておりました。街の人々の多くが悲しみ、戸惑《とまど》いました。

これから先、この国は一体誰が守っていけばいいのでしょう――。

通りをしばらく歩くと、とある骨董品《こっとうひん》屋の前を通りかかりました。

「こんなオカルティックな物をいっぱい取り揃《そろ》えたお店があるなんて……！」

ひょえー、とやけに袖《そで》の長いお客さんの少女がやや興奮しながら、今や必要とされなくなった物たちを眺《なが》めます。オカルティックな物に興奮を覚える少々変わった趣味嗜好《しゅみしこう》の女の子のようです。

「……じっくり見て行ってね」

店主の女性は、そんな変わった少女に微笑《ほほえ》みを向けています。

街の人々は彼女こそが突然消え失せた歌姫であることを知りません。きっと店先で歌いでもしない限り、誰にとってもただのお店の店主でしかないでしょう。

けれど彼女は不満を抱いているような素振《そぶ》りはありませんでした。

「店主さん、このお店で一番レアな物って何ですか？　できればオカルト的な逸話《いつわ》のある物を私は所望《しょもう》したいのですけれどもそういう物ってありますか」

「急に早口ね……」

くすりと笑いながら、店主さんはお店の中を見回します。「そうね――」何か珍《めずら》しい物、あったかしら、と。

その目はどこか楽しそうでした。

そしてそんな様子を、店主さんと同じような目で私が眺めていたときのことです。

「ど、泥棒《どろぼう》！」

どこからともなく叫《さけ》び声。

振り返ってみれば、地面に倒れた女性がこちらに手を伸ばして叫んでいました。視線の先には、男の二人組。

「へへへ……アニキ、見てくださいよこれ！　こいつたんまり金持ってますぜ」

「ふははははは。当然だろう。わざわざ金を持ってそうな通行人の女を選んだのだからな！」

男たちは女物のバッグを開き、中を確認すると同時に下卑《げび》た笑い声を上げました。まあ大変。ひったくりではないですか。

このままでは罪なき女性のバッグが男たちの私腹《しふく》の肥《こ》やしへと変えられてしまいます。おおなんということか。

どなたか彼らを止められるような素敵《すてき》な方はおられないでしょうか。具体的に申し上げるのなら ば例えばアンネロッテさんのような方とか。

「魔法少女ミリナリナ・ミラクルチェーンジ♡」

男たちが向かう先。

一人のいい歳こいた学生が自らを魔法少女と称《しょう》してくるくる回りながら奇妙《きみょう》な衣装《いしょう》に変身。眩しいほどに派手《はで》でふりふりの衣装でした。

「ねえそれいつも思うんだけど恥《は》ずかしくないの？」

当然のごとく、街のど真ん中でそのような衣装をまとった彼女は注目の的になりましたし、隣《となり》に立つ私服のアンネロッテさんから冷《さ》めた目を向けられもしました。

アンネロッテさん。

魔女を辞めたとは公表しましたけれども。

以前のような活動を辞めるとは、彼女は言っていません。

「ふふふ。ねえ、ところでアンネロッテさん。あたしが作ったアンネロッテさん専用の衣装、いつになったら着てくれるの？」

「あ、うん。それはそのうち着るから」

「そのうちっていつ」

「そのうちはそのうちでしょ別に今じゃなくていいでしょ。あー大変、今敵が近づいてきてるしそれどころじゃないやー」

軽く伸《の》びをしながら彼女は魔導杖《まどうづえ》を構えます。

魔法がなくなったところで、人に手を差し伸べる手段がなくなったわけでは決してないのです。

「――！　な、なんだお前ら！」

男たちは突如《とつじょ》立ちはだかるアンネロッテさんとミリナリナさんに驚《おどろ》き、立ち止まりました。

アンネロッテさんは魔導杖を振るいます。

そして、笑うのです。

「正義の守護者さん」

言いながら、彼女の視線は、私――そして、骨董品屋の店主さん、サマラさんへと注がれます。

彼女の目は語っていました。

――見ていて。

「魔法少女アンネロッテさんが、証明してあげる」

だから、見ていて。これから先、ずっと。

魔法を失っても。たとえ才能が自身の中から消え失せたとしても。

生きる道が途絶《とだ》えたわけではないことを。

あとがき

「そろそろマンションを買ってみるのもいいのかもしれない」

物件購入。それは人生における大きなステージの一つだ。これからの人生のためにマンションを探してみるというのもいいものではないだろうか。

思い至ったが吉日《きちじつ》。僕はその日から毎日のように某《ぼう》サイトでスモスモしながら物件を検索するようになった。

そんなある日のこと。僕はやけに安くて広い物件を都内の某所《ぼうしょ》に見つける。立地も悪くない。これはいったいどういうことか？　理由は分からなかったが行くしかねえと僕は早速《さっそく》、内覧《ないらん》の予約をとった。

そして内覧当日。僕は物件の安さの理由を知る。

「隣《となり》が墓地《ぼち》やんけ」

隣が墓地だったのだ。なるほどね。

全国津々浦々《ぜんこくつつうらうら》人が死んでいない場所などないことは理解しているが、それでもやはり窓の外に墓地が広がっている光景《こうけい》は、気にする人は気にするもので、僕は悲しいかな気にするタイプの人間だった。

「いかがですかぁ？　ここ、風通しもすごくよくて、窓を開けていると春は涼《すず》しい風が通り抜けるんです」

僕が訪れたその日、居住者《きょじゅうしゃ》のお姉さんがお部屋の説明をしてくれた。

「ちなみにこちらの物件はご家族の方と住まわれるのですか？」お姉さんは尋ねる。

「そうですね。そろそろ彼女さんと結婚《けっこん》しようと思っていまして」

「あら素敵《すてき》」

「はい」

僕は息をするように嘘《うそ》をついた。なぜなら結婚予定でもなければ彼女もいない。僕の脳裏《のうり》にはアンさんとクーパーくん（愛猫《あいねこ》）の顔が浮かんでいた。

しかし気になるのはこの物件の窓から見える墓地の様子《ようす》だった。僕は意を決して尋ねる。

「あの、ちなみにこのお部屋、幽霊《ゆうれい》とかって見たことあります……？」

さすがに隣が墓地なら気になるものだろう。目を逸《そ》らして契約をすることなど僕にはできなかった。僕は怖《こわ》い話は好きだか怖い体験は嫌《いや》いだ。幽霊の目撃情報なんてあったらアンさんが虚空《こくう》を眺《なが》める度《たび》にビビっておしっこ漏《も》らすかもしれない。お姉さんは僕の質問にうふふと笑った。

「大丈夫《だいじょうぶ》です。私は見たことないので」

「なるほど」ん？　私は、って言ったか？　ちょっと？

「でも下の階の人が見たことあるって言ってましたねぇ……」

「なるほど」僕はこの時点でこの物件に住むことを諦《あきら》めた。たぶんここに住んだら身がもたない。

「ひょっとしてオカルト的なお話を信じるタイプの人ですか？」

お姉さんは尋ねる。無論《むろん》、そんなことを信じていなければそのような質問を投げかけることなどないだろう。僕が即座《そくざ》に頷《うなず》くと、お姉さんの表情がわずかに曇《くも》る。

「……何かそういった体験をされたことがあるんですか？」

「そうですね……実は昔、何度か金縛《かなしば》りに遭《あ》ったことがありまして……」

そういったトラウマから中古の物件などには少しばかりの抵抗感がある、という旨《むね》を僕が語ると、お姉さんはとたんに得意な顔をして語るのだ。

「ふふふ、大丈夫《だいじょうぶ》ですよぉ、金縛りっていうのは科学的に解明されていて――」

「………………！」

はい来た！

僕はこのときちょうど『魔女《まじょ》の旅々《たびたび》』十七巻の一章相当部分を書き終えたあとだったので若干《じゃっかん》の運命すら感じたほどだった。レム睡眠時にうっかり目を覚ましたときに見える幻覚《げんかく》が金縛りだと言いたいのだろう。だがしかし（以下略）。

そもそも科学的根拠《こんきょ》なんて五年経《た》てば定説が覆《くつがえ》されてるものだし、科学で証明されているという耳障《みみざわ》りのいい言葉に含められているものを唯一《ゆいいつ》の真実だとするのは危険。……というような話は一切せずに、僕はとりあえず「なるほどぉ、そうなんですかぁ……」とお姉さんの話に頷いた。結局怖かったのでマンションを契約することはなかった。

……というような感じに都内に来てから約半年。永住《えいじゅう》する場所を探し求めて彷徨《さまよ》うあやしい妖怪《ようかい》となり果てた僕は、どこかにいい感じの物件がないかな……と、呟《つぶや》きながら某サイトでマンション情報を眺める日々を送っている。たぶん色々理由つけて結局買わないいんだろうなぁ、と思いながらも、やっぱり物件探しは楽しい。妄想《もうそう》が膨《ふく》らむ。素敵《すてき》！

というわけでお久《ひさ》しぶりです。白石定規《しらいしじょうぎ》です。

今回は一巻丸々一つの国の話となりました。初めての試みですし、こんなテイストの話を書いたのも初めてのことのような気がします。ギリギリまで粘《ねば》って書くことに、関係者の皆さんには大変ご迷惑《めいわく》を……すみません。

何はともあれ、ひとまず各話コメントから入ろうと思います。ネタバレが嫌な方はこの辺りで回れ右でお願いします！　それではどうぞ！

第一章『亡霊館《ぼうれいかん》』

僕の趣味全開の話でした。パティさんのキャラ含めて結構気に入っています。パロディまみれのお話でした。一応書いておくと、チェスター城の元ネタはウィンチェスターミステリーハウスで、城の中のギミック諸々《もろもろ》も映画やゲームのパロディです。好きな物を詰め込んだら『最終絶叫計画《さいしゅうぜっきょうけいかく》』みてえな話になってしまった。でもたまにはこういう話もいいかなと感じました。

第二章『実《じつ》は私《わたし》は』

この話もまたパロディが含められたり云々《うんぬん》。二、三章は箸休《はしやす》め的なお話ですね。

第三章『ある日《ひ》の夜《よる》の話《はなし》』

話を書いている過程でどうしてもこの話がオチに必要になったので急遽《きゅうきょ》加えたお話でした。

第四章『カルーセルの守護者《しゅごしゃ》』

以前から担当編集氏に「魔法少女だそうよー、ねえー、だそうよー」と言われ続けてきたのですが、僕はその度に「いや魔法少女はちょっと……」と断ってきました。しかし街を守る女の子という役割は何度考えても魔法少女以外におらず、結果、この巻で出ることになりました。「くそー!」と僕が思ったことは言うまでもありません。ミリナリナのキャラデザもキャラクター性も結構好みです。

第五章以降

一応ここからは一つの話としてまとめて書きますね。

ご存《ぞん》じの通り一日がループする話と、誰の記憶にも残らないキャラのお話です。この巻あたりのタイミングでやりたかったのがアンネロッテのような人の記録に残らないキャラという性質と、一日がループし続けるという話の構造でした。好きな物を詰め込んだ結果話が複雑になってページ数が増えすぎて一時期大変なことになりました。最終的にはほどよいところのページ数に落ち着いてよかったです。

ちなみに個人的にはサマラの回想書くのが一番辛《つら》かったです。別に本人何も悪く無いのに……。でも、表現者としての界隈《かいわい》に限らず、こういう悩みの人って珍《めずら》しくはないのではないかとも思いました。ただ運の巡《めぐ》り合わせが悪かっただけで道が閉ざされてしまうのは悲しい話です。道が一つだけになる前に誰かと手を繋《つな》ぐことができたら幸せですよね。

というわけで『魔女の旅々』十七巻でした！

時間がたくさんかかって大変申し訳ない限りです……。このあとがきを書いているときも結構ギリギリのタイミングだったりします。

アニメ化が終わった後、忙《いそが》しさの反動で物語が書けなくなる、ということが小説、漫画《まんが》問わず創作業界では結構あるそうなのですが、結果的に原稿が間に合ってよかったなと今は胸を撫《な》で下ろしています。というか忙しさの反動が来るまでもなくずっと忙しい。

とはいえ次の巻まではかなーり時間的に余裕もありますから、今度はもうちょっと余裕をもって原稿書きあげられるようにしたいですね……いつも言ってるような気がするけど。

それはそうと、この原稿が読まれている頃にはもう発表されていると思いますが、一応ここでも書きますね。『祈《いの》りの国《くに》のリリエール』という作品をＧＡさんから出させてもらうことになりましたー！　ちなみに発売タイミングは今のところ『魔女の旅々』の十八巻と同時発売を予定してます。頑張《がんば》れ未来の白石定規。

ちなみにご存じでない方もいると思うので一応書いておきますが、『祈りの国のリリエール』は『魔女の旅々』三巻発売後に一度だけ出した、『リリエールと祈りの国』という作品のリブート作品になります。『魔女の旅々』四巻発売以降ずっと音沙汰《おとさた》がなかったのですが、今回、この度、『祈りの国のリリエール』として装《よそお》い新たにGAノベルから発売されることとなりました。待ってた方は待たせてしまって大変申し訳ない。一応、設定諸々《もろもろ》色々と変わった部分があるため、タイトルも少し変えました。あと語呂《ごろ》的に『祈りの国のリリエール』の方が好みだったので。

そんなわけで今年もまた忙しくなりそうなのですが、身体に気を着けつつ、ケンタッキーでも食べながら頑張りたいと思います。

二作同時刊行のため、七月以降、次の巻まで少しだけ間隔《かんかく》が空きますが、しばらくご無沙汰《ぶさた》になるぶん、楽しい話を書けたらなと思いますので、なにとぞよろしくどうぞー！

あと書籍の刊行の間隔が少し空く代わりとしてTwitterのほうでnoteの記事をちょこちょこ更新できたらなぁ、と思いますので、暇《ひま》つぶし程度に覗《のぞ》いてもらえたら嬉《うれ》しいです。

そして『魔女の旅々』十八巻ですが、これは今までの巻に出てきたキャラがそこそこ出てくる話になる予定です。どんな話になるのかはその時のお楽しみということでよろしくお願いします。

まだまだドラマCDやら諸々、やりたいこともたくさんありますので、これから先もよろしくどうぞ！　十七巻のドラマCDめっちゃ楽しかったので次もぜひまたやりたいですね！　ね！　GA文庫編集部さん！

というわけで白石定規でした。　ここから先は謝辞《しゃじ》をひとつ。

担当編集Mさん。

今回もまた原稿がギリギリいっぱいになって申し訳ありませんでした……。次は多分『魔女の旅々』の原稿のほうは早めに上がると思いますのでよろしくお願いします……。

あずーる先生。

表紙から何から何まで全部神でしたね……。いやほんと十七巻の通常版の表紙めっちゃ好きでした……。一生眺めていたい……。やはり夏はいいものだ……。

関係者各位の皆様。

いつも『魔女の旅々』シリーズにかかわっていただきありがとうございます！　これからもよろしくどうぞ！

というわけであとがきでした。最近ぼくのＴｗｉｔｔｅｒが割と静かめになっているのですが、これからも作品はバンバン書いていきたいと思っています。これからもぜひぜひよろしくどうぞー！

今年は本を出すのが多分これで最後になります（刊行予定的に）。

というわけで、来年の早めの段階でまたお会いしましょう。お待たせする分、きっと楽しい『魔女の旅々』と『祈りの国のリリエール』になると思います。お楽しみに！

それではこれからもよろしくどうぞ！

白石定規でした。

GAノベル

魔女《まじょ》の旅々《たびたび》 17

2021年7月31日　初版第一刷発行

著者　白石定規

発行人　小川 淳

発行所　SBクリエイティブ株式会社
〒106-0032　東京都港区六本木2-4-5
03-5549-1201　03-5549-1167(編集)

装丁　AFTERGLOW

印刷・製本　中央精版印刷株式会社

ISBN978-4-8156-0831-6
Printed in Japan

ファンレター、作品のご感想をお待ちしております。

〒106-0032　東京都港区六本木 2-4-5
SBクリエイティブ株式会社
GA文庫編集部 気付

「白石定規先生」係
「あずーる先生」係

本書に関するご意見・ご感想は
下のQRコードよりお寄せください。
※アクセスの際に発生する通信費等はご負担ください。

https://ga.sbcr.jp/